冒険がしたい創造スキル持ちの転生者 ③

Bokenga Shitai Sozo-skill Mochino Tenseisha

著 Gai ill. みことあけみ

アレナ
ゼルートの仲間。
元Aランク冒険者。
ルウナ
ゼルートの仲間。
元狼《ろう》人《じん》族《ぞく》の
第三王女。
ゼルート
本編の主人公。
転生して貴族の息子に
生まれるが、
現在は家を出て
冒険者をしている。

主な登場人物
Main Character

ラル

ゼルートの従魔。
最強クラスのドラゴン
雷竜帝ラガールの娘。

ローガス

セフィーレの従者。
庶民を見下しがち。

セフィーレ

アゼレード公爵家の
次女。少々戦闘狂の
気がある。

目次

第一章　護衛依頼　7
第二章　ダンジョン探索開始　146
終章　283

第一章　護衛依頼

日本人の少年は命を落とし、異世界で貴族の次男ゼルート・ゲインルートとして転生する。前世の記憶を保持する彼は、将来は家を出て、気ままな冒険者になろうと考えていた。

ただ、冒険者になれるのは十二歳から。そこでゼルートは、それまでの間に可能な限りレベルとスキルを上げることを決意する。

ちなみに、その助けになるかのように、彼は転生の際に、神様から様々なチートスキルを貰《もら》っており、中でも強力なのが、創造スキルだった。これは、頭の中で思い描けるものは何でも――物質は言うに及ばず、スキルや魔法まで――作れてしまうという、超便利スキルだ。

おかげで、本人もびっくりするぐらい強くなり、やがて十二歳、旅立ちの時を迎える――

現在、ゼルートとその仲間の二人――アレナとルウナは、ドーウルスの領主バルスに呼ばれ、彼の屋敷へと向かっている。

アレナは、ゼルートが貴族と問題を起こしたから呼び出されたのではないかと思っており、不安が心を埋《う》め尽くしていた。

彼女が妙な心配をしていることに、ゼルートは気づいていた。

(最近は特に問題を起こしてないんだけどな……まあ、確かに過去には起こしたかもしれないが)

七歳のお披露目会《ひろめ》で起こした一対三の変則型の決闘。あれは、貴族たちに大きな衝撃を与えた出来事だった。

しかし、最近のところでは心当たりがないゼルートは、意気揚々と領主邸に入り、バルスの仕事部屋まで案内され、ノックをしてから中へ入る。

部屋の中に入ると、バルスが笑顔で三人を迎え入れた。

特に面倒な問題で悩んでいるようには見えない。

「おお、よく来てくれた。とりあえず座ってくれ」

「分かりました」

ゼルートはバルスの向かいの椅子《いす》に座った。

アレナとルウナは一応ゼルートの奴隷という立場なので、後ろに立っていようと思っていたのだが、バルスから横のソファーに座っても構わないと伝えられたため、主の隣に腰を下ろした。

「今回の大規模な魔物の群れの討伐、ご苦労だった。それで、どういった戦いだったのか聞かせてほしい」

ゼルートが当初考えていた通り、バルスが三人を屋敷に呼んだ理由は、問題が起きたからではなく、オークとゴブリンの群れの討伐に関する話を聞くためだった。

それを聞いて、アレナはホッと一安心した。

そして三人は、どういった技、魔法を使う個体がいたのか、成長した魔物は成長する前と比べてどれほど強くなったのか、そんな魔物たちをどうやって倒したのか——といったことを話していく。

バルスは三人の話に、子供のように夢中になっていた。

彼の様子を見たゼルートは、前に会ったときとは違う印象を受けた。

(魔物との戦いの話にここまで夢中になるなんて、意外と子供っぽいところがあるんだな)

以前は、話は通じるが、もう少し堅物という印象だった。

二十分ほど経ち、ゼルートたちが今回の討伐について語り終えたとき、バルスが呟《つぶや》いた。

「やはり、Bランクの魔物ともなれば容易には倒せないのだな」

「そうですねえ。身体能力の高さも脅威《きょうい》ですが、ある程度考えて行動するので、そこがまた厄介《やっかい》な点かと」

実際には大した脅威《きょうい》ではなかった。ゼルートや従魔のゲイルからすれば、ほどほどの力で戦いが続けられる、ちょうどいいスパーリング相手といったところだった。

「そうか。とにかく、君たちが討伐に参加してくれたことに、心から感謝する。さて、話は変わるが、ゼルートに尋《たず》ねたいことがある」

「俺に、ですか。もちろん構いませんが、どういった内容ですか?」

ここ最近は、特に問題を起こしていない。それは事実だ。

だがそれでも、どういった質問をされるのか予想がつかないので、ゼルートは緊張してしまう。

アレナも、「もしかして!?」と表情に焦《あせ》りが浮かぶ。

一方、ルウナはなぜかワクワクした顔でバルスの質問を待っていた。

「お主、どこでアゼレード公爵家のミーユ嬢と知り合ったのだ？」

ゼルートはパッと答えられなかった。

（アゼレード公爵家のミーユ嬢……って、誰だ？）

ミーユという人が誰なのかすぐに思い浮かばなかった。だが、徐々に記憶が蘇《よみがえ》り、思い出した。

「アゼレード公爵という家名は分かりませんが、ミーユという名の女性にはこの前、この街で開催されたオークション会場で出会いました」

そのときの状況を細かくバルスに伝える。

話を聞き終えたバルスは、どこかまだ納得しかねている様子だった。

「そうか……だが、だからといって……いや、あの方ならば、大体の力は把握《はあく》できるか。しかし……」

「どうかしましたか、バルスさん？」

「……少し自分の中の疑問が解けた。先程の話の続きだが、ゼルート。お主にアゼレード公爵家から、次女のセフィーレ嬢の護衛を、と指名依頼が来ている。アゼレード公爵家は武に優《すぐ》れた貴族でね。一族の者は一定の年齢になると、試練としてその者のレベルに合ったダンジョンへ行き、最下層のボスを倒さねばならん。お主には、セフィーレ嬢が無事にボスを倒せるよう、彼女を護衛してもらいたいのだ」

「……へ？？？？」

全く予想していなかった話を聞き、ゼルートの口から思わず間の抜けた言葉が出てしまった。

（護衛依頼……しかも貴族の令嬢の護衛、か……面倒事のにおいしかしないな）

正直面倒だと思ったゼルート。自分の性格上、高確率で相手側と揉《も》める未来が見える。

だが、バルスの爵位は辺境伯であり、一方、公爵はその二つ上である。

実質、公爵家はバルスに、ゼルートに引き受けさせるよう命令していると言えるだろう。

（ギルドから伝えられるんじゃなくて、バルスさんを通して伝えられたということは、家同士でそれなりに繋がりがあるんだろう。そして、俺が冒険者だから指名依頼という形になった。向こうにその気がなくても、俺がアゼレード公爵家の頼みを断れば、バルスさんが他の貴族からよくない印象を受けるかもしれないよな）

ゼルート個人としては、バルスは話が通じるいい貴族だと思っている。

なので、彼の面子《メンツ》を潰《つぶ》すような真似《まね》はしたくないため、その依頼を受けることにした。

「分かりました。その依頼、受けさせてもらいます」

「そ、そうか。ありがとう。……本当に助かる」

ゼルートはあまり気が進んでいない。

そんな思いを、小さな感情の揺《ゆ》れから察したバルスは、公爵家からの報酬《ほうしゅう》とは別に、個人的にゼルートへ報酬《ほうしゅう》を渡すことを決めた。

バルスのもとを辞したゼルートたちは、大通りを歩いていた。

「まさか、アゼレード公爵家から指名依頼が来るなんて……心底驚いたわ」

心底驚いている割には、アレナはそこまで表情に焦《あせ》りは見えない。

ゼルートは今回の依頼に関して、肝心なことを思い出した。

「なあ、アレナって、確かミーユさんの友達……だったよな。なら、妹のセフィーレさんも多少は知ってるよな」

主からの質問に、アレナは少々頭を悩ませながら答える。

「そうねえ……会ったことはないけど、ミーユから話を聞いたことがあるわ。確か、性格は結構真《ま》面目《じめ》。でも、貴族らしくないところもあると言っていた。なんでも、夢は早めに現役を引退して冒険者になることらしいわよ」

その夢は確かに貴族らしくない。

アレナの説明を聞き、まだ会っていないが、ゼルートはセフィーレという女性に好感を持った。

(へ〜〜〜、話を聞く限り、俺が嫌いなタイプの貴族じゃなさそうだな。まあ、ミーユさんの妹だから、性格に難ありってことはないか。でも、護衛依頼ってことは、多分俺以外にもセフィーレさんを守る人がいるよな)

ゼルートが考えている通り、今回の依頼にはセフィーレだけではなく、その従者たちもついてくる。

(主の性格がまともでも、従者の性格に難がある……って可能性は捨てきれないよな。考え方なんて、人それぞれだから。だからって、見下《みくだ》されるのは嫌だけどな)

仮に従者とぶつかった場合はどうしようか。

そんなことを考えていると、ルウナに小声で何かを伝えられたアレナの表情に焦《あせ》りが浮かんだ。

「そうね、確かにそろそろ時間ね。ゼルート、悪いけどこの後ミシェルちゃんと用事があるから、また夕食のときに満腹亭で会いましょう」

「そういうわけだ。また後でな、ゼルート」

「オーケー、分かった。アレナ、ルウナ、楽しんできてくれ」

ゼルートが知らぬ間に、二人は、先日の討伐依頼で知り合った冒険者の少女ミシェルと仲良くなっていた。

ずっと自分と行動をともにする必要はないので、特に引き留める理由はない。

(そういえば、小遣いを渡してなかったな)

誰かと遊ぶにはお金が必要だと思い、ゼルートの感覚でそれなりの金額を渡した。

現在、パーティーの懐《ふところ》の管理は、ゼルートがしている。

「ありがとう、ゼルート」

感謝の意を表すべく、アレナは優しくゼルートを抱きしめた。

するとルウナも、ニヤニヤしながらアレナと同じく、礼を言って主を抱きしめた。

二人ともスタイル抜群なので、柔《やわ》らかい二つの餅《もち》が顔に当たって、男としての本音で語れば、幸せな状況だった。

だが、大通りのど真ん中で、美女二人に抱きしめられるという状況は、かなり恥ずかしく感じたので、ゼルートはすぐに二人には離れてもらった。

二人と別れた後、特に行きたい店などもなく、街をぶらぶらと歩きまわっていると、後ろから声をかけられた。

「おう、ゼルートじゃねえか。どうしたんだ、そんな辛気《しんき》くさい顔をして」

「誰だ、って……ガンツか」

声をかけてきた人物は、ゼルートのDランク昇格試験を担当した、ベテランの冒険者だった。

「てか、俺ってそんな顔してたか？」

「ああ、なんつーか……面倒事を抱えてるって感じの顔をしてたぞ。役に立てるかは分からんが、相談ぐらいは乗るぞ。これでも先輩だからな」

戦闘力は遥《はる》かにゼルートの方が上だが、人生経験ならばガンツの方が遥《はる》かに上だった。

その優しさに甘え、ゼルートはガンツとともに、あまり客がいない裏通りの酒場へと向かった。

酒場に入ると、ガラの悪い冒険者がゼルートを見つけた途端、絡もうと思ったのか、ニヤつきながら椅子《いす》から立とうとする。

だが、ゼルートの隣にベテラン冒険者のガンツがいると知るや、慌《あわ》てて椅子《いす》に座り直した。

（……ガンツは、この街では結構顔が知られてるんだな。多分、実力はBランクの一歩手前ってところだから、大抵の冒険者は歯向かえないだろうな。まあ、絡んできても、俺に身ぐるみ剥《は》がされて金玉潰《つぶ》されるのがオチだけどな）

相手の実力が正確に測れない冒険者ほど、ゼルートのカモにされる。

二人はカウンターに座り、ゼルートは果実水を頼む。

ガンツはまだ昼間だというのに、がっつり酒を頼み、ぐいっと呷《あお》る。

「ぷは～～～、仕事終わりのエールも美味《うま》いが、昼間に飲むエールもやっぱり美味《うま》いな。こう……みんなが仕事してる間に酒を飲めるって、優越感がないか？」

「俺にはよく分からないが、そういうものなのか？」

「そういうもんなんだよ。それで、どんなことで悩んでるんだ」

ゼルートは、ガンツにならに言っても大丈夫だと考えていた。

既に二人の周囲は、ゼルートの遮音魔法によって、声が全く漏れない状態となっている。

「今度な、指名依頼で貴族の護衛をすることになったんだよ」

内容を聞いたガンツは体が固まり、「マジかよ」と言いたげな表情になる。

（やっぱりそういう反応になるよな）

冒険者になって一年も経っていないルーキーに指名依頼が来る。

しかも、貴族の護衛依頼。普通ならあり得ない状況だ。

「…………っと、すまん。少しびっくりしすぎた。でも、お前の強さなら当然といえば当然だ。けどよ、お前が冒険者になってからまだ半年も経ってないんだよな。それを考えると、情報が出回るのがちょっと早い気がするな」

「よく分からないけど、貴族には貴族独自の情報網があるんじゃないのか？」

もう少し詳細を話そうかと思ったが、さすがに深く話しすぎるのはよくないと考え、依頼人の関係者と知り合った経緯は伏せておく。

「それでさ、ガンツは貴族の護衛とかしたことあるか？」

その問いに、ガンツは苦笑いしながらも、後輩のためだと思い、答えた。

「一回だけあるぞ。商人の護衛とかと違って、マジで神経をすり減らしたなあ……。金払いはいいかもしれねえけど、二度と受けたくないいな」

「そ、そんなに嫌な思い出があったのか？」

「そうだなあ。特に口に出したわけじゃねえんだが、目が完全に俺たち冒険者のことを見下《みくだ》してたんだよ。自分を守るための駒《こま》だとでも思ってたのかもな。それが物凄《ものすご》く不快に感じた。ただ、相手は貴族だ……依頼が終わったあとの評価で、今後の冒険者生活に影響が生じるかもしれない」

貴族の評価一つで人生が狂う。

それはなにも、冒険者だけではなく、商人や職人にも同じことが言える。

「俺の仲間や、一緒に依頼を受けた同業者は、ぶつけようのない怒りを襲ってくる魔物に吐《は》き出していたな。全ての貴族が、冒険者を自分たちにとって都合のいい存在だと、見下《みくだ》してはいないだろうが……そういったやつもいるから、ストレスを感じる可能性は大いにあるな」

「なるほどねえ〜〜。でも、口に出さないだけまだいいかもな。喧嘩《けんか》を売られたら、俺なら買いそうだ」

「ぶはっはっは！！！　ゼルートなら、たとえ決闘騒ぎに発展しても勝てるだろうけど、依頼的にはアウトだと思うぜ」

「だよなあ……極力喋《しゃべ》らない方がいいか」

「それはありだと思うぞ。話しかけられても、なるべく早く会話を終わらせる。そうすれば、口喧《くちげん》嘩《か》から殴《なぐ》り合いに発展することはないだろ」

ゼルートにも、とても納得できる案だ。

だが、最初の一言が明らかに喧嘩《けんか》を売っている内容ならどうするか。ゼルートなら、無意識に反抗的な言葉を返すだろう。

彼は自分の力に確かな自信を持っているので、分かっていても喧嘩腰《けんかごし》の対応になってしまう可能性が高い。

「まっ、そんな感じだ。そもそも、貴族や権力者の全員が全員、腐《くさ》った性根を持ってるわけじゃない。俺らみたいな冒険者を見下《みくだ》すやつも当然いるが、そいつらは俺たちの苦労を全く知らない素人《しろうと》だ」

当たり前の話だが、貴族の一員として生まれた者は、冒険者の苦労を知らない。

「商人の中にも、冒険者は自分たちの荷物を守って当然だ、荷物を守るための駒《こま》でしかない、と考える屑《くず》がいる」

「……まさしく屑《くず》だな」

そういう風に考えている者がいるというのは、実際に見たことはないが分かっていた。

ただ、それでも、そんな考えを持っているやつらに怒りが湧《わ》く。

「屑《くず》な上に、馬鹿でもある。商人が自分の私兵を持っていないんだったら……頭が回るやつなら、やりようはいくらでもある」

「ガンツ、ちょっと悪い笑みを浮かべてるぞ」

「そりゃ、ちょっと悪い内容だからな。相手が普通に接してくれりゃ、俺も普通に接する。だが、相手がその状況を崩してくるんだったら、俺たちが大人しく黙ってる必要はないだろ」

そんなガンツを見て、ゼルートは改めて、目の前の冒険者は確かに自分の先輩となる人物なのだと思った。

「ただ、冒険者としては当たり前だが、なるべく依頼を達成したいというのが本音だ」

「そりゃそうだな。依頼の達成率が悪かったら、ギルドからの信用が落ちるし」

「そうだろ。だからな、護衛依頼とかを受けるようなランクまで上がれば、依頼人になりそうな連中の情報収集も大事になってくるんだよ」

ランクが上がれば、自然と護衛依頼を受ける回数も増える。

街から街へと移動するときやダンジョンの探索、さらにランクが高いと、貴族の子息や令嬢を長期間護衛することもある。

「実際に、あまりにも冒険者に対して見下《みくだ》した態度を取る商人や貴族は、冒険者たちがその護衛依頼を受けようとしない。結果、護衛なしで移動して盗賊に襲われてボロボロになった、もしくは殺されたって話もある」

先輩冒険者からの話を聞き、ゼルートはその権力者たちはアホの極みに思えた。

まず、自分が冒険者に依頼をしている時点で、持ちつ持たれつの関係になっているのを理解していない。

（頭がいい悪い以前の話として、そこら辺はすぐに理解できると思うんだが。もしかして、人を使う立場になると、そのあたりの常識を忘れてしまうのか？）

とはいえ冒険者側としても、横の繋がりが広い商人たちに嫌われれば、今後の活動に支障が出るので、無駄な衝突は避けたい。

（とりあえず、ガンツの言う通り、そのあたりの情報は集めておいた方がよさそうだな）

だが、ゼルートがこの先冒険者として活躍すればするほど、過去に起こしたお披露目《ひろめ》会の決闘の件が徐々に広まっていくはずだ。

自身の家族を馬鹿にされ、それにキレたゼルートは、国王に変則賭《か》け試合を提案。

そしてゼルートが圧勝し、三つの家が潰《つぶ》されることになった。

どれだけの権力者がこの話を信じるのか。その場にいなければ、信じられないかもしれない。

だが、あの場には多くの貴族やその子供たちがいた。

一人の少年が三人の少年を相手に圧倒する戦いも、その目で見ていた。

実際に戦いを見た者の話なら信じられるのか。噂話として聞いたとしても信じられるのか。

権力者としての勘や能力が試されるとも言えるだろう。

（けど、今回の依頼を上手く達成できれば、公爵家の次女という後ろ盾が生まれて……今後、そこそこ権力を持っている貴族と喧嘩《けんか》になっても、大事にはならずに解決できるかもな。いや、もしそうするとしたら、そのあたりはきちんと本人に確認を取った方がよさそうだな）

許可なく勝手に「俺の後ろには公爵家の次女がいるんだぞ‼」なんて発言をしたことがバレれば、

ゼルート個人の問題ではなく、公爵家とゲインルート家の問題にまで発展してしまう。

「ありがとな、ガンツ。結構参考になった」

「おう、いいってことよ。依頼が終わったら、俺に一杯奢《おご》ってくれよ」

「分かってるよ。そのときは酔い潰《つぶ》れるほどのエールを飲ませてやるよ」

今回の依頼で得られる報酬《ほうしゅう》なら、それくらいは余裕で稼げる。

その後も二人は冒険話に花を咲かせ、夕食の時間まで会話を続けた。


アゼレード公爵家の次女、セフィーレとその従者が到着するまでの数日間、ゼルートたちは実に平和に過ごしていた。

自意識過剰な冒険者、ナルシストクソ野郎なナンパ君。そんな厄介《やっかい》な害虫どもに絡まれることなく、軽い依頼を受けてちょっと豪華な料理を食べて、模擬戦をする——とても平和な日々を送っていた。

また、ゼルートはミシェルとたまたま街中《まちなか》で出会い、二人で武器屋やアクセサリー店を見て回りもした。

ただ、ショッピングの最中に後ろから視線を感じてゾクッとした。

その視線が誰のものなのかは確認していないが、おそらくあいつ——ミシェルの弟ダンなのだろうと、一発で正体が分かったゼルートだった。

やがて、セフィーレとその一行が到着する日の朝。

ゼルートたちは門から少し離れた場所で、セフィーレたちの馬車が到着するのを待っていた。

暇そうにボーッとしているゼルートに対し、アレナが心配そうに声をかける。

「ゼルート、ボーッとしてるけど大丈夫なの？　そろそろ、アゼレード公爵家の人たちが来る時間なんだから、しっかりしてよ」

「ん～～～、悪い悪い。昨日夜遅くまで色々と考え事をしていたからさ。な、ラル」

「そうですね。昨日はかなり遅くまで話していました」

ゼルートたち三人の隣には、雷のドラゴン――ラルが待機していた。

ゼルートは今回の護衛依頼には、元々従魔の誰かを参加させようと考えていた。

リザードマンのゲイルはオークとゴブリンの群れを討伐する際に参加したので、除外。

残るはスライムのラームとラルである。

護衛対象が公爵家の人間ということなので、見た目だけで強さが伝わるのはラルの方だ。

(別にラームでも問題はない。というか、多数の敵から護衛対象を守るとなれば、ラームの方が適している。今回のメイン業務はサポートだから、強さ的にはどちらでもいい。……でも、もしかしたら見た目で文句を言う人がいるかもしれないからな)

とりあえず、準備だけは万全にしておく。

そういうわけで、今回の依頼に参加する従魔はラルが選ばれた。

ラルの全長は一メートルと少し。

もっと体を大きくすることも可能だが、本人としては今の状態が一番いい感じらしい。

「まあ、それぐらいはいいとして。なるべくセフィーレ様や、その従者たちと喧嘩《けんか》したりしないでよ」

アレナは、自分が最も心配している問題を、ゼルートに伝えた。

それだけは避けたい。というか、避けようとするのが普通だ。

相手の態度に問題があったとしても、ぐっと堪《こら》えて受け流す。

そういったスキルも重要なのだ。

だが、その重要性をさらっとルウナが否定した。

「いや、それはどう考えても無理な話じゃないか？　ゼルートはまだ十二歳だ。見た目も年相応だから、セフィーレ様は何も言わないかもしれないが、その従者が難癖《なんくせ》をつけてくるのは避けられないと思うが」

これは、貴族の思考が捻《ひね》くれている、もしくは腐《くさ》っているからという理由ではない。

単純に、護衛の中に子供がいる、護衛パーティーのリーダーが子供、それだけで相手としては難《なん》癖《くせ》をつけてチェンジしたくなる。

だがそれは、自分は相手の実力を測れないと自白していることにもなる。

「……はーーー。そんなことはないと言えないのが悲しい現実ね。仕方ないと言えば仕方ないのかもしれないけど。でもゼルート、決闘に発展して勝負に勝ったとしても、相手の装備を剥《は》ぎ取るようなことはしないでよ」

「…………分かった。これから一緒に戦う相手の戦力を削《そ》ぎ落とすのはよくないしな」

ゼルートは若干《じゃっかん》考え込んでから、答えを出した。

実際は、服をひん剝《む》いて近くにいる連中に見せびらかすのも面白そうだと考えていたが、公爵家の次女であるセフィーレの恥にもなると思い、やめることにした。

「……ちょっと間が気になったけど、まあいいわ」

「ふむ、お主なら貴族の地位は関係なしに相手をボコボコにして、装備やら防具を剝《は》ぎ取ると思っていたが……多少の慈悲《じひ》はあるのだな」

気づけば予想外の人物がそばにおり、そう言って神妙な顔で頷《うなず》いていた。

「…………えっと、なんでバルスさんがここにいるんですか？　書類関係のお仕事とか片づけなくていいんですか？」

普段は仕事部屋で書類の処理に追われているはずのバルスだった。

しかも、周囲には十数人ほどの兵士たちが待機している。

「なんでここに私が立っているか分からないという顔をしているな」

「えっと、まあ……そうですね。分かりません」

「簡単なことだ。公爵家なんて私よりも圧倒的に立場が上の方が来るんだ、自ら出迎えに行かなければ、あとあと厄介《やっかい》なことになりかねない」

「なるほど、そういうことだったんですね」

そこへ、ちょうどその公爵家の方が乗った馬車が到着した。

（馬車を引いているあの馬って、普通の馬じゃないよな。確か……ワイルドホース、だったか？）

ゼルートの推測は正しく、馬車を引いている馬は、調教された魔物ワイルドホースである。

低ランクの魔物ならば、突進だけで吹き飛ばせてしまう。

ゼルートの興味がワイルドホースに向いている間に、ドアから一人の従者が降り、その次に、今回の護衛対象であるセフィーレが降りてきた。

一切の淀《よど》みがない金髪のロングストレート。

顔はミーユと似ており、凛《りん》とした風格が漏れ出ている。

だが、まだ少し幼いため、あどけなさが残っており、可愛《かわい》いという印象を持つ者もいるだろう。

体つきは「貧乳こそ正義!!」といった考えを持つ者でなければ、どんな男でも魅了するほど見事なものだった。

本当に十五歳なのか疑わしいほど、容姿のレベルが高い。

（いやあ、マジかよ。ちょっとレベル高すぎないか？　ハリウッド女優が逃げ出すレベルだろ）

その圧倒的なまでの美しさとスタイルに、ゼルートは釘《くぎ》づけになっていた。

すると、馬車から降りてきたセフィーレと目が合った。

向こうは、視線の先に立っている少年が、こちらが指名した人物だと理解したらしく、ゼルートの方へと歩を進める。

敵意は感じないので、身構える必要はない。だがゼルートは、どんなことを尋《たず》ねられてもしっかりと答えられるようにしようと思った。

思っていたが……その覚悟はすぐに崩れた。

「ふむ、君がゼルート、で合っているか？」

「はい。お、私がゼルートです」

咄嗟《とっさ》に一人称を変えたのがおかしかったのか、セフィーレはクスッと笑う。

「ふふ、無理に敬語を使わなくてもいいぞ。それと一つ、君に頼みがあるんだが、私と戦ってくれないか？」

「へぇっ!?」

やはり、しっかりと答えることはできなかった。

だが、護衛対象からいきなり自分と戦ってほしいと頼まれてスムーズに答えるのは、誰にだって難しいだろう。

どう答えたらいいのか分からず、少しの間、ゼルートの思考は停止していた。

すると、セフィーレの従者の一人で、いかにも貴族至上主義という考えが体から漏れ出ている青年が詰め寄ろうとした。だがその前に、バルスが間に入った。

「セフィーレ嬢、この街を治めているバルスと申します。申し訳ないのですが、この者、ゼルートに、もう少し理由を説明していただいてもよろしいでしょうか」

「む、そうだな。さすがに説明が足りなかったか。理由としては――」

セフィーレの理由を簡単に纏《まと》めると――姉のミーユから、ゼルートという名の冒険者はかなり強いと聞いた。そして是非一度手合わせをしたいと思った……ということらしい。

後はあまり人前で話せる内容ではないのか、濁《にご》されてしまう。

（濁《にご》された部分は、ある程度強くて性格が悪くなければ、自分の家に仕えないかという提案か。もしくはあまり考えたくないけど、どっかの国と近いうちに戦争をするから手を貸してほしい、そんな内容かもな）

ゼルートはそのように推測していた。

詳しく説明をした後に、セフィーレはもう一度手合わせを申し込んできた。

「というわけで、私と戦ってくれないか？」

「そ、そうですねぇ……」

正直、どう答えればいいのか、判断できない。

ゼルートとしては戦ってもいい。むしろちょっと戦ってみたいと思っていた。

だが、もし手合わせで怪我《けが》をさせてしまった場合、絶対に厄介事《やっかいごと》に発展する未来が見える。

ゼルートがどう答えればいいのか迷っていると、先程の典型的な貴族の青年に、いきなり貶《けな》された。

「セフィーレ様、このような薄汚い者と戦う必要などありません。第一、この者は冒険者になったばかりの少年。どうせ、この年でDランクになったのも、そこにいる従魔のドラゴンのおかげでしょう」

突然の自分への侮蔑《ぶべつ》に、ゼルートは面食らった表情になる。

そして昔のお披露目《ひろめ》会の際に絡んできた、三人の馬鹿息子のことを思い出した。

(なんか懐《なつ》かしく感じるな……あのときはかなりボロカスにして叩《たた》きのめしたよな。てか、この濁《にご》った金髪の坊ちゃん貴族は、本物のアホなのか?)

出会ってすぐ暴言を吐《は》いてきた坊ちゃん貴族の頭が心配になる。

(目の前にいる人物が辺境伯だと分かっていて、こんな態度を取ってるのか? 結果的に、自分の主の評判を落としていることに気づいている様子が全くない。それに、俺も一応貴族の子息なんだけどな……。まっ、ギルドの資料には名前しか載ってないし、まさか貴族の子息だとは思わないか)

ゼルートがそんなふうに思っていると、セフィーレがムッとした表情で坊ちゃん貴族に反論した。

「だが、あの姉上が、実力を読み間違えることはないと思うのだがな。あとローガス、その貴族以外に対する口を直せ」

主に反論されたが、ローガスは特に自分の考えを改めるつもりはなさそうだった。

「ミーユ様もそのときは、とある事情でかなり心に焦《あせ》りがあったはずです。それゆえに、そこの者の実力を読み違えたのでしょう」

坊ちゃん貴族の考えは、ゼルートにとって完全に無視できる内容ではなかった。

(その考えには一理あるかもな。確かにあのときのミーユさんは、アレナのことで心の中に大きな焦《あせ》りがあっただろう)

だが、ゼルートと一度戦ってみたいというセフィーレの気持ちは、一切変わらない。

そこで痺《しび》れを切らしたローガスが「それならば、私がこの薄汚い冒険者と戦い、実力を測ってやりましょう」と答えた。

ゼルートはまさかの展開に少し戸惑《とまど》ったが、戦うことを了承した。

(バルスさんの面子《メンツ》とかを考えると、ここでセフィーレさんか坊ちゃん貴族、どちらかと戦った方がいいのは間違いない。というか、目の前の傲慢《ごうまん》君は単純にボコボコにしたいな)

残念な教育を受けてきたのか、それとも元々芯《しん》が腐《くさ》っているのか。ローガスみたいな相手から侮辱《ぶじょく》されれば、当然のように怒りが湧《わ》いてくる。

(とはいえ、一応依頼主の従者だから、致命傷になるような傷は負わせない方がよさそうだな。でも、恥をかかせるのは全然ありだよな)

ポーカーフェイスを保ちながら、ゼルートは心の中では黒い笑みを浮かべる。

「ゼルート、あまりやりすぎちゃ駄目よ」

「分かってるよ、アレナ。だから、心配しなくても大丈夫だ」

「ゼルート、相手は一応貴族の子息だ。子孫繁栄を考えると、睾丸《こうがん》は潰《つぶ》さない方がいいと思うぞ」

「ぶっ！　はっはっは、確かにそうだな。気をつけるよ、ルウナ」

ローガスの子供を心配するような言葉を口にするが、ルウナは内心、彼がどれだけゼルートにボコボコにされるかを楽しみにしていた。

そして、ゼルートとローガスはお互いに得物《えもの》を持ち、五メートルほど離れた位置に立つ。ゼルートは剣で、ローガスは槍——魔槍だった。

明らかに他者を見下《みくだ》す目をしつつ、ローガスはいかにも駄目貴族の発言をする。

「ふっ、本当にみすぼらしい格好をしているな。鎧は着ていない。武器はどこにでも売っている量産型の長剣。本当に、奴隷と従魔におんぶに抱っこらしいな。化けの皮が剥がれる前に降参してもいいんだぞ、地に頭をつけて言えばな」

（量産型の長剣、ねえ。まっ、それは確かに間違ってない。こいつは、俺が錬金術で造った量産型の武器だ）

なんて思いながら、ゼルートは怒りを通り越して、呆《あき》れていた。

相手の実力を正確に測れない程度の力しか持っていない。

だからこそ、ゼルートみたいな規格外を目の前にしても、傲慢《ごうまん》な態度が消えないのだ。

（貴族特有の、とでも言えばいいのか？　冷たい威圧感はあるが、ブラッソやゲイルの威圧感に比べれば、そよ風にもならない）

相手の力量を把握《はあく》できないからこそ、ここまで傲慢《ごうまん》で調子に乗った態度を取る。そんなローガスが少々可哀そうに思えてしまう。

（これから大勢の人間が見ているところで恥を晒《さら》すというのに……。ムカついてはいるから、とりあえずボロカスにはするけど。てか、この勝負に勝ったら、報酬《ほうしゅう》としてあいつの武器を貰《もら》おうかな。貴族の子息が持っている武器なだけあって、結構上物だし）

ローガスが出しゃばらなければ、戦うことはなかった。

ゼルートの脳内では、ローガスはたまに絡んでくる、自分の実力を過剰に信用している馬鹿と同じだった。

なので、今回の戦いに勝ったら、武器ぐらいは奪ってもいいか、と考えていた。

（……いやいやいや、それはバルスさんの面子《メンツ》を潰《つぶ》す行為か……チッ！！　本当にダル絡みって感じだな。まあいいや。とりあえず、伸びて伸びて伸びまくってるしょうもないプライドをへし折るか）

ちなみに、坊ちゃん貴族のセリフを聞いたアレナとルウナとバルスは、あの馬鹿は死んだかもしれないと思った。

（あの子……そんなに死にたいのかしら？）

（ゼルートに対してあんな発言を……。ネズミがドラゴンに挑むような状況だというのに。もしかして、自分は魔王だとでも勘違いしているのか？）

（確かにゼルートは、その見た目から弱いと思われるかもしれないが、彼の底知れない魔力を、闘気を感じられないのか？）

辺境伯のバルスでさえ、この戦いでローガスが再起不能になっても仕方ないと諦《あきら》めていた。

一方、坊ちゃん貴族の発言を聞いたセフィーレたちは、「またか……」と困った表情をしている。

日頃からローガスは問題を起こしているのが窺《うかが》える。

ただ、ゼルートの態度も、ローガスの強気な様子に負けていない。

「お前こそ、恥をかく前に降参した方がいいんじゃないか？　アゼレード公爵家の娘の従者が、己が馬鹿にした、たかが子供の冒険者に手も足も出ずに負けた、なんてことになったら……アゼレード公爵家の顔に泥を塗ることになるよな。それって、どう考えても末代までの恥ってやつだろ」

ゼルートの口は、まだまだマシンガンのように止まらない。

「てか、お前程度の実力しか持ってないやつがなんで冒険者を馬鹿にしてんだよ。温室育ちの温《ぬる》い訓練しか経験してこなかったんだろ。なのに、その舐《な》め腐《くさ》った生ゴミみたいな態度、世間知らずにもほどがあるだろ。他の従者はまともな目をしてるのに、お前だけちょっと犯罪者みたいになってるぞ。人を侮辱《ぶじょく》しすぎて、そんな目になったんじゃないのか？」

バルスの面子《メンツ》のために、という考えはどこにいったのか。

ゼルートのマシンガン口撃は、見事にローガスの怒りを爆発させた。

そして、アレナは呆《あき》れ顔になり、ルウナは爆笑、バルスはしょうがないといった表情をしていた。

予想外の口撃を聞いたセフィーレとその従者たちは思わず噴き出し、堪《こら》え切れなかった者は思いっきり笑っていた。

「き、貴様ぁぁあああああああーーーーーッ！！！！！」

大ダメージを受けた坊ちゃん貴族は顔を真っ赤にし、いくつも青筋を立てながら怒《ど》鳴《な》り散らす。

「そのふざけたことを喋《しゃべ》る口を二度と開けないようにしてやるッ！！！！」

ゼルートは、この物言いに内心呆《あき》れていた。

(おいおいおい、仮にも公爵家の次女に仕える従者が、そんな言葉を口走ってもいいのかよ。周りに誰もいないってわけじゃないんだぞ)

当たり前だが、周囲にはバルスと彼の私兵が、少々離れた場所にはドーウルスに入ろうと、門の前で並んで待っている者たちがいる。

大声を出せば、当然その内容は聞こえてしまう。

（それに、これは一応、決闘じゃなくて模擬戦扱いなんだぞ。なのに、二度と口を開かせないとか、思ってても言ったらダメだろ。どんだけ頭に血が上りやすいんだよ）

原因はゼルートにあるが、それでもローガスは特に頭に血が上るのが速い。

模擬戦前の口撃合戦は終わり、審判役のバルスが開始の合図を行う。

坊ちゃん貴族は魔槍を構え、相手の出方を観察するような真似《まね》はせず、勢いよく飛び出す。

そして、完全にゼルートを潰《つぶ》す、もしくは殺すつもりで、顔面に突きを放った。

（へ～～～、調子に乗るだけの力はありそうだな。無意識に身体強化を使っているが、刃に魔力は纏《まと》わせてはいない。だいたいCランク冒険者ぐらいの実力かもな）

ただ、Cランク冒険者程度の実力では、ゼルートにろくなダメージを与えられない。

ゼルートは特に表情を変えることなく、体を半身《はんみ》にして体重の乗った突きをかわした。

坊ちゃん貴族は、自身の突きがかわされるとは微塵《みじん》も思っていなかったのか、驚きを隠しきれない。

しかし、ある程度戦い慣れてはいるので、手元に槍を戻して、今度は細かく連続で突きを放つ。

突きは頭部、心臓部、中心線――明らかに急所を狙った攻撃ばかり。

（おーーーいおいおいおい。いくらなんでもやりすぎだろ。そりゃ、俺を殺したい気持ちはあるんだろうけど、そこまでオーラと攻撃に出すのはアウトだろ）

心の中で文句を漏らしながらも、ゼルートはその場からほとんど動かずに連続突きを飄々《ひょうひょう》とした表情で躱《かわ》し続ける。

その後も相変わらず急所を狙った攻撃ばかりが続き、それをゼルートが最小限の動きで躱《かわ》す。

そんなやり取りが一分ほど続いた。

(ちょっと期待外れだな。あれだけ傲慢《ごうまん》な発言をしていたんだから、もう少し強いと思っていたんだが)

今の状況を何分、何十分、何時間と続けても、ローガスはゼルートに勝てない。

(魔槍を使ってるからには、奥の手があるんだろうけど……まさか、それを使わずに俺に勝てると思ってるのか？　それなら、本当に随分と舐《な》められたもんだな)

鑑定眼を使って調べてはいないが、坊ちゃん貴族が使用する魔槍には、特別な効果が付与されているはずだった。

だが、薄汚い冒険者相手にそれを使う必要はない、自身の身体能力と技量のみで倒す――ローガスは、そう思いながら戦い続ける。ただ、その刃は掠《かす》りもしない。

(奥の手を使っても、あそこまで傲慢《ごうまん》になれる強さはないと思うんだが……まあ、これ以上回避に専念する必要はないか)

ゼルートが攻撃に転じようと思ったとき、周囲の者の表情は様々だった。

アレナとルウナは、ゼルートとローガスの実力差を正確に理解しているので、このような状況になるのは仕方ないという考えが表情に表れていた。

バルスはゼルートの実力を評価していたが、ローガスが子供みたいに弄《もてあそ》ばれている様子を見て、自分が例外中の例外であるスーパールーキーの実力を過小評価していたことに気づかされた。

（まだまだ子供とはいえ、公爵家の次女の従者となるために育てられた子息を、こうも簡単にいなすとは……。対人戦ならば、冒険者よりも貴族の方が優《すぐ》れていると思っていたが、そんな常識はゼルートに当てはまらないな）

改めて、ゼルートの規格外の強さを認識させられた。

そしてセフィーレは、自分の想像通りの実力があったと分かり、満足げな表情をするが、やはり自分が戦っておけばよかったと、若干《じゃっかん》後悔していた。

残りの三人の従者は、模擬戦の内容にあんぐりと口を開け、固まってしまっていた。

ローガスには傲慢《ごうまん》になるほどの実力があると思っていたが、そんな同じ従者の攻撃が全く当たらず、掠《かす》りもしない。

確かに強いとは聞いていたが、今回自分たちと一緒に主を守る子供は、自分たちより遥《はる》かに上の力を持つ者なのだと、思い知らされた。

（この私の攻撃が、掠《かす》りもしないだとっ!?　ふざけるな!!!!）

ローガスはこんな状況、認められるわけがない。

魔槍に魔力を込めて、身体強化の恩恵を得たことで、脚力と腕力が上がり、突きのスピードも上がる。

ゼルートもそれに気づいた。

（魔槍の効果か。でも、誤差の範囲だな。つーか、攻め方が王道すぎてつまらないな）

いまだにローガスはゼルートを殺す気満々なので、急所ばかりを貫こうとしている。

一分も同じ攻撃を続けていれば、攻撃のタイミングが読めてしまう。

その結果、最初よりも余裕を持って攻撃を躱《かわ》せるようになる。

ローガスの槍術が悪いとは思わない。

だが、身体能力で圧倒的に上回っているゼルートを仕留めるには、色々と足りないものが多い。

そもそもゼルートは、身体能力の面で言えば、スピードに優《すぐ》れたタイプなのだ。

そんな相手に、同じような攻撃を何度も何度も繰り返す……無駄というより他ない。

ゲイルやブラッソ相手に対人戦を何百回、何千回と繰り返してきたゼルートに、今更身体能力が劣る相手の真っ当な攻撃など掠《かす》りもしない。

（自分の感情を全く抑えられていない。これも大きな欠点だな。殺気が抑えられていない分、攻撃する箇所がさらに読みやすくなる。こんなことはある程度戦闘経験があれば分かるはずなんだけどな。やっぱりこの坊ちゃん貴族、傲慢《ごうまん》になれるほど実戦経験を積んでないよな）

ゼルートが本気で敵を殺すとしたら、極力感情をコントロールして背後に回り、首を刎《は》ねるだろう。

もしくは、爆発しそうな殺気を逆に利用して、二段攻撃で相手を仕留めるという手もある。

だが、何度も突きを繰り返すローガスの脳にはそういった考えは一切なく、自分を侮辱《ぶじょく》した薄汚い冒険者を殺す――それしかなかった。

（うん、やっぱり俺が長剣を使うのはどう考えてもよくないな）

体術より剣術の方が得意というわけではない。

しかし、相手の実力を考えるに、武器を使うほどの相手ではないと判断し、ゼルートは長剣をアイテムリングの中に入れて、素手で戦うことにした。

(ちょうどいいハンデになるかどうかは分からないけど、武器を使う意味はなさそうだし、素手で十分だろ)

そんな軽い気持ちで切り替えたが、その余裕な態度がローガスのプライドを刺激した。

額にはさらなる青筋が浮かび、攻めるペースが速くなった。

だが、代わりに精密さが欠け、狙いがブレブレになりはじめた。

それ様子を見て、ゼルートは精神年齢五歳かよと思った。

(はっはっは！！！！　本当に面白いな、完全にピエロだ。攻撃がさらに読みやすくなった。でも、そろそろ本当に飽きた)

完全に攻撃へと転じる。

右肩に放たれた突きを右手の甲で弾き、左の拳に魔力を込めてブレットを放つ。

放たれた魔力の弾丸は、ガラ空きだったローガスの腹に決まり、槍を手放すことはなかったが、その場に膝《ひざ》をついた。

そしてゼルートは、ローガスがギリギリで反応できそうな速さで、側頭部にミドルキックを打ち込む。

(これぐらいなら躱《かわ》せるだろ)

ゼルートの予想通り、ローガスはミドルキックを本当にギリギリのところで躱《かわ》すことに成功した。

もう少し遅かったら、そこそこイケメンな顔がボロボロになっていただろう。

ローガスはそこから立ち上がることはできたが、攻撃に転じるまではいかない。

槍の攻撃範囲は広いが、極めていないと、懐《ふところ》に入られたら何もできなくなる。

戦闘上級者ならば、槍以外のサブの武器で対処する場合もあるが、ローガスにそういった手札はない。

自身の槍の腕に相当の自信を持っており、万が一のために槍以外の武器を装備しようという考えには至らなかった。

ゆえに、今回のように懐《ふところ》に入られると、相手の攻撃を避けるしかなくなる。

ローガスも一応貴族なので攻撃魔法は使えるが、並行詠唱のスキルは習得していないので、動きながら呪文を唱えることはできない。

当然、魔法名だけを言葉に出し、魔法を発動する無詠唱も使えない。

現状を打破するには、ゼルートの体勢を崩して、勝機をつくるしかない。

その間もゼルートは、ボクシングのコンビネーションや、空手の突きや蹴りなどの攻撃を、絶え間なく繰り返している。それらをギリギリで後退しながら避けているため、ローガスは自分の後ろに何が迫っているのか確認できていなかった。

（ギリギリ避けられる速度で攻めてるつもりだったんだけど、まさかここまで上手く進むとはな）

そしてついに、坊ちゃん貴族はゼルートの蹴りを避けた瞬間、勢いよく背後にある木にぶつかる。

さらに、何が自分の身に起きたのかと、振り向いた。

それを見たゼルートは、こいつは本当にセフィーレの従者なのかと思ってしまった。

(戦いの最中に後ろを向くとか、これ、絶対に作戦とかじゃなくて素だよな。はーー……殺してくれって言ってるようなものだぞ)

本当に、本当に心底呆《あき》れてしまった。

だが、攻撃の手を緩《ゆる》めたりしない。

スタンを使用して、ローガスの手に持っている槍に痺《しび》れを与える。

「がぁ!?」

気絶するような痛みではない。だが、確実に動きは一瞬止まってしまう。

その上、痺《しび》れの影響で槍を握りしめていた手が緩《ゆる》んでしまった。

その隙《すき》をゼルートが見逃すわけがなく、槍を右足で蹴り飛ばす。

「シッ!!」

すかさず今度はローガスの腕を掴み、一本背負いをかまして地面に叩《たた》きつけた。

「が、はっ!!!」

勢いよく地面に叩《たた》きつけられ、坊ちゃん貴族の肺にあった空気は全て外に出てしまい、呼吸がまともにできなくなる。

そんな状況でも、ゼルートは慈《じ》悲《ひ》もなく攻め続ける。

アイテムリングから再び長剣を取り出し、ローガスの顔の真横に突き刺して呟《つぶや》いた。

「これ以上戦うってんなら、五体満足は保証しない。ここから先は試合じゃなく、殺し合いの方の死合だ。それでも、まだやるか？」

最終警告だった。

そう告げられたローガスは、自分がどのような状況にいるのかをようやく理解し、悔しそうに顔を歪《ゆが》め、その場から動かなくなった。

「そこまで!! 勝者は、冒険者ゼルート！！！」

ローガスの戦闘不能を確認し、バルスはゼルートの勝利を宣言した。

すると、周りで模擬戦の様子を見ていた冒険者や商人、一般人から、大きな歓声と拍手が起きる。

中には、今回の模擬戦でどちらが勝つか、賭《か》けをしていた者もいた。

勝った、負けた、今日の報酬《ほうしゅう》が消えた、今日は飲み放題だ――そんな言葉がゼルートの耳に入ってきた。

（本当に、この世界の人たちは賭《か》け事が好きだな。俺が確か……ドウガンって冒険者と戦ったときも、多くの同業者が賭《か》けをしていたな）

そのときはまだゼルートの実力が知れ渡っていなかったこともあり、損をした者が多かった。

（観客の中には商人もいたみたいだし、俺がこの坊ちゃん貴族に、アゼレード公爵家の顔に泥を塗るって言ったことが、現実になるかもな。まあ、俺が大声で言ったから聞こえてしまったかもだけど。俺は事実を言っただけだから、罪はないだろ……おそらく）

ゼルートは今になって、自分の口にした言葉が心配になってきた。

だが、既に言ってしまったし、模擬戦も終わったのだ。気にしてもしょうがない。

アレナは、ゼルートがローガスを必要以上にボコボコにしなかったことにホッとし、ルウナは逆にあまりボコボコにされていないので、少々不満を持っていた。

（私なら、あのいけ好かない男の顔面をボコボコにしてボロ雑巾《ぞうきん》にしてやるのに。いや、私はゼルートの奴隷という立場なのだから、ゼルート以上に丁重に接しないといけないのか。うむ、面倒だな）

審判を務めていたバルスは、アレナと同じく、ゼルートが必要以上にローガスを叩《たた》きのめさなかったことにホッとしていた。

そして、もう一度ゼルートの評価を改めた。

（侮辱《ぶじょく》されたゼルートの心情を考えれば、顔面に思いっきり拳か蹴りを叩《たた》き込んでもおかしくない。だがあの子は、相手がアゼレード公爵家の次女に仕える従者だということを考慮し……相手に降参を迫るという形で決着をつけた）

まさに感情をコントロールした結果だろう。まだまだ年齢的には幼いが、その精神力に感服した。

「ふふ、やはり私の目は間違っていなかった」

セフィーレは、模擬戦の結果を把握《はあく》し、やはり自分が戦っておけばよかったと少し後悔した。

従者の三人は、予想とは全く異なる結果を目の当たりにし、見た目で実力は測れないという事実を理解した。

三人の中で回復役を務めている女性が何かに気づき、小さくブツブツと何かを呟《つぶや》きはじめた。

ここで、セフィーレが一歩前に出て、ゼルートたちに自己紹介を始める。

「バルス殿から聞いているとは思うが、私がセフィーレ・アゼレードだ。武器は主にレイピアを使う。魔法は風と火が得意だ。短い間だが、よろしく頼む。そしてできれば、私とも模擬戦をしてほしい」

ゼルートは、差し出された手を苦笑いしながら握んだ。

(この人も結構戦闘狂っぽいな。ルウナといい勝負かも。というか、セフィーレさんがこんな好戦的な性格ってことは……もしかしてミーユさんも実は戦闘狂なのか？　それはちょっと嫌だな)

ゼルートの頭の中のミーユは、基本的にクールだが、同時に優しさを持つ人というイメージだ。なので、あまりそのイメージが崩壊してほしくないというのが本音だった。

そして次は、従者の一人――短髪で茶髪、ノリが軽そうな青年が自己紹介をする。

「次は俺だな。初めまして、ソブル・デーケルだ。武器は主に短剣を使う。魔法は土が少し使える。ダンジョンでは斥候《せっこう》を担当することになっている。あんたたちの噂は聞いている。頼りにさせてもらうぜ」

(俺たちの噂……既に俺たちのパーティーがゴブリンとオークの群れと戦って、俺がオークキングを討伐したのは知ってるみたいだな)

群れの討伐が終わってから既に一か月が経っており、その話は貴族だけではなく、一般人の耳にも入っていた。

次はショートカットで、男勝りな顔をしている女性が前に出た。

「次は私の番ですね。名前はカネル・ソートリア、主に使う武器は大剣。この中では一応タンクを担当しています。魔法は水が使えます。それで、よければ時間があるときに、私とも模擬戦をしてください。よろしくお願いします」

またか……と、ゼルートは心の中で少々大きなため息を吐《つ》いてしまう。

（いや、別に嫌というわけではない。こういう人は嫌いじゃないし……でも、護衛の依頼を受けてそういうことをお願いされるのは、本当に予想外だ）

よく戦闘狂の人と遭遇《そうぐう》するなと彼は思っているが、そんなゼルート自身もスイッチが入れば、ルウナ、セフィーレ、カネルと同じ同類である。

だが、このとき、そのことは彼の頭からすっぽ抜けていた。

そして最後に、母性が強いと思わせる金髪美人の女性が口を開いた。

「最後は私ですね。リシア・ナルファーと申します。武器は主にメイスを使います。魔法は光を使い、回復役を務めています。短い間ですが、よろしくお願いします」

リシアが頭を下げると、修道服の上からでも分かる大きな胸が強調され、ゼルートは思わず赤面してしまった。

ゼルートたちも軽い自己紹介を終えてから馬車に乗り込み、目的のダンジョンがある街、バーコスに向かう。

出発してから二時間経った。ゼルートとアレナとルウナは、セフィーレ、カネル、リシアとともに、馬車の中で豪華な椅子《いす》に座っている。

（魔物や盗賊に襲われないのはいいことなんだけどな）

錬金術師によって作られた馬車は、中の空間が見た目より広くなっているので、ゼルートたちが入ってものんびりくつろげた。

ただ、本来ならゼルートは護衛として雇われた冒険者なので、馬車の外で周囲を警戒するのが仕事だ。

理由は、セフィーレがゼルートと話したいという、単純なものだった。

セフィーレがその発言をしたとき、ローガスは口を挟まなかった。

だが、物凄《ものすご》い形相でゼルートを睨《にら》みつけており、どのような心情なのかまる分かりだった。

ちなみに、そのローガスはソブルとともに御者《ぎょしゃ》の役目をしている。また、外ではラルが周囲を警戒しているため、ゼルートのパーティーが全く仕事をしていないわけではなかった。

ドーウルスを出発してからこれまで、ゼルートはセフィーレと従者たちにオークとゴブリンの群れを討伐した際の戦闘について、詳しく話していた。

ゼルートは、既にある程度の情報は出回っているだろうと思い、特に隠すことなく詳細を伝えた。

合計で何体ほどいたのか、上位種の数はどれほどなのか。

成長して通常種より強くなった個体は、他と比べて強さにどれほどの差があったのか。

ゴブリンキングとオークキングはいったいどのように襲いかかり、どれほどの強さを持っていたのかなどを、様々な情報を思い出しながら、丁寧に説明していた。

ゼルートたちの説明を聞いた、セフィーレ、カネル、リシアの表情は、それぞれ違っていた。

セフィーレは、オークやゴブリンという種族の特性を嫌っているものの、キング種の強さには興味を示した。

そして、自分も戦ってみたかったという思いが膨らみ、先程ゼルートとローガスの戦いを見終わったときのような悔しそうな表情をする。

カネルも、セフィーレと同様、自分もキング種と戦ってみたいという思いが少々あった。

だがそれよりも、ゼルートの話に出てきたオークキングの技――大剣から岩の破城槌《はじょうつい》を打ち出す攻撃の方に興味を持ち、自分なりにできるかどうか考えはじめた。

リシアはまず、女性の天敵であるオークとゴブリンの名前を聞き、すぐに眉間《みけん》に皺《しわ》を寄せる。

聞き終えると、自分たちならどうやってオークキングとゴブリンキングを倒すのか、真剣に考えはじめ、さらに眉間《みけん》の皺《しわ》が深くなってしまう。

「オークキングがそのような技を使うのか……。大剣から放つ岩の破城槌《はじょうつい》、なかなか強力そうな技だ。カネル、お前なら土の魔力ではなく、水の魔力を使って再現できるか」

セフィーレに問われたカネルは、数秒ほど考えてから答える。

「そうですね……はっきりと断言はできませんが、できなくはないと思います。ただ、ゼルート殿の話を聞いた限り、技を発生させるまでの時間が短いわりには、威力が相当高いです。今の私の技術では、同等の威力を持つ破城槌《はじょうつい》を完成させるのに、それなりの時間が必要になります」

オークキングがゼルートにぶつけようとした技に関しては、スキルや詠唱は必要なく、単純な魔力操作によって発動できる。

ただ、カネルの言葉通り、発動までの時間は魔力操作の腕によって決まる。

自分がオークキングと同じ威力を発動させるのは無理だと思い、正直に誇張せず伝えたわけである。

（これがあの坊ちゃん貴族なら、できなくても見栄を張って「できます!!」って自信満々に答えて、いざ実戦で使うと上手くいかず、相手の攻撃をモロに食らったりするんだろうな……ぶっ!! そ、想像しただけで笑ってしまう）

もしローガスならどう答えるかを想像したゼルートは、思わず声に出して笑いそうになるが、さすがにそれはまずいと必死に堪《こら》えた。

「そうか、できなくはないんだな。なら、カネルの努力に期待しておこう」

「はい!! 必ず期待に応《こた》えてみせます！！！」

セフィーレの言葉に、カネルは真剣な表情で答えた。

刃に魔力を纏《まと》わせ、破城槌《はじょうつい》として放つ技を覚えれば、戦術の幅が広がる。

それを理解しているので、カネルは必ず習得すると決めたのだ。

ここで、魔力操作について何かを思い出したのか、アレナがゼルートに声をかける。

「ゼルート、あなたが朝の訓練で魔力の玉を宙に浮かせて、動かしたり大きさを変えたりしていたのは、魔力操作を鍛えるための訓練じゃないの？」

「そんな訓練方法があるのか？ よければ詳しく教えてほしいのだが」

ゼルートが考えた訓練方法はまだ広まっていない。同じ訓練方法を思いつき、実行している者もいるが、彼らは絶対に広めようとはしない。

魔法を極めようとする者からすれば、独自に考えついた訓練方法はあまり他者に教えたくないものである。

ゼルートも同じように、自分と深く関わる者以外には教えたくないと思っているが、今回は依頼主からの要望ということもあり、渋々《しぶしぶ》教えることにした。

訓練方法は、魔力の球体を浮かべ、まずは形状変化に慣れるところから始める。

それから数を増やし、球体の大きさを一定にする。

数を増やすことに成功すれば、自由自在に動かす、もしくはそれぞれ違う形に同時に変形させる。

練習方法を聞いたセフィーレたちは、なるほどと納得のいった表情になった。

実力が低く、理解力のない者が聞けば、なんて魔力の無駄遣いなんだと怒り狂うだろうが、彼らは一定水準以上の実力があり、さらに理解力もある。

なので、ゼルートの訓練方法がどれだけ効率のいいものなのか、すぐに理解した。

ここにいる面々では、カネルはやや魔力操作が大雑把《おおざっぱ》であり、またルウナも細かい魔力操作が苦手であった。

しかし、ゼルートが訓練方法を提案してくれたことで、自分たちも上手く魔力操作ができるようになるかもしれない——そう思ったが、頭の中でイメージを浮かべたところ、失敗する未来しか浮かばず、思わず苦笑いを浮かべてしまった。

そんな二人とは対照的に、セフィーレは物凄《ものすご》く興奮しており、テンションが高くなっていた。

「ゼルート、この訓練方法は、私の家の兵士たちにも教えていいだろうか？　いや、是非一般公開するべきだと思う!!　魔力操作の訓練方法に革命が起こると言ってもおかしくない!!」

ゼルートも、自分が考えた訓練方法をそこまで評価してくれるのは嬉しい。

だが、それはちょっと待ってほしかった。

「あーすみません。できれば他の人に教えたり、一般公開するのはやめてもらってもいいですか」

ゼルートの言葉に、セフィーレたち三人は、合点がいかない表情になる。

一方、アレナは長年冒険者として活動してきたからこそ、ゼルートの考えがなんとなくだが分かった。

傍で聞いていたルウナも直感的にだが、察することができた。

「あの、ゼルートさん。なぜこの方法を広めてはならないのでしょうか。ゼルートさんが提案してくださった魔力操作の訓練方法は、セフィーレ様がおっしゃった通り、まさに革命です。是非、広めるべきだと思いますが」

ゆえに、このリシアの質問に対し、アレナが代わりに答えた。

「答えは簡単よ。あなたたちのような善良な貴族と、私たち冒険者の考えの違いといったところよ」

アレナの言葉に、ゼルートは同意するように頷《うなず》く。それを見て、アレナは続けた。

「冒険者なら……例えば、珍しくて金になる魔物の巣を見つけたら、絶対に自分たちだけの秘密にして利益を独占しようとするわ。ゼルートがそういうことを考えてるわけではないでしょうけど、自分で考えた訓練方法を、自分の弟子や親しい仲の人以外に教えようとは、基本的にしないはずよ」

そして、ゼルート自身が付け加える。

「アレナの言葉はだいたい合ってます。それに、セフィーレさんたちも、自分たちの家に代々受け継がれてきた技術とかは、他人に教えたりしませんよね。たとえが大袈裟《おおげさ》かもしれませんけど、それが大きな理由の一つですね」

ゼルートの答えを聞いた三人は、それはそうだと思い、深く納得した。

自分の家に代々伝わる技術を赤の他人に教えようとは微塵《みじん》も思わない。

話を聞いていたルウナは、自分の直感を確信した。元王族である彼女にとっても、技術の流出を渋《しぶ》るのは当然だった。

公爵家の次女であるセフィーレは、唸《うな》りながら考えるも、すぐに答えを出した。

「確かにゼルートの言う通りだな。ゼルートが考えついた訓練方法は、基本的にゼルートだけのものだ。この訓練方法を、私たち以外の者が知ることは絶対ないようにする」

「お願いします」

ゼルートは、話が分かる人で心底よかったと思った。

表向きは約束しても、裏では金や交渉次第で裏切る者など多くいるが、ゼルートはセフィーレたちは信用に値する人物だと信じている。

馬車の外で護衛をしている二人には教えてもいいかと聞かれ、それはもちろん構わないと答える。

だがゼルートは、自分が考えついた訓練方法を、坊ちゃん貴族は絶対に実践しないだろうと確信していた。

（どう考えてもやらないよな。でも、我ながら誰でも魔力操作を上達させられる方法だと思うんだが……。まっ、あいつが他の従者に追い抜かされようが知ったことではないな）

好き嫌いをしていれば、上は目指せない。

ゼルートが自分の持論を思い出していると、リシアがおそるおそるといった表情で質問をしてきた。

「あの、ゼルートさん、一つ質問してもいいでしょうか」

「はい、大丈夫ですよ」

なぜリシアが遠慮がちなのかは分からなかった。

ただ、質問の内容を聞いたら、その理由が分かった……というより、納得してしまった。

「ゼルートさんの本名は、ゼルート・ゲインルートですよね」

リシアの質問で、ゼルートたち三人の表情が固まった。

（嘘だろ、なんで俺の本名を知ってるんだ!?　確かに一応貴族の令息だけど、貴族らしいところなんて一切ないのに）

堂々と宣言するような内容ではないが、ゼルートを見て貴族の令息だと思う貴族はほとんどいないだろう。

（ゼルートって名前はそこまで珍しくないな……いや、確かに珍しいかもしれないが、だからって一発で本名を当てるか？）

ゼルートはなるべく焦《あせ》っている心情を顔に出さないようにしている。だが、内心はパニックだった。

アレナとルウナは、ゼルートほどパニックになっていないが、なぜ本名を知っているのか、どこからそれを知ったのか、情報源を考えはじめた。

しばし沈黙が場を支配したが、隠しても無意味だろうと判断したゼルートは、仕方なく正直に話すことにした。

「そうですよ。冒険者登録は名前だけでやりましたけど、本名はゼルート・ゲインルートです」

真実を知ったリシアは、納得と怯《おび》えが入り交じった顔をしている。

カネルは、なぜリシアがゼルートの本名を尋《たず》ねたのか疑問に思っていたが、家名を聞いて納得し、ゼルートをまじまじと見つめた。

セフィーレだけは、どうして少し重い雰囲気《ふんいき》になっているのか分からなかった。

「リシア、ゼルートの家名がどうかしたのか？」

主からの問いに、リシアは心底驚いた表情をする。

もちろん、お披露目《ひろめ》会での決闘騒ぎのことだ。

この件が起きた当時、貴族界に激震が走った。そのときの衝撃を、リシアは今でも覚えている。

だが、セフィーレが貴族内でのそういった話にあまり興味がないことを思い出し、ゼルートが過去にどのような事件を起こしたのかを説明した。

話を聞いたセフィーレは数秒ほどの間、記憶を辿《たど》り、ようやく思い出した。

「ああ、そういえばそのような話があったな。確か勝負と言えないような決闘だったか。その馬鹿な貴族の令息三人は、最後に醜態《しゅうたい》を晒《さら》して負けたのだったな。あまりいい噂を聞かない家の者たちだったから、それを聞いたときは気持ちがすっきりした」

清いだけでは生きていけない。それは、貴族の子供として生まれたからには理解している。

だが、私利私欲のために腐《くさ》った手段を使う輩《やから》は消えればいいと常々思っている。

「その三人の馬鹿と家を潰《つぶ》した男爵家の次男には、よくやってくれたと思ったものだ」

セフィーレの言葉に、リシアは苦笑いしながら頷《うなず》く。

「そうですね。私もその話を聞いたときはよくやってくれたと思いました。そして、その男爵家の次男が、ゼルートさんなんです」

リシアから伝えられた真実に驚き、セフィーレはすぐにゼルートに事実確認を行《おこな》った。

尋《たず》ねられたゼルートは、嘘をつく理由もないので、話は全て本当だと答えた。

事実確認を終えたところで、ゼルートはリシアになぜ自分の正体に気づいたのか、逆に尋《たず》ねた。

「まず、ゼルートという名前自体が珍しいというのもありますが、一番はローガスとの口論に一歩も引かず、決闘では一撃も食らうことなく完勝したからですね」

ローガスが威圧的なこともあり、まともに口論しようとする冒険者は多くない。

しかも態度だけではなく、実力も決して低くはない。むしろ年齢を考えれば、なかなかの強さだった。

「それらの理由から、あのゼルート・ゲインルート本人なのではと思い、確認させてもらいました」

説明を聞き終わり、完全に納得した。

（……確かに、その件と今回のローガスとの流れは似たようなものか。まっ、あの頃から俺は全然変わっていないってことだな）

ゼルートは、昔の出来事を三人が知っても不快な思いをしていないと分かり、ホッとした。


六人が楽しく会話している一方で、外の空気はよくなかった。

ラルはこれからダンジョンの中でどんな魔物と戦えるのか、久しぶりにゼルートと一緒に戦えることを考えると、嬉しいという感情しか湧《わ》いてこない。

一方、ローガスは、ゼルートとの模擬戦に敗れてから、ずっと不機嫌なままだ。

ソブルは自分と同じように馬を操りながら隣に座っている同僚の雰囲気《ふんいき》に気分を害され、最悪な状態だった。

彼は、ローガスとゼルートの戦いを見て、ゼルートの強さには驚いたが、カネルやリシアほどその結果に驚きはしなかった。

現在のように五人で行動するときは情報収集を欠かさない。ルウナのことはドーウルスでゼルートに奴隷として買われてからの経歴しか分からないが、アレナとゼルートに関しては事前に大まかに調査することができた。

ゼルートが五年前に貴族の令息三人と一対三で戦って勝利し、戦利品として相手の家の全財産を貰《もら》ったことは、ゼルートの兄や姉が残した話よりも有名だった。

ソブルも当時その話題を耳にしており、かなり印象深く頭の中に残っていた。

それから五年後の今、もう一度その件について深く調べることができてよかったと、ソブルは心の底から自分の情報収集力を褒《ほ》めた。

ゼルートの父親の爵位は男爵。相手の子供の親の爵位は侯爵と伯爵。常識的に考えて、侯爵家と伯爵家に男爵家が喧嘩《けんか》を売って、莫大な財産を奪う、なんて流れは起こりえない。そんなことをすれば、権力で逆に家族や領地を潰《つぶ》されてしまう。

(そう考えると、ゼルート君が賭《か》けの内容を全財産に指定したのはよかったな。金がなければ、権力なんてあってないようなものだ。それに倒し方もよかった。相手にも攻撃するチャンスを与え、余裕な表情で完膚《かんぷ》なきまでに倒す。まあ、最後の攻撃は男として同情するところはあるけどな)

全財産の中には領地も含まれる。

ゆえに、家名はそのままになったとしても、貴族としての権力は死んだも同然だった。

何か動こうにも、全く動けない状態にまで、ゼルートは追い込んだのだ。

(相手の力量を見極めず、見下《みくだ》しながら喧嘩《けんか》を売った馬鹿と、それを傍観していた屑《くず》親どもにはいい末路だ)

そう思いながら、ソブルはいまだに機嫌が悪いローガスを呆《あき》れた目で見る。

隣の同僚は、戦う前に自分と相手との力量差を読み間違えることはあっても、実際に戦えば自分と相手との差が分からないほど馬鹿ではない。

ローガスの体は、理解している。ゼルートと自分に大きな実力差がある、と。

ただ、貴族特有の凝《こ》り固まった面倒なプライドを持っているがゆえに、心がその差を認めようとしない。

ソブルは、ローガスには戦いの才能があると分かっている。

だがそれでも、ゼルートの才能、センスは、ローガスとは比べものにならないと、先程の戦闘を見て確信した。

(得意な武器は長剣と認識していたが、本当にそうなのかも怪しい)

武器は剣に全てを捧げている、そんな雰囲気《ふんいき》は感じ取れなかった。

ローガスと同じ得物《えもの》を使って勝負しても、勝つのはゼルートではないかと思った。

(そもそも、魔法に関してエリート教育を受けているはずの三人を相手に、余裕な表情で、余力を十分に残して圧倒的な差を見せつけたうえで勝つような傑物《けつぶつ》だ。自分の才能に胡坐《あぐら》をかいて鍛錬《たんれん》を怠《おこた》るようなやつだとは思えない)

ソブルの考えは正しく、訓練を続けた結果、今の埒外《らちがい》な実力を持つゼルートが完成したのである。

(それに、冒険者は俺たち騎士や貴族と比べて、戦闘の手札が多い。自分の命を懸けた戦いには冒険者に軍配が上がるだろう。まあ、それをこいつに言ったところで、機嫌が直るとは思えないけどな)

むしろ、悪化する未来が容易に想像できてしまう。

視線を前に戻し、深くため息を吐《つ》いた。

ローガスはドーウルスを出発してから不機嫌さが減ることはなかった。

ずっと貧乏ゆすりが止まらない。

ゼルートに模擬戦で完膚《かんぷ》なきまでに叩《たた》きのめされ、負けた。

模擬戦前の口撃合戦で、理性がブチっと切れてからは、ローガスは本気で殺すつもりの攻撃を始めた。

脳や心臓、急所を躊躇《ためら》うことなく攻め続けた。

だが、そこまでしても攻撃が掠《かす》りもしない。

それどころか、ゼルートが攻撃に転じると、避けるか防ぐという選択肢しか自分にはなく、気づけば逃げ道がなくなり、最後は綺麗《きれい》に投げられてしまった。

そして、頭の横に剣を刺され、模擬戦はローガスの惨敗という結果に終わった。

ソブルが思っているように、ローガスの体は、敗北とゼルートとの力量差を認めていた。

実際にゼルートとの模擬戦を思い出すたびに、体が震えあがる。

それでも、ローガスの貴族としてのプライドが、絶対にその震えを認めようとはしない。

(なぜだ、なぜだ!!　なぜ私があのような薄汚い冒険者に負けた!?)

身に着けている戦闘用の装備は確かに大したものではなかったが、中身は立派な傑物《けつぶつ》だった。

(貴族の一員である私があのような者に負けるはずがない。そんなこと、あってはならない!)

その心意気は悪くないが、越えられない壁というのは存在する。

年齢はローガスの方が上でも、強くなるために努力してきた時間は、ゼルートの方が多い。

(そうだ、あいつが汚い手を使ったに違いない!!　そうでなければ、私が負けるわけがない。その証拠を見つけ出し、セフィーレ様の目を覚まさせなければ！！！）

ゼルートは、特に卑怯《ひきょう》な手は使っていない。

強《し》いて言うなら、模擬戦なのに完全に殺す気で攻撃を仕掛けたローガスの方が卑怯《ひきょう》なのだが、本人には全くその自覚がない。

ローガスがそんなことを考えている間、ゼルートたちは変わらず楽しい会話を続けていた。

「――そういえば、ゼルートはどこであの雷属性のドラゴン――ラルという名前だったか――を、どうやって従魔にしたのだ？　ワイバーンなどの下級ドラゴンなら、卵のときから育てれば高確率で従魔にできるが、属性を持つドラゴンだと、それをなかなか上手くいかないと聞いたことがある」

セフィーレのゼルートへの問いに、カネルも興味を示し、話に参加する。

「それは私も思いました。ドラゴンゆえに、従えるにはそれ相応の強さを示さなければなりません」

ドラゴンが自ら主人を選ぶという珍しい例もあるが、それは例外中の例外だ。

「現在のゼルート殿の強さならば問題ないと思いますが、今よりも若いときであれば、従魔として迎え入れるのは難しいと思われます」

二人の考えにどう答えればいいのか、ゼルートは頭をフル回転させながら考える。

（俺が実際にラルを従魔にしたのは五歳のときなんだが……うん、まずはそこをごまかさないとな）

本当のことを言っても、さすがに信じてもらえないだろうと判断した。

（そして、ラガールの存在を話してもいいのかどうかだが……うん、絶対にダメだよな。俺に迷惑がかかるというか、多分父さんに迷惑が飛んでくる……それは駄目だ、絶対に。は〜〜〜、どう説明すればいいかな？）

考えに考え抜いた結果（約五秒）、自分と親にも迷惑がかからない説明を思いついた。

「十歳ぐらいのときに、街の外にある森の中でラルの親に出会ったんですよ。そこで何かしらのスキルで俺のことを覗《のぞ》いたら、なぜか俺のことを気に入ったみたいで、ラルに外の世界を見せてあげてほしいって言われたんですよ。それから一緒に行動するようになりましてね」

重要なところや事実をごまかしながらも、説得力のある説明ができた……つもりだった。

（どうだ？　一応納得してもらえそうな内容だったと思うんだけど、やっぱり説明不足か？　でも、これ以上詳しく説明しろって言われても、俺的には結構な機密事項だから、できれば喋《しゃべ》りたくない）

今のところポーカーフェイスを保てているが、内心では焦《あせ》りに焦《あせ》っている。

「なるほど、ドラゴンの中には特殊なスキルを持っている個体も存在する。その可能性を考えれば、ゼルートの中身を見抜いて気に入り、我が子を預けるかもしれない」

確率的には本当にゼロに近い数字だが、あり得ない話ではない……ようだ。

「ドラゴンと対面して無事に帰ってくるという話はたまに聞くが、子持ちのドラゴンに気に入られる者がいるというのは初めて聞いたな」

一般的にはそんなことは起こり得ないと考えられている。

しかし、ゼルートがドラゴンを従えているのは事実だ。

「セフィーレ様の言う通り、本当に珍しい事例です。歴史上、そういった人物はいるらしいですが、それはかなり昔の話です。ここ数百年の間では、子を持つドラゴンに気に入られた人物はいないはずです」

カネルがさらに続ける。

「ゼルート殿の話を聞いて嘘だ、そんな話は信じられないと思う人が多いでしょうが、雷属性のドラゴンであるラル殿がゼルート殿の言うことを聞いているのを見れば、否定することはできないはずです」

たとえ理解ある者であっても、ゼルートの話はすぐには信用できない。

だがそれは、人のドラゴンに対する対応も問題だった。

冒険者や騎士は、もっともらしい理由をつけて討伐しようとする。

それ以外の者は、即座にその場から逃げる。

ゼルートのように、普段通りの態度で対応することは厳しい……というよりも、高位のドラゴンには知性があると分かっていても、話し合おうと思う者はほとんどいない。

ラルの件はここで終わり、長々と話しているうちに日は傾いてきた。

そろそろ夕食の時間ということもあり、野営できそうな場所で馬車を停めて、準備を始める。

ゼルートたちの野営の準備は、五分とかからずに終了した。

ゼルートお手製の、モンスターの素材を使用したテントを出し、夕食の準備はゼルートのアイテムバッグから取り出したオークの煮込みシチューと、ファットボアの串焼き。そして、世話になっている宿の女将《おかみ》がくれたサラダ。野営の夕食としては栄養満点の料理だ。

そんな料理の数々を取り出す様子を見ていたセフィーレたちは全員、唖然《あぜん》とした。

ローガスですら、ゼルートがアイテムバッグから取り出した、湯気《ゆげ》が出ている熱々の料理を見て、口をポカーンと開けて固まった。

アレナは、そんなセフィーレたちの表情をチラッと見て、やっぱりそうなるよなと思い、苦笑した。

普通アイテムバッグなどの亜空間に入れたものは、外と同様の時間が経過するものだ。

時間が経つ速度を遅らせる、もしくは短い間だけ、亜空間の中に入れたものの時間を止める効果が付与されたアイテムバッグも、レアだがあるにはある。

だが、中の時間を完全に止め続けるものは、世に数えるほどしか出回っていない。

ルウナもそのあたりは元王族なので分かっており、セフィーレたちの表情がポカーンとしてしまうのも無理はないと思う。

「ゼ、ゼルート君。そ、そそのア、アイテムバッグは。ななかの、じ、時間がと、止まっているのか？　あ、あと、そそそれはどうやって、て、手に入れたんだ？？？」

ソブルは若干《じゃっかん》キャラが壊れながら、ゼルートに尋《たず》ねた。

その質問に対して、ゼルートはどう答えればいいのか、ラルをどうやって従魔にしたのかという質問と同じぐらい悩む。

（ちょっと迂闊《うかつ》だったか……あんまり立場が高い人の前で見せるようなものじゃなかったな。よく

よく考えれば、これ一つで国が動くかもしれないんだったか）

自作のマジックアイテムなので、ゼルートはそこら辺の認識が少々甘い。

（この国の王様は、下手に俺から奪おうとは思わないだろうけど、馬鹿な権力者どもは裏の人間を使ってでも欲するだろうな）

ゼルートが考えている通り、これほどのアイテムともなれば、たとえ手を汚す結果になったとしても欲しがる権力者は数知れない。

（とりあえず俺が作ったってことは内緒だな。そんなことを言ったら……いや、そもそもそんな話は信用してくれないか）

歴史上、どんな錬金術師も完全に時を止めるアイテムバッグを作れていない。

（ただ、信用されてその話が広まったら、非常に厄介《やっかい》だ。ラガールの件と同様に、俺だけではなく家族にまで迷惑が及ぶ。そうなれば……血の海ができそうだな）

自分や、家族に害を為す者には、誰であろうと容赦《ようしゃ》しない。

その考えは、依然として変わらない。

というわけで、今回はラガールの力に頼ろうと決めた。

「これは、ラルの親に出会ったときに貰《もら》ったんですよ。俺も貰《もら》ったときはびっくりしましたよ」

高位のドラゴンは、宝と呼べる高級品を集める趣味がある。

過去にドラゴンを討伐した際に、多くの宝を手に入れた者も存在する。

「そ、そうか……なるほどな、確かに高位のドラゴンなら持っていてもおかしくない、か」

ゼルートがなぜ時を止めるアイテムバッグを持っているのかは分かった。

だが、セフィーレやカネル、リシアも含めて、喉から手が出るほど欲しいという思いが溢《あふ》れそうになる。

それを使って金儲《かねもう》けをしようということではなく、単純に、純粋に欲しいと思ってしまう。

これは、どんな職業の者であっても、心の底から欲するマジックアイテムなのだ。

だが四人は、そんな本能を抑えて、馬鹿な発言をせずに済んだ。

「き、貴様!!　そのような曖昧《あいまい》な情報を渡せばいいと思っているのか!!!」

説明を聞き終え、急に怒鳴《どな》りはじめたローガス。

(曖昧《あいまい》な説明とは心外だ……とは言い切れないか。でも、真実を話すわけにはいかない。話せば、本当に血の海ができるだろうからな)

どれだけローガスがブチ切れようとも、真実を教えるつもりは一切ない。

「いや、それよりも、まずはそのアイテムバッグを私たちに寄こせ!!!　貴様のような冒険者が持っていていい代物ではない!!!　私たち貴族の方が遥《はる》かに有効活用――」

ローガスが暴走に対し、我慢の限界が来たセフィーレが、怒号を叩《たた》きつけた。

「ローーーーガス!!!!!　いい加減にしろッ!!!!!!!」

空気だけではなく、周囲の木々すら揺《ゆ》らす声が周囲に響き渡る。

「これ以上ふざけたことを言うな!!!!!!」

願いではなく、命令。

それが明確に分かる言葉が、ローガスに向けられた。

先程までゼルートに傲慢《ごうまん》な態度を取っていたローガスは、セフィーレの怒号に戸惑《とまど》うが、すぐに反論を始めた。

「で、ですが、セフィーレ様。もし亜空間に入れたものの時が完全に止まるアイテムバッグが手に入れば、アゼレード公爵家の権力がさらに増すのは間違いなく――」

そのセリフは、セフィーレに対して言ってはならないものだった。

「ローガス、あまり私を怒らせないでほしいな。お前は先程ゼルートが言ったように、アゼレード公爵家の名前に泥を塗ったばかりだ」

「そ、それは……」

「これ以上アゼレード公爵家の名前に泥を塗るなら、私にも考えがあるぞ」

セフィーレは、おおよそ貴族の令嬢のような性格ではない。

しかし、家のことは常に考えており、男勝りな性格も、貴族らしく振る舞わなければならない場所では隠し、アゼレード公爵家の名に恥じない行動をする。

己の芯《しん》を確かに持ちながらも、場所によって仮面を被って行動するセフィーレにとって、今日のローガスの態度はさすがに我慢できなかった。

セフィーレの中で、貴族の令息なのだから、こういった態度で対応してしまうのも仕方ないだろうという範囲を、完全に超えてしまった。

ローガスは、汗が止まらなかった。

「も、ももも、申し訳あ、ありませんでした」

「……次はないということをよく覚えておけ」

我慢の限界が来たとしても、セフィーレの殺気は漏れていない。

だが、マグマのような怒気がローガスを襲い、少しでも気を緩《ゆる》めれば失禁してしまうかもしれないほどまで追い詰められていた。

ローガスへの短いながらも恐怖を与える叱責《しっせき》を終え、セフィーレはすぐにゼルートの方へ顔を向けて、立ち上がった。

そして、物凄《ものすご》い勢いで頭を下げた。

「すまない！！！　私の従者が君に向けた態度は許されることではない。だが、二度は必ずないと誓う！　だから、どうかローガスを許してやってほしい!!」

その光景を見たローガス以外の従者はもちろん、アレナやルウナもギョッとした表情になり、驚きを隠せなかった。

ただ、それは誰が見ても仕方ないと思ってしまう。高位の爵位を持つ貴族が、位《くらい》の低い貴族に頭を下げることはまずない。

セフィーレとゼルートはお互いに爵位を持っていないが、親の爵位を考えれば、セフィーレが体を九十度に曲げて謝罪をすることは、基本的にあり得ないのだ。

(周りに誰もいないでしょうね)

アレナは慌《あわ》てて周囲を見渡す。

公爵家の人間が男爵家の人間に頭を下げる。人によっては、その光景を弱味と捉える者もいるだろう。

いや、ほとんどの者がそう判断してもおかしくない。

だが、セフィーレの中では、そのような体裁《ていさい》は全て吹き飛んでいた。

ローガスの態度に本気でブチ切れ、その態度を主として謝罪しなければならい。

その思いも確かにあるが、セフィーレの脳裏には、ゼルートが七歳の頃に起こした決闘の件が残っていた。

先程の不敬な態度によって、ローガスが殺されてしまうのではないか。そうでなくとも、再起不能になるまで叩《たた》き潰《つぶ》されるかもしれない。

性格は傲慢《ごうまん》で、貴族以外の人間を見下《みくだ》す傾向にあり、人間として難ありな人物だとは思っているが、それでも他の三人と同様、長い間従者として仕えてくれている。

ずっと傍《そば》にいた人間を簡単に切り捨てられるほど、セフィーレの心は鬼ではなかった。

(とりあえず謝罪は受け取るとして……みんな驚きすぎじゃないか?)

一方、ゼルートだけは、目の前の光景の意味を理解していなかった。

ローガスが自分に暴言を吐《は》いた瞬間、思いっきりぶん殴《なぐ》ってやろうかと思ったが、怒りが一周して、逆に呆《あき》れてしまった。

(こいつ、本当にアホすぎるよな。俺が持ってるアイテムバッグを寄こせって、そこはせめて交渉の場に持ち込もうとするのが筋じゃないのか? お前が持つには相応《ふさわ》しくない、自分たちの方が有

効活用できるって……ほぼほぼ盗賊と変わらないじゃないか）

怒りが完全に消えたわけではないが、それでもセフィーレの姿を見て徐々に気持ちが落ち着いていく。

（にしても、部下がやらかしたことに対してここまで丁寧な謝罪をするとは、本当に素晴らしい人だな。それに比べて、坊ちゃん貴族は本当に屑《くず》だ。幼少期から人生やり直した方がいいんじゃないか？）

ローガスを蔑《さげす》んだ目で見ながらも、セフィーレに声をかける。

「とりあえず頭を上げてください、セフィーレさん。確かに俺はこいつのことを一発思いっきり殴《なぐ》ってやろうかと思いました」

素の状態で思いっきり殴《なぐ》るだけなので、死にはしない。だが、殴《なぐ》った個所の骨がバキバキに折れるのは、どう足掻《あが》いても避けられなかっただろう。

「ただ、怒りが一周して逆に冷静になったんで大丈夫ですよ。あんまり俺が言えた義理じゃないですけど、冒険者の中には物凄《ものすご》く短気なやつがいたり、冒険者として活動していることに誇りを持っている人がいます」

ゼルートの言葉通り、そういった者も存在する。また、実際に反撃しようとするほどの者たちは、それなりの強さを持っている。

「相手が貴族だろうが関係ない。後悔したとしても、その場では何とも思わず殴《なぐ》りかかるかもしれません。そのあたりを一度、頭に入れておいた方がいいと思います」

ゼルートが怒っていないことを確認したセフィーレは心の底からホッとし、もう一度感謝の言葉を述べた。

今回の一件に関して、ローガスは本当に運がよかったと言える。

貴族に対して容赦《ようしゃ》がない。それは本当に、ゼルートに限った話ではないのだ。

冒険者は舐《な》められたら終わり。その言葉を信条として生きてきた者は、容赦《ようしゃ》なく殴《なぐ》りかかる。

権力を持っている、持っていないは関係なく、頭のネジが外れている者は少なからずいる。

(あの馬鹿は一回死なないと分からないだろうな。自分がどれだけ傲慢《ごうまん》で愚かなのか)

ごたごたが終わっても雰囲気《ふんいき》は少々ギスギスしたものの、問題なく夕食の時間は過ぎていった。

ゼルートはローガスから謝罪の一言でもあるかと思ったが、セフィーレが頭を下げる際に一緒に頭を下げただけで、一度も謝罪の言葉を述べることはなかった。

常人なら鎮《しず》まった怒りが再爆発するところだが、ゼルートはそちらの方がいいと思っていた。

(俺に暴言を吐《は》き、アゼレード公爵家の顔に泥を塗ったことについては本当に反省しているだろうけど、おそらく俺に対しては申し訳ないとは一切思っていない。そういった感情が急に芽生えることはなさそうだしな)

今も、ローガスから向けられる敵意に似た感情は、全く変化がない。

(自分が悪かったと思っていない謝罪なんかいるかって話だ)

ゼルートの考えは見事に的中していた。

ローガスは先程セフィーレに叱責《しっせき》を受けてから最低限の言葉しか喋《しゃべ》らないが、時折ゼルートを睨《にら》みつけている。

ただ、彼もさすがにこれ以上の失態はまずいと思い、極力ゼルートに関わらないようにしようと心がけることにした。

そして夕食の時間が終わり、ゼルートは一人で、これから潜るダンジョンのことを考えていると、カネルが声をかけてきた。

「ゼルート殿、よければこれから、私と模擬戦をしてもらえませんか」

ゼルートは、出会ってすぐのときにも、そう頼まれたことを思い出す。

まだ日は完全に落ちていない。模擬戦をするのに必要な明るさは十分にある。

(正直満腹で今は動きたくないんだけど、食後の運動ってことで軽く動くか)

まだまだ成長期であり、普段から動き回っているので太る心配はないが、それでも動くのはありだなと思った。

「分かりました。なら、ここから少し離れた場所で模擬戦をしましょう。あっ、勝敗は寸止めでお願いします」

「ええ、分かりました」

野営地から少し離れた場所に移り、ちょうどいい場所を発見する。

セフィーレもカネルに続き、自分とも模擬戦をしてほしいと頼もうとしたが、空を見れば日没までの時間が残り少ないことが分かり、諦《あきら》めた。

だが、ゼルートとカネルの模擬戦には興味があるので、二人の後をついていく。

「……一応、俺もついていくか」

ソブルは、ゼルートたちが周囲に棲息《せいそく》している魔物に負けるとは思っていないが、従者として主を一人で観戦させるわけにはいかないので、自分も行くことにした。

……というのが理由の半分。もう半分はセフィーレと同じく、ゼルートとカネルの模擬戦に興味があったからだ。

リシアも、本当は見に行きたかった。

だが、現在野営地には機嫌が悪い狂犬《きょうけん》が留まっている。

立場上は奴隷であるアレナとルウナの二人だけでは高確率で問題が起こると思い、野営地に留まることを決め、なるべく二人と仲良くなれるように努めた。


「では、よろしくお願いします、ゼルート殿」

「こちらこそよろしくお願いします、カネルさん」

二人は大剣と長剣を構え、戦闘態勢に入る。

審判役のソブルは、二人の準備が完全に整ったのを確認し、口を開く。

「よし、勝負の決着は寸止めだ。二人ともそのルールを守って戦ってくれ。それじゃ……始め！！！」

開始の合図とともに、まずは身体強化のスキルを使用したカネルが勢いよく駆け出す。

ローガスとの模擬戦を見た限り、ゼルートが自分より実力が下ということはまずない。

むしろ、完全に自分より格上の存在だと認識しているので、模擬戦であっても手加減することはなく、上段から大剣を振り下ろす。

強烈な一撃に対し、体に魔力を纏《まと》うことで身体能力を強化したゼルートは、長剣の柄《つか》と腹の部分を持ち、問題なく受け止めた。

(うおっ!?　これは、思っていたよりも重い一撃だな。腕力だけなら、もしかしたらBランク並みか？)

実際のところ、カネルはパワー系のBランク冒険者に比べれば劣るが、片足を突っ込んでいると言っても過言ではない。

(油断していると、うっかり負けそうだ、なっ!!)

長剣に魔力を纏《まと》わせると、一瞬だけ長剣を下げ、その瞬間に生まれた隙《すき》を利用し、力押しで大剣を上に弾く。

「なっ！！？？」

ローガスとの戦いを見ていた限り、ゼルートは技巧派だと思っていたカネルだが、この反撃で認識を改めさせられた。

「ふっ!!」

ゼルートは予想外の力に驚いたカネルの隙《すき》を見逃さず、体を一回転させてから蹴りを放つ。

(決まっ……らないのか。腕力だけじゃなくて、反射神経もなかなかってところか)

カネルは放たれた蹴りを大剣の腹で受け止めたことで、体に対するダメージはゼロだった。

蹴りの力で吹き飛ばされたが、まだまだ戦える。

難なく着地できたカネルだったが、今の攻防で改めてゼルートの強さを感じ取り、背中から冷や汗が流れ出した。

（身体強化のスキルしか使っていないとはいえ、私の全力をこうもあっさりと受け止めるとは……。それに、虚を衝《つ》かれたとはいえ弾かれた。こちらの動きが一瞬止まったと分かれば即座に攻撃に転じる判断力。どれもが一流だ）

ゼルートが普通に行《おこな》っている動作も、カネルからすればステージが違うと感じさせられる。

（魔力を纏《まと》って強化されているとはいえ、特に全力ではない蹴りでここまで飛ばされるとは……ふふ、これだから格上との模擬戦はやめられない。非常に頭が冴える）

ゼルートの異次元の強さは分かった、分かったが……臆することなく次の行動に移る。

「ぜぇあああああッ！！！」

大剣スキルの斬撃を連続で放つ。

だが、それだけでゼルートにダメージを与えられるとは思っていない。

目的は視界を塞《ふさ》ぐこと。

「よっ、ほっ、よいしょ」

放たれた斬撃に対し、ゼルートは魔力を用いた斬撃を放って相殺《そうさい》する。

斬撃はカネルの方が大きいが、込められた魔力による強度が異なる。

模擬戦用に調整された魔力の斬撃は、カネルの斬撃を見事に打ち消した。

（斬撃の威力にはそれなりに自信があったのだが……さすが！！！）

カネルは、斬撃をあっさりと相殺《そうさい》されたことで少し自信をなくしそうになったが、すぐに次の作戦に移行する。

「せい、やっ！！！！」

大剣を思いっきり振り下ろした。

斬撃を斬撃で相殺《そうさい》したために生まれた魔力の霧によって、ゼルートの視界はほんの一瞬ではあるが塞《ふさ》がれていた。

「次は何をっ⁉　なるほど、そうきたか」

視界が晴れた瞬間、どういった攻撃が来るのか瞬時に予測し、ゼルートはその場から後ろに大きく跳《と》び退いた。

カネルが叩《たた》きつけた大剣の先から地面が割れ、先程までゼルートが立っていたところまでが崩壊した。

その光景を見たゼルートは、思わず乾いた笑みを浮かべた。

「はっ、ははは。これは……ちょっと甘く見てた、なっ！！！」

盛大に割れた地面を確認したとき、正面からウォーターランスが迫ってきた。

速度は通常のウォーターランスと変わらないが、大きさはその二倍ほどあり、威力が増加されている。

（避けようと思えば避けられるけど、それじゃ、つまらないよな）

速さ自体は普通なので、ゼルートの脚力ならば余裕を持って躱《かわ》すことができる。

しかしその場から動かず、拳に魔力を纏《まと》わせる。

さらに魔力に回転を加え、思いっきりウォーターランスを殴《なぐ》りつけた。

「うぉらあああッ！！！！」

ゼルートの剛腕で殴《なぐ》りつけられたウォーターランスは、回転していた魔力の影響で、綺麗《きれい》に円を描くように飛び散った。

その光景を見ていた観客の二人——特にソブルは驚いた。

（マ、マジかよ……確かに魔法を拳で殴《なぐ》り飛ばせる冒険者がいるってことぐらいは知ってたし、実際に見たこともある。でも、そんな芸当をまだ十二歳の少年ができるものなのか？）

向かってくる攻撃魔法の威力によるが、大抵の者には無理な芸当であるのは確かだ。

（いや、絶対に無理だ。しかしゼルート君はそれを目の前でやってみせた。ということは、単純な身体能力はBかAランク冒険者並みってことになるよな。そんな話、全く聞いたことがないぞ。カネルが放ったウォーターランスは簡単に粉砕できるほど、生易しい威力じゃないし……。身体能力は本当に常識外れだな）

苦笑しながらも、ソブルはゼルートと知り合えたことに感謝していた。

だが感謝している分、ローガスにはこれ以上ゼルートに関わらないでほしいと切実に思った。

ちなみに、セフィーレはソブルとは違い、自分も戦いたい気持ちがどんどん高まっていた。

そして当のカネルは、自分のウォーターランスを魔力を纏《まと》わせた拳を殴《なぐ》りつけて防ぐという方法

をゼルートが簡単にやってのけたことに、驚くどころか、感心していた。

（まったく、本当に常識外れな子供だ。本当に十二歳なのか？　私も幼い頃からセフィーレ様の従者になるために厳しい訓練を受けてきたが、おそらくゼルートの鍛錬《たんれん》は、私たちの想像を遥《はる》かに超える内容なのだろうな。だが、それは諦《あきら》めていい理由にはならない）

切り札の一つ、魔力によるさらなる身体能力の強化を行う。

そして、本来は槍術スキルの技だが、大剣を使って自分なりに改良した技を、ゼルートに向かって放つ。

それはちょうどゼルートが拳を振り抜いた直後——水の魔力を回転させた状態で大剣に纏《まと》わせ、全身全霊で突きを繰り出したのだ。

その絶妙なタイミングに、ゼルートは思わず心の中で舌打ちしてしまう。

（チッ！！！　なかなかいいタイミングでの突き技だ。この体勢だと迎撃できないな。クソッ、癪《しゃく》だが避けるか）

よく考えれば迎撃方法もあったが、今のゼルートには考える余裕がなかった。

一瞬で足に魔力を溜《た》め……勢いよく噴射した。

「「「なっ!?」」」

ゼルートの行動に、目の前で見たカネルも含め、三人とも思わず口を大きく開けてしまう。

本人にとってはなんでもない当たり前の行動だが、三人にとっては全く予想外の動きだった。

予備動作がゼロの状態からの大きな跳躍《ちょうやく》。

カネルは完全に不意を突かれた。

螺旋《らせん》の水槍から逃れたゼルートは、空中でニヤッと笑みを浮かべた。

「今度は俺のターンだぜ、カネルさん」

指先に魔力を込めはじめ、いよいよ防御から攻撃へと転じる。

「マグナム!!」

ブレットの強化版、マグナムをぶっ放す。

殺す気はないので威力は抑えているが、打撃力は申し分ない。

カネルはそんな攻撃を避けようとはせず、正面から大剣の腹で受ける。

「ぐぅ!?　ぐぅぅぅうううっ!!!」

受け止めた魔力の弾丸は思っていたよりも重く、簡単に弾き飛ばすことができず、ズルズルと後ろへ押されていく。

「はぁぁあああぁぁああああッ!!!」

意地でも負けられないと思い、カネルは持てる力を全て振り絞《しぼ》り、弾丸を無理矢理弾き飛ばすことに成功する。

弾き飛ばされた魔力の弾丸は地面に激突し、小さなクレーターを作った。

(おいおい、軽く放った遠距離攻撃があの威力かよ……魔法が専門じゃないからあれだが、きっと魔力量は俺らとは比べものにならないんだろうな)

ソブルは一応貴族の令息ということで、それなりに自分の魔力量には自信があった。

だが、目の前で戦っている少年と比べれば、そんなもの豆粒程度かもしれないと思ってしまう。

「ふっ！」

防御に成功したカネルは、ゼルートがいつ攻めてきても大丈夫なように、すぐに正眼に構える。

攻撃魔法はあまり得意ではないが、彼女も貴族の令嬢ゆえに魔力量はそれなりにあるので、身体強化などのスキルを解かずに済んでいる。

(身体強化系のスキルを解けば、おそらく攻撃についていけまい)

まだ剣と剣は数度しか触れていないが、生半可《なまはんか》な身体能力ではろくに打ち合えない。

直感的にそう思ったカネルの表情は一段と険《けわ》しくなる。

「……変えた方がいいかもな」

マグナムを放った直後、ゼルートは普段使用している長剣を鞘《さや》に入れ、フロストグレイブを取り出す。

(やっぱり、あの坊ちゃん貴族とは違うな。少し本気を出して戦うぐらいがちょうどいい)

フロストグレイブは、ゼルートが幼い頃にたまたま手に入れた魔剣だった。

今ではゼルートの切り札の一つであり、それを使うということは、対戦相手の強さをそれなりに認めた証《あかし》になる。

「ふーーーー……シッ！！！」

身体強化のスキルを使用し、魔力を纏《まと》うことによる強化を継続。

そして足裏に風の魔力を溜《た》め、先程度同じく一気に噴射して、カネルとの距離を縮める。

カネルはゼルートの予備動作のない動きに驚き、一瞬ではあるが動きが固まった。

大剣でガードするには時間が足りないと判断し、咄嗟《とっさ》に蹴りを繰り出す。

カネルの行動は正しく、完全にゼルートの攻撃を防御しようとすれば時間がかかり、高確率で防御に失敗しただろう。

前蹴りであれば牽制《けんせい》にもなるので、判断としては間違っていない。だが、ゼルートは蹴りが伸び切る前に左足で横に飛んで躱《かわ》し、次に右足で強引に方向を戻した。

一瞬の動きにカネルが惑わされた瞬間を狙い、ゼルートは握りが甘くなっている彼女の大剣を上に蹴り飛ばした。

「なっ⁉」

たったコンマ数秒の出来事だった。

この時点で、勝負は決した。

大剣を蹴り飛ばすのと同時に、ゼルートはフロストグレイブをそっとカネルの首筋に当てた。

上に飛ばされた大剣はくるくると回りながら綺麗《きれい》に地面に突き刺さる。

カネルは、首筋からフロストグレイブから放たれる冷気が伝わってきた。こうなるかもしれないと分かっていた勝負だが、目をつぶって深くため息を吐《つ》いた。

「……参った、私の負けだ」

負けるかもしれないと思っていても、実際に負ければ悔しさが溢《あふ》れてくる。

カネルの降参の言葉を確認し、ソブルは模擬戦の結果を告げる。

「勝者はゼルート君だ」

ゼルートは、フロストグレイブをカネルの首筋から離し、一礼をする。

「ありがとうございました」

「いや、こちらこそありがとうございます。本当に、いい刺激になりました。ゼルート殿と戦ったことで多くのことを学べました」

それは紛《まぎ》れもなくカネルの本心だった。

今回の模擬戦で、自分がいかに戦いの中で応用力が足りないのかを自覚させられた。

ゼルートがその場から予備動作なしに跳躍《ちょうやく》したことや、最後の攻撃のときにステップしたこと。

戦いの最中では何が起こったのか正確には理解できなかったが、今は違う。

ただ、理解できるが、自分では全く思いつかなかったと確信をもって言える。

「俺も同じことを思った。ゼルート君の動き、判断力には学ぶところが多かった。一つ聞きたいんだが、ゼルート君は戦うときに何か、勝つための心構えみたいなものがあるか？」

ソブルの質問に、セフィーレとカネルも是非知りたいと思い、興味津々な表情になる。

これに関しては特に隠す必要はないので、ゼルートは素直に答えた。

「そうですね……まずは攻撃を単純にしない、ですかね。同じ攻撃の繰り返しでは戦いが長くなるにつれて読まれやすくなる。あとは何気《なにげ》ない行動に一工夫って感じです」

料理のコツみたいな言い方だが、ゼルートはそれを見事実戦で使ってみせた。

「カネルさんの攻撃を避けるときや、攻撃に移るときに少し工夫したんですけど、だいたいあんな感じです」

「なるほど……頭の固い俺たちには身に染みる言葉だな」

「そのあたりを気にしてるなら、実戦の中で絶対に生き延びて勝つ方法を考えた方がいいと思いますよ」

「ほほう……気になる方法だ。それも詳しく教えてもらってもいいいか？」

「もちろんですよ、セフィーレさん」

個人的には三人のことを気に入っている。

行動の工夫や生き延びて勝つ方法など、ゼルート的には少し頭を捻《ひね》れば思い浮かぶものなので、包み隠さず教えた。


模擬戦を終えてから野営地に移動するまで、セフィーレは戦闘中のゼルートの動きについてずっと考えていた。

（魔力を足から放出させる、か。全く考えたことがなかった移動方法だ。私やカネル、貴族の出の者には考えつかないだろうな）

ゼルートも最初は真っ当な戦い方をしていた。それが、ある程度戦えるようになってから、面白い戦い方を考えはじめ、実際に使うにつれて、さらに柔軟《じゅうなん》な発想が生まれ出したという。

（私たち貴族の令嬢や令息は、基本的に魔力の放出で動くような奇抜なことはしない。頭の固い馬鹿な貴族たちは卑怯《ひきょう》だと考えそうだが、冒険者ならではの発想といったところか）

ただ、冒険者であっても、ゼルートみたいに自由な行動をできる者は少ない。

大前提として魔力量が多くないとダメで、平民出の冒険者は、鍛えれば総量が増える可能性は十分あるが、平均的に見れば貴族よりも少ないのだ。

（生き残るためには、卑怯《ひきょう》だなんだと言ってられない。それは分かっているが、貴族らしくないと思ってしまう。本当に邪魔な思考だ。今ここで完全に捨てよう。そしてゼルートに教えてもらった戦い方を是非家の者たちに教えよう。いや、その前に、お父様に許可を貰《もら》わないとダメか）

セフィーレは今まで騎士や兵士、戦闘を行う貴族たちの戦い方に少し不安を抱いていた。

型通りの攻撃、まっすぐな戦い方。それは評価されるべき点であるかもしれないが、モンスターを相手にそれらが絶対に通用するとは思えなかった。

実際に、そういった戦い方しか学んでこなかった者がいざ実戦に出ると、想定外の動きや攻撃に混乱させられて呆気《あっけ》なく死ぬことは多い。

自分の家に仕える者が死ぬたびに、必ず生き残れる手段はないかと考えていたが、自分の頭ではそれらの方法が思いつかなかった。

「セフィーレ様、嬉しそうな顔をしてますね」

主人が笑みを浮かべていることに気づき、ソブルも自然と笑顔になっていた。

「ああ、そうであろうな。なぜかは分かるだろ」

「ええ、もちろんですよ」

ソブルは、セフィーレが自分たちや家の兵士たちのことを大切に思っているのを知っている。

貴族の中には、家の兵士などは自分たちを守るための道具、捨て駒《ごま》と考える規格外なアホも少なくない。

しかし、そんな馬鹿とは真逆な考えをセフィーレが持っているおかげで、なに不自由のない生活を自分たちは送れている。

（本当に、俺たちはいい主に仕えることができて幸せだよな。だから頼むぞ、ローガス。これ以上面倒を重ねないでくれ）

ソブルは心の底から願う。頼むから、俺たちの心労を増やさないでくれ、と。


模擬戦から野営地に戻ると、既にあたりは暗くなっていた。

就寝する間は、本来なら複数人で見張りを行う。

しかし、基本的に睡眠《すいみん》が不要なラルがいるので、ラルともう一人いれば夜の見張りは十分だった。

ゼルートは父に預けたもの以外の錬金獣がまだアイテムリングの中に入っているので、この際、それを出して護衛につけようかと考えた。

だが、夕食時のローガスの反応を見る限り、やめておいた方がいいと思い、結局錬金獣は使わなかった。

そして無事に夜が明け、朝一に起きたゼルートは、見張りをしていたラルとルウナに差し入れのキス焼きを渡し、日課の訓練を始めた。

その様子を横で見ていたルウナは、途中からゼルートに交ざって訓練を始めた。

（見張りが訓練を始めてもいいのか？　普通に考えれば駄目な気がするけど……ラルがいるから大丈夫だよな）

見張りの最中に何度か魔物が襲ってきたが、ラルが瞬《またた》く間に倒してしまった。

死体は既にルウナが回収し、使えない素材は地面に埋《う》められている。

（ラルなら、たとえBランクやAランクの魔物が襲ってきても、問題ないもんな。だからって、夜の見張りをラルだけに任せるのはこう……良心が痛むが）

そんなことを考えながら訓練を続け、三十分後には全員が目を覚ました。

それからゼルートは、簡単な朝食を作った。

「こんな感じかな」

「本当にサラッと言うわよね。そんな軽い言葉で済まないわよ」

特に何か一工夫を加えたつもりはない。

だが、元冒険者のアレナからすれば、昼ご飯まで十分に動けるだけの栄養が詰まっている、最高の朝ご飯だった。

全員が朝食を食べ終えて満足し、再び目的地に向かって出発する。

（今度ラルには、美味《おい》しい料理をプレゼントした方がいいよな）

先日と同じく、ゼルートはセフィーレの話し相手として、快適な馬車の中で過ごしており、ずっと外で護衛をしてくれているラルに、少々罪悪感を覚えていた。

結局、バーコスに辿《たど》り着くまで、ゼルートたちの出番はなかった。

魔物が襲ってこなかったわけではないが、全てラルが瞬殺してしまうので、ゼルートたちの仕事は主に解体と死体の処理だった。

仕事らしい仕事をしていなかったため、ゼルートはラルに美味《うま》い飯をプレゼントしようと改めて思った。

だが、襲ってきた魔物は、ゴブリンやその上位種、ブラウンウルフ、アイアンアントなどの、ランクが低い魔物ばかり。

ゼルートの思いとは逆に、ラルからすれば襲ってくる魔物が弱すぎて、仕事をしている感覚がなかった。

「……なんか、門兵が増えていないか？」

馬車がバーコスに近づくにつれ、門の兵士たちが徐々に増えはじめる。

アゼレード公爵家の人間が来るため、人数を増やして出迎えようとしているのだろう。

そう思っていたら、多くの門兵はいつでも戦えるように武器を構えていた。

そんな様子を疑問に思っていると、隣に立っているカネルが答えた。

「ゼルート殿の従魔、ラル殿を警戒して、あのような対応をしているのかもしれません」

カネルの予想を聞いたゼルートは、それはないだろうと思った。

なぜなら、ラルはしっかりと従魔の首輪を身に着けている。

馬車の横を飛んでいるラルは、周囲の人間を威嚇《いかく》するような行動はとっていない。

そんなラルをどうして警戒するのか、ゼルートにはさっぱり理解できない。

不満そうな表情を浮かべるゼルートを見て、カネルは苦笑いしつつも、疑問に答える。

「ラル殿は確か雷属性のドラゴンでしたよね。属性を持つドラゴンはたとえ子供であっても、かなりの脅威《きょうい》なのですよ。私たちの乗っている馬車と並走しながら向かっていたとしても、本当に従魔なのか？　思慮深い人ならば、色々と疑うかもしれません」

「なるほど……まあ、納得できなくはないですね」

「安心してください、今ソブルが先に行って事情を説明してますから」

冒険者の中でドラゴンを従魔にしている者は、本当にごく少数だ。

テイマーの才能を持つ者が少ないというのもあるが、属性持ちのドラゴンを従魔にできるほどの者など、世の中に数えるほどしか存在しない。

魔物と心を通わせるのも大事な契約方法だが、基本的には強さが重要になる。

ゼルートを見て、ラルの主だと思う者はほとんどいないだろう。

たとえ貴族であっても、従魔にするのは容易ではない。

(兵士たちも、得体の知れない存在を中に入れるわけにはいかないんだろうな。そこら辺を考えれば、ああいう態度を取られても仕方ないか)

兵士たちの気持ちに納得していると、ソブルの説明により公爵家の者だと証明され、ゼルートたちは無事にバーコスに入ることができた。

「……賑《にぎ》やか、だな」

ゼルートは、バーコスの雰囲気《ふんいき》に少々驚かされていた。

ドーウルスも辺境の街の中ではかなり大きくて賑《にぎ》やかだったが、バーコスの活気はその三倍はあった。

ゼルートの様子に気がついたアレナが、理由を説明する。

「中にダンジョンがある街は、基本的に毎日こんな感じよ。ダンジョンは階層数にもよるけど、多くのモンスター、マジックアイテム、ポーションなどがあるから、武器屋も道具屋もレストランもいつも賑《にぎ》やかなの」

ダンジョンがある街を訪れたことがあるアレナにとって、バーコスの雰囲気《ふんいき》は慣れたものだった。

「それに、ダンジョンに潜ろうとする冒険者が多く集まるから、宿屋もたくさんある。何も知らない人からすれば、毎日お祭り状態に見えるかもしれないわね」

アレナの説明を聞いて、ゼルートとルウナは徐々にテンションが上がってきた。

(ダンジョンか……。長い間結構自由に街の外で遊び回っていたのに、ダンジョンは発見できなかったんだよな。まっ、行動時間が限られてたってのもあるけど。でも、野良《のら》のダンジョンなんて、そうそう見つかるものじゃないしな)

仮に見つかってしまったら、それはそれで面倒なことになるだろう。

最下層まで降りてダンジョンの命であるダンジョン・コアを抜けば、そのダンジョンはなくなるが、消さないのであれば、所有権やその他もろもろ、面倒事が降りかかってくる。

(へへ、楽しくなってきたな。あっ、あとでセフィーレさんにあれを確認しておかないとな)

ダンジョンの中でどのような態勢で護衛をすればいいのか。実際に入る前に、それは絶対に確認しておきたい。


時間が既に夕方ということもあり、一行は元々決めていた宿へ向かった。

「これは……宿っていうよりは、ホテルだよな」

街の賑《にぎ》やかさにも驚かされたが、今日泊まる宿の大きさにも圧倒されていた。

目の前にある宿は、前世のホテルに比べれば小さいが、この世界では十分すぎる大きさだった。

何よりも、いかにも貴族用、豪商用といった雰囲気《ふんいき》を醸《かも》し出している。

(あれだな。前世で言うところの、超ランクの高いビジネスホテルってところだな。基本的に、俺みたいな冒険者が泊まる宿じゃない)

ゼルートはあまり武器に頼らない戦い方をするので、身に着けている装備だけなら、容姿と相まって低ランクの冒険者に見える。

アレナとルウナも、基本的に見て分かるような豪華な装備は身に着けていないので、あまり高ランクの冒険者とは思われない。

その証拠に、バーコスに入ってから、不審な視線を多く向けられた。

(そういえば街に入ってから変な視線で見られることが多かったな……今もそうだけどな。もしかして、セフィーレさんたちの見た目と、護衛者である俺たちの見た目がアンバランスだからか？)

その通りだった。

貴族らしき人物と護衛らしき人物には総合的に見て大きな差があり、ゼルート、アレナ、ルウナの三人が冒険者であるのは、大抵の人が分かった。

だが、その三人がセフィーレたちの護衛に相応《ふさわ》しい実力を持っているのか。それは、ある程度の実戦経験があり、相手の戦力を深く理解できる者でなければ、正確には読み取れない。

それゆえに、なぜあんな子供や女が、という考えを持つ者が多かった。

アレナは、実力を読めない馬鹿ども から侮《あなど》りを含む視線を向けられるのは慣れている。

だが、このあと夕食までは、基本的には自由行動となるのだが、そのときにそこそこ権力を持っている馬鹿がゼルートに絡まないか、それが心配で心配で仕方ない。

（ゼルートをあまり一人で行動させない方がよさそうね。私たちが迷惑をかけられるだけならいいけど、今回の場合はセフィーレ様にまで迷惑が及ぶ可能性が高い）

チラッとゼルートに目を向け、戦闘面ではとても頼りになるが、面倒な輩《やから》に絡まれやすい主だなと思った。もちろん奴隷になったことを後悔はしていない。

そして、ソブルが宿の責任者への説明を終え、ゼルートたちは夕食までの短い間だが、一旦自由行動となった。

ダンジョンがある街なのだから、珍しい道具を売っている店が多いだろうと、ゼルートとラルは一緒に街に繰り出した。

後ろから見ていたアレナは、彼らだけだと絶対に厄介事《やっかいごと》に巻き込まれると思い、すぐについていくことにした。

（面白そうだし、ついていくか）

ルウナはアレナとは逆に、ゼルートと一緒にいれば面白い光景を見られるかもしれないと思っていた。

セフィーレたちは、ギルドへの挨拶《あいさつ》と、ダンジョンで必要になりそうなものを再度確認しながら店を回るという。

ゼルートたちの場合は、元々食料に寝泊まり道具、ポーションや解毒剤など、ほぼ完ぺきに揃えているので、特に調達する必要はなかった。

「……もしかして怯《おび》えてるのか？」

自分たちに目を向ける街の住人たちから怯《おび》えを感じる。だが、すぐにその理由に思い至った。

（ラルに向けられた視線か。でも、見た目はそんな恐ろしくないし、怯《おび》える必要はないと思うんだけどな）

ゼルートにとっては可愛《かわい》い従魔だが、一般人のほとんどは、ドラゴンに恐ろしいという印象を持っている。それゆえに、たとえ小柄な体型のドラゴンであっても、大抵の者は恐怖を抱く。

ただ、どうにかしてゼルートからラルを奪い、金にできないかと考えている強欲な連中も、ちらほらといる。

（なんか俺に絡もうとしてるやつがちょいちょいいるな）

ラルを奪えなくとも、ゼルートに絡んで恥をかかせてやりたいと考えている者は多い。

理由の一つとしては、ゼルートがまだまだ子供であるのにもかかわらず、ドラゴンを従魔にしているのが妬《ねた》ましいからだ。

実際は、ゼルートの実力が半端ではないからラルがついてきているのだが、確かな観察眼を持たない馬鹿たちに、その事実は理解できない。

そして二つ目。ゼルートの傍《そば》にいる女性二人――アレナとルウナの存在だ。

ゼルートの実力をある程度見抜けない連中は「なんであんなガキがいい女を連れてるんだ」と、モテない男の発想を暴走させ、これもラルの件と同じく、歯ぎしりするほどに嫉妬《しっと》しているのだ。

二人とも美人であり、それぞれ違う魅力を持っている。

そしてスタイルも抜群なので、大勢の男性の目を奪う。

中には、隣に彼女がいるのに、二人に視線が行ってしまって、彼女に叩《たた》かれている彼氏もいた。

そんな周囲の様子を確認して、ゼルートはこの街にいる間は退屈することはなさそうだと確信し、無意識のうちに口端を軽く釣り上げていた。

「ところでゼルート、街を散策するのはいいが、どこか店を回るつもりか？」

ルウナは、ゼルートがどのようなトラブルに巻き込まれるのか気になっているが、単純にどんな店に行くのかも気になっていた。

アレナも自分たちが――主にゼルートの力で――用意するものがほとんどないのは知っているので、行き先が気になっていた。

「とりあえず、武器屋を見て回ろうかと思ってる」

「何か欲しい武器でもあるのか？」

ルウナは、武器に関してゼルートが困っているとは全く思えない。

それはアレナも同意見だった。

(ゼルートにはいつも使ってる長剣がある。しかも何本も。それに確かフロストグレイブ、だったかしら？　それなりにランクが高い魔剣も持ってるから、武器には困らないと思うのだけど……マジックアイテムには興味があるみたいだし、珍しそうな道具を探してるのかしら)

ゼルートのお金がかかる趣味を思い出し、ひとまず納得した。

「面白そうなマジックアイテムがあったら欲しいってのもあるけど、それ以外にも理由はあるぞ」

楽しそうな表情から真剣な顔に変わり、二人もつられて真面目な顔になる。

「俺の父さん、ガレン・ゲインルートが治める土地は、カステルの平地を挟んで隣国ガーティスがあるんだよ」

元Aランク冒険者だったアレナと、元王族のルウナは何となくではあるが、ゼルートが何を考えているのか分かった。

「もし隣国と戦争になったら、必ず駆り出されるということか」

ルウナの言葉に対し、ゼルートはゆっくりと頷《うなず》いた。

ガレンはもちろんのこと、ガレンに仕えている兵士たちは、必ず戦争に参加しなければならない。

街の外に出るとき以外は、ガレンだけではなく、兵士たちとも話すことが多く、みんなのことを家族のように思っている。

だから、いくら死んでしまう可能性が一番高い戦い――戦争に参加することになっても、できる限り生きて領地に帰ってきてほしい。

「そういうこと。だから、少しでも魔剣や魔槍、後は補助系のマジックアイテムがあれば、なるべく欲しいんだよ。強い装備を身に着けていれば、それだけで死ぬ確率は下がるだろ。兵士のみんなは、強い武器に頼って訓練を疎《おろそ》かにするような人たちじゃないからな」

二人はゼルートの考えに少しだけ驚いたものの、本人の性格を思い出してすぐになるほどなと思った。

アレナとルウナは、ゼルートが家族を馬鹿にされたことが原因で、自分より家の爵位が高い人間に喧嘩《けんか》を売って、容赦《ようしゃ》なく潰《つぶ》す人物だということを覚えている。

それゆえ、仲間や家族、生きていてほしいと思う人たちのためならば、自分の時間やお金を使ってでも何とかしようと思っても、疑問は感じない。

二人は改めて自分たちの主の優しさを感じ、頬《ほお》が緩《ゆる》んでしまった。

「ふふ、本当にゼルートは優しいわね」

「そうだな、私たちの主は本当に優しい人だな」

二人からいきなりそう告げられ、ゼルートの頬《ほお》は一気に赤くなる。

ほとんど不意打ちに近い状況でそのようなことを言われたら、どう返せばいいのか分からず、混乱してしまう。

「………………ま、守りたいと思うもの、人を全力で守るのは当たり前だろ」

恥ずかしい気持ちが消えず、視線を逸《そ》らす。

ただ、視線を逸《そ》らした先には温かい目でこちらを見るラルの姿があり、何とも言えない気持ちになった。

（……とりあえず武器屋の情報を得よう）

出店で串焼きを買った際にお金を多めに出し、この街で一番の武器屋を尋《たず》ねる。

店主は話が分かる坊主だと思い、ニヤッと笑みを浮かべて分かりやすく説明した。

あまり時間をかけられないので、三人は速足で教えられた武器屋へと向かった。

ちなみに、アレナとルウナの二人は美人だという理由で、一本ずつおまけを貰《もら》っていた。


メインストリートから外れた少々暗い道を歩き続ける三人は、本当にこんな場所に街一番の武器屋があるのか怪しく思えてきた。

「なあ、ゼルート。本当に、こんな場所に街一番の武器屋があると思うか？」

我慢できずに、ポロッとルウナが疑問を零《こぼ》した。

（あの串焼き屋のおっちゃんが言ってた武器屋の店主が、鍛冶もやってる人なら、こんな雰囲気《ふんいき》の場所で店を開いていてもなんとなく分かる。でも、やっぱりちょっと不安だな）

アレナもゼルートと考えが同じなので、ルウナの疑問を解消しようと思った。

「店主が説明通り鍛冶をやってる人なら、こういったちょっと賑《にぎ》やかじゃない場所で店を開いていても、不思議じゃないのよ。職人さんは、メインストリートから離れた静かな場所に店を構えることが多いのよ」

「ふむ……なるほど、分からなくもないな」

何かを集中してやりたいとき、静かな環境が適しているのは理解できた。

「まっ、そういった人の方が安心できるんだけどな」

「それはどういうこと？」

何が安心できるのか、アレナにはいまひとつ分からない。

「中途半端な店主の中には、子供には武器を売らないって言うやつが絶対にいるだろ。冒険者相手に喧嘩《けんか》を売るのは躊躇《ちゅうちょ》しないけど、あんまり商業系や生産系の人とは喧嘩《けんか》したくないんだよ」

アレナも、前半部分がおかしくないかと感じるが、後半部分には激しく同意できた。

（私としては、冒険者ともなるべく問題を起こしてほしくないのだけど……ゼルートの見た目と性格を考えれば、それは無理な相談よね。でも、商業系や生産系の人と喧嘩《けんか》したくないという考えがあると分かって、ちょっと安心したわ）

アレナが実際に知っている話として――実力がそこそこあるパーティーが、調子に乗って有名店の商品を、物凄《ものすご》く自分勝手な理由で、半額以下に下げろと無茶な注文をした。もちろん、店側はそんな暴言に応じることはなかった。

そのパーティーは、衛兵が近づいてきたことを察するとすぐに店から出ていった。だが、店長が冒険者の利用する店全てにそのときの様子を細かく伝え、調子に乗ったパーティーを街で活動できないようにしてしまったのだ。

この話に嘘は一つもなく、全て事実である。

それを知っているアレナとしては、できればゼルートに商人や生産職の人とは喧嘩《けんか》してほしくないと、切実に願っている。

「おっ、それらしい建物が見えてきたな」

三人の前に現れたのは立派な……ではなく、少しボロい店だった。

だが、すぐに入り口から見える店主の圧を感じた。

同時に、ゼルートは店の見事な品揃えに感動し、立ち止まってじっと見つめてしまう。

「ほら、感動して眺めるのもいいけど、しっかりと見ましょ」

「アレナの言う通りだ。今のゼルートは、アレナが声をかけなかったら、日が暮れるまでそこでずーーーっと立っていそうだったぞ」

二人に注意され、ゼルートは悪い癖《くせ》が出ていたと反省しながら、中へと入った。

ただ、店の中央まで入ったゼルートはもう一度感動して、立ち止まってしまう。

しかし、その感動はアレナとルウナも同じだった。

店の中に並べられている武器は、全てが一定のレア度以上の武器ばかり。

鉄製の長剣一本にしても、そこら辺のものとは違い、騎士が扱えるほどの強度がある。

「ほう……どうやら面白そうな客が来たみたいだな」

カウンターの奥で黙っていた店主が、初めて口を開いた。

「お前ら、串焼き屋から、わしの店の場所を教えられたのか?」

見て分かったのだが、店主はドワーフだった。そのことに今更驚き、さらに質問の内容にもびっくりしている。

三人の頭の上にビックリマークとハテナマークが浮かんだが、それはすぐに消えた。

(それが、いつもの流れなんだろうな……)

三人を代表して、ゼルートが店主の質問に答える。

「はい、串焼き屋のおっちゃんに、この街で一番の武器屋を教えてほしいと聞いたら、この店を紹介してくれました」

街一番の武器屋という言葉に店主は反応し、小さく笑ったが、一瞬で笑みが消える。

そして三人を順々に見ていく。

(……ちょ、ちょっと緊張するな)

自分たちの強さが測られていると思うと、自然と体が強張《こわば》る。

三人から視線を外した店主は、ほんの少し口の端を吊り上げた。

「ふっ、久しぶりに才能があって努力を怠《おこた》らない冒険者に会えたな。好きに見ていってくれ。そこで座っているから、買いたいものが決まったら声をかけてくれ」

それだけ伝えると、元いた位置に戻り、腰を下ろす。

見られることに緊張していた三人は、静かにため息を吐《つ》いた。

「ふーーーー……久しぶりに人に対してこう……物凄《ものすご》く緊張した」

「ルウナ、俺もだ。ここまで緊張したのは、ギルドマスターやラルのお母さんと会ったとき以来かもな。もしかして、前職は冒険者かもしれないな」

「私もそう思うわ。あのドワーフの店主、元冒険者のはずよ。おそらく高ランクの」

少し雰囲気《ふんいき》が硬くなったが、三人はそれぞれ自由に店内の武器を見て回りはじめた。

一つ一つゆっくり見ていくが、なまくらは一つもない。

（……いや、本当に凄《すご》いな。鑑定を使わなくても武器のよさが伝わってくる。おそらく、どれも最低レア度Cはあるはず）

鑑定眼を使用すれば、レア度や性能だけではなく、使用された鉱石や魔物の素材などが把握《はあく》できる。

それらが分かれば、どれだけ素材のよさを無駄にせず作られているかが分かる。

アレナとルウナも、ゼルートのように鑑定系のスキルを使わずとも、全てが上等な武器だと経験から分かる。二人は、ゼルートから貰《もら》っている小遣いで買えそうな、メインの武器の予備や、サブの武器を探していた。

三人が武器を探しはじめてからだいたい三十分後、ようやく買いたい武器が決まった。

「おう、決まったか。獣人の姉ちゃんの片手斧が二つと、人族の姉ちゃんのショートソードは分かるんだが……坊主、お前さんの武器の数と種類が多くねえか？　確かにお前さんなら、どれもしっかり使えそうな気はするが」

ゼルートは、アイテムバッグから取り出したカートに大量の武器を入れていた。

全てゼルートが使うわけではないので、キッチリ説明を行う。

「えーーと……俺、一応貴族の次男なんですよ。それで、父さんが治めている土地が国境に近いところにあるんで、もし隣国と戦争になったら絶対に駆り出されるんですよ。父さんに仕えている兵士たちにはできる限り死んでほしくないので、なるべくいい武器をと思って」

ドワーフの店主は表情にこそ出ていないが、長い間生きてきた中で一番感動していた。

(こんな家族思いの冒険者がいるとはな……ただ、貴族の子息には全く見えなかった)

その点については少々申し訳ないと思ったが、それに関してはゼルートはもし知ったとしても全く気にしない。

(しかし、少年と姉ちゃん二人の武器の金額を足せば、余裕で白金貨を超えるんだが……。この都市である程度の強さがあるんだから、そこら辺はしっかりしてるか。にしても、国境近くの貴族か……もしかしたらあの四人組の誰かの息子か？　あり得ないと断言はできないな)

記憶を辿《たど》ると、昔知り合った冒険者が貴族になったのを機に冒険者をやめた、という話を思い出し、まさかと思って尋《たず》ねる。

「お前さん、名前はなんて言うんだ」

「ゼルートです。ゼルート・ゲインルートです」

「そうか」

店主は、冒険者から貴族になった知人の名前を思い出そうと、眉間《みけん》に皺《しわ》を寄せながら必死に考え込む。

そして十秒ほど経ってから、ゆっくりと口を開いた。

「坊主、お前さんの両親は、ガレンとレミアという名前の冒険者だったやつらか？」

「「ッ！！！」」

店主からの問いに、三人は口を開けて驚く。

店主の口から両親の名前が出るとは予想していなかった。

まさかの状態に数秒ほど思考が停止したが、固まったゼルートの口が再び動く。

「え、えっと……父さんと母さんを知っているんですか？」

ゼルートの問いに、いい笑みを浮かべながら店主は答えた。

「ああ、知っているとも。お前の両親ともう二人のパーティーは、俺の店に来た冒険者の中でも、特に光るものがあった。風の噂で、一人が貴族になったことでパーティーは解散したと聞いたが、お前さんがあいつらの息子だったとはな。世の中、何が起こるか分からないものだ」

両親のことを褒《ほ》められ、ゼルートは無意識のうちにニヤニヤしてしまう。

話を聞いていたルウナは、改めてゼルートの両親の凄《すご》さを感じ取った。

「まあ、そんなのは今関係ない。お前さんたちになら、これらの武器を売ってやっても構わんが、せっかくこれだけの量を買ってくれるんだ。サービスで白金貨三十枚。そこら辺が限界だ。一応聞いておくが、金は大丈夫か」

実力が高いということは、金もそれなりに持っている。

店主はそう認識しているが、ゼルートは冒険者になってまだ一年も経っていない。

そこら辺も本人を見れば大体分かるので、これだけの武器を買えるのか心配になる。

「全然大丈夫です。ちょっと待ってくださいね……はい、全部で白金貨三十枚あるはずです」

あっさり大金を出すゼルートを見て、今度は店主の表情が固まってしまった。

アレナとルウナは、ゼルートなら出せるだろうと思っていたが、こんなに予想以上に簡単に出したので、感心半分、呆《あき》れ半分といった心情になる。

「………お前さん、こんな大金をあっさり出して、これから大丈夫なのか？」

「ああ、それなら問題ありません。お金ならまだまだありますから。それに、お金に困ったら盗賊を倒せばいいだけです」

本人としては、一番サクッと稼げそうな方法だった。

ただ、聞いた人間は、思わず引きつった笑みを浮かべてしまう。

店主の崩れた表情を見て、アレナは自分の予想がドンピシャで当たったことに……特に喜びはしなかった。

(これが普通の反応よね。でも、ゼルートには常識人の普通が通じない。色んな意味で常識の外にいる人よね)

その考えは間違っていない。アレナの主人は明らかに常識の外にいる。

「しっかり三十枚あるな。お前さんたち、この街にいる間に武器で困ったことがあれば、わしに言え。大概のことはなんとかしよう。っと、自己紹介をまだしていなかったな。名前はマグラスだ。昔は冒険者をしていたが、今は鍛冶師として活動しながら武器屋を営んでいる。好きなものは面白い話と美味《うま》い酒。嫌いなものは理不尽でアホな人間だ」

マグラスの自己紹介を聞いて、酒好きというのは全員が予想していた。

（やっぱりドワーフの人はお酒が大好きなんだな）

今度はゼルートたちが順番に自己紹介をする。

アホで調子に乗っている人間は自分の言いなりになる人形だと思っている、と答えたゼルート。

それを聞いたマグラスは、大きな声で笑い、深く同意を示した。

ゼルートが理由を尋《たず》ねると、以前そういった貴族に無茶な注文を受けるよう脅《おど》されたことがあり、そのとき貴族の顔を思いっきり殴《なぐ》って追い返したという。

するとゼルートは、同類を見つけたと思い、目が輝いた。

アレナは、自分の主以外にも貴族をぶん殴《なぐ》る者がいると知り、なぜだか軽い疲れが襲ってきた。

ルウナはゼルートと同じく、マグラスの話を聞いて感心していた。

理不尽な理由で貴族が絡んできたら、思いっきりぶっ飛ばせばいい。そうすれば気持ちがスッキリするし、屑《くず》にダメージを与えられて一石二鳥！

なんて気分に一瞬なりかけたが、自分がゼルートの奴隷で、なるべく迷惑をかけてはならないことを思い出した。

三人の自己紹介を聞き終えると、マグラスはどこから出したのか、酒を飲みながら豪快に笑った。

「はっはっはっは！！！！　なかなかいいパーティーだな、お前さんたち。特にゼルート、お前さんは気に入った！　何か作ってほしい武器でもあればいつでも言ってくれ、最高の品を用意してやる」

その言葉に、ゼルートは待ってましたと言わんばかりに目を輝かせ、アイテムバッグからとある魔物の素材を取り出した。

それは大きな牙、一目で大型魔物の素材だと分かるほどの大きさがある。

「ほお～～～、なかなか大きな魔物の牙だな。手触りからしてドラゴンの牙か」

マグラスの言葉を聞き、アレナとルウナは呆気《あっけ》に取られて動けなくなる。

ゼルートが――自分たちの主が強いことは分かっていた。

だがそれでも、今より幼い年で魔物のランクトップに君臨するドラゴンを倒せるのか？　一般人ならば無理だ。

いいや、英才教育を受けてきた貴族の令息や令嬢でも不可能な偉業だ。

目の前で素材を見せられても、すぐに取り出した本人が倒したとは思えない。

「ゼルート、お前さんはこれをどこで手に入れた。これは属性付きのドラゴン。俺の感覚が正しければ、雷属性で、しかもかなり上位のドラゴンだ。お前さんが強いことは分かる、だが、この牙の主はおそらく過去のお前さんでは倒せないはずだ」

現在の実力と過去の実力、二つを大まかに言い当てたマグラスの観察眼には、感心せざるを得ない。

ただ、アレナとルウナは理解が追いつかず、頭にはてなマークが浮かんでいた。

「えっ？　ちょ、ちょっと待ってください！　ゼルートは今より幼いときに、上位の雷属性のドラゴンを倒したんじゃないんですか⁉」

言葉に出さなかったルウナも絶賛混乱中だった。

しかしその問いにはゼルートが答える。

「アレナ、ルウナ。それは違うぞ。別に俺は属性持ちのドラゴンを倒して、この牙を手に入れたわけじゃない」

「「えっ?」」

まさかの答えに、間の抜けた声が出てしまった。

二人はてっきり、ゼルートが死力を尽くして属性持ちのドラゴンを倒したのかと思っていた。

「マグラスさんの言う通り、この牙の持ち主であるドラゴンには、昔の俺では全力を出しても敵《かな》わないだろうな。勝機があったとしても、本当に低い確率だ。生きている年数が違いすぎる。戦闘の技術もそうだが、体のスペックに圧倒的に差がありすぎる」

「な、なら、なんで、ゼルートはそのドラゴンの牙を持っているんだ」

当然、ルウナが発したような疑問が出てくる。

過去のゼルートがどんなに足掻《あが》いても敵《かな》わない相手。なのに、なぜその牙を持っているのか。

ゼルートは、アレナとルウナなら、この牙のドラゴンが誰なのか分かると思っていた。だが、二人ともその答えに辿《たど》り着くことはできなかった。

「この牙の主は、表で待っててくれているラルのお母さん。雷竜帝、ラガールの牙だよ」

この言葉を聞いた三人は、氷のように固まり、全く動かなくなってしまった。

数十秒ほどが経ち、このままじゃ話が進まないので、ゼルートが三人に声をかけた。

「おーーーい!! 三人とも大丈夫か? 起きてますか?」

ゼルートの声により、三人は金縛《しば》りが解けたかのように動きはじめた。

三人とも、一周回って頭が冷静になった。

「……少々お前さんの話が信じられんが、店の表に座っている従魔の親と考えれば、ギリギリに納得できるかもしれないな。しかし雷竜帝の牙をこうして生きているうちに見られるとは……はっはっは！！！　わしは相当運がいいようだ」

ゼルートは、マグラスの牙に対する態度に疑問を感じた。

彼にとって、ラガールは話が通じる身近なドラゴンなので、一般人とは感覚が思いっきりズレているのだ。

「なあ、アレナ。雷竜帝ラガールってのは、そんなに凄《すご》いドラゴンなのか」

そこら辺のドラゴンとは違い、圧倒的な実力を持っているのは、ゼルートも知っている。

しかし、本人からは細かい武勇伝を聞いたことがほとんどなかった。

「……」

尋《たず》ねられたアレナは、どう答えればいいのか迷っていた。

「ゼルート、あなたはあまり歴史とか興味がないタイプよね」

ゼルートは、当たり前だと言わんばかりの表情で頷《うなず》く。

元々学校に行くつもりはなかったので、国の歴史などには全く興味がなかった。

「今から三百年ほど前だったかしら。二体の竜帝が全力で戦ったのよ。戦うことになった明確な理由は分かっていないけど、私たちの存在を考慮してくれたのか、戦いは人気《ひとけ》のない山で行われた。

でも、戦いが終わると、あたり一面更地になっていたらしいの」

この話に間違いはなく、ラガールはとあるドラゴンとバチバチにやり合い、山を吹き飛ばして更地にしてしまっている。

「山がいくつもあったのに全てが消えた……と、歴史に残っているわ」

この話はアレナだけではなく、ルウナやマグラスも当然知っている。

話を聞いたゼルートは、自分と会う前にラガールが片足を欠損していたのを思い出した。

(そういえば、若い頃にやんちゃしたせいだと言ってたな。その原因となった戦いが、それってことか。確かに、ラガールと同じぐらいの実力を持つドラゴンが思いっきり喧嘩《けんか》したら、山なんて軽く吹き飛びそうだよな。でも、そんなに激しい戦いをしたのか。まっ、人里に被害がなくてよかったよな)

ただ、ゼルートは温厚で優しいラガールしか知らないので、そこまで激しい喧嘩《けんか》をする姿が想像できなかった。

(……私はゼルートのこういった凄《すご》さではもう驚かないと思っていたが、また驚かされてしまったな。本当に……私たちの主は凄《すご》いな)

ルウナは心の底からそう思った。ここまでぶっ飛んだ主は、ゼルートだけだと。

「さて……ゼルート、お前さんはこれをわしにどうしてほしいんじゃ」

その質問に、ゼルートは迷うことなく答える。

「この牙を使って、八本の短剣を作ってほしいんです。俺とアレナとルウナ、そして家族の分を」

自分や仲間の分だけではなく、家族の分までほしいと頼むゼルートに、またもマグラスは感心していた。

（ふふ、こんな上等すぎる素材を売れば、死ぬまで遊んで暮らせる金が手に入るかもしれないのに、仲間や家族のために武器を作ってほしいと頼む、か……。それなりに長いこと生きてきたが、こんなにも自分以外の人を大切にするやつは久しぶりだ。それに、鍛冶師としてこんな最高級の素材を使って武器を作れるなんて……鍛冶師冥利《みょうり》に尽きるというものだ）

笑みというよりは、いささか獰猛《どうもう》な表情を浮かべながら、マグラスはゼルートからの願いを聞き入れた。

「よかろう。雷竜帝の牙を使った短剣を八本、わしの全ての力を振り絞《しぼ》って作らせてもらう!!!」

マグラスが自身の願いを聞き入れてくれたことで、ゼルートはホッと一安心した。

職人気質の人は、そう簡単に面識のない人間の要望を聞き入れてくれないだろうし、多分断られるだろうなと不安だったのだ。

（いや～～～よかったよかった。やっぱり、ラガールの牙だから受けてくれたってのもあるかな。他の素材だったら、Aランクの魔物の素材とかを出さないと、頼みを聞いてくれなかったかもしれないし）

マグラスが職人気質なのは本当だが、ゼルートが考えているほど面倒なドワーフではない。

依頼人に合ったものを作る。

身の丈に合わない武器を買おうとしたり、無茶な注文をしてくる馬鹿には、容赦《ようしゃ》なく鉄拳を食らわせるだけだった。

(よしっ！　報酬《ほうしゅう》はお金じゃなくて、あっちにした方がよさそうだな)

マグラスは全ての力を振り絞《しぼ》って短剣を作ると宣言した。

ならば、その全力に応《こた》えられるだけの報酬《ほうしゅう》を用意する。

「マグラスさんは、お酒が大好きのようですね」

マグラスは当然と言わんばかりの表情で頷《うなず》く。

「ああ、それはもちろんだが、それがどうかしたか？」

「八本の短剣の報酬《ほうしゅう》なんですけど、俺が用意したとっておきのお酒じゃだめですか？」

とっておきのお酒という単語を聞いた瞬間、マグラスの目がキラリと光った。

ゼルートは転生する前も現在も未成年なので、酒の味はまだ知らないが、飲んでみたいという気持ちは強い。

それもあり、この世界に転生して魔力量を桁《けた》外れに増やした後は、酒作りに力を入れている。

酒を作る知識は全くなかったが、創造スキルのおかげで製造機を生み出すことはできた。

製造場所には、基本的に誰も来ない場所を選び、四苦八苦しながら結界を張り、念には念をと錬金獣をガードマンとして置いている。

今回渡そうと思っている酒は、ゼルートが作ったものではないが、ラガールには好評だったので、自信を持って報酬《ほうしゅう》として渡せる。

「ほ〜〜〜、お前さんが用意したとっておきの酒か。普通なら何を言ってるんだと笑い飛ばすところだが、わしはお前さんならなんでもありだと思っている」

創造というチートギフトと絶え間ない向上心のおかげで、なんでもありという言葉も的外れではない。

「だが、味は大丈夫なのか？」

「大丈夫ですよ。俺は飲んでいませんけど、雷竜帝ラガールが絶賛していたんで、絶対に美味《おい》しいはずです」

雷竜帝が美味《うま》いと判断した。

この言葉ほど、信用できるものはそうそうないだろう。

「よかろう。わしはその酒が報酬《ほうしゅう》で構わん。だが、今回短剣を作るにあたって、エルフの錬金術師に手伝ってもらう必要がある。せっかくの素材だ。わし一人だけで作って中途半端な作品にしたくないからな」

マグラスの提案を拒む理由がない。それで性能が上がるなら、是非ともお願いしたい。

「分かりました、それでお願いします。それでは、その錬金術師のエルフさんには何を報酬《ほうしゅう》にすればいいですか？」

単純に金というのもありなのだが、マグラスは知り合いのエルフの好物を思い出そうと考え込む。

「……あやつは、エルフにしてはかなりの酒飲みじゃったな。もし、わしが好むような度数の高い酒ではなく、貴族が飲むようなワインなどがあれば、それがよさそうだが……まあ、もしかしたら普通に金をくれと言うかもしれんから、できればどちらも用意しておいてくれるか」

「了解です。どちらも用意しておきます」

自信満々に答えるゼルートを見ていると、マグラスは色々な意味で規格外な冒険者だと認識させられる。

（まったく、まだ冒険者になったばかりの子供がとっておきの酒を持ってるなんて……そんなセリフ初めて聞いたな。しかも雷竜帝が絶賛する酒なのだから、本当に美味《うま》いのだろう。それに、貴族が飲むようなワインまで……もしかしたら商人になれるかもしれんな）

性格を考えると絶対に不可能な話だが、創造のギフトがあるので、商品だけは大量に生み出せる。

（そういえば、雷竜帝の話に気を取られていたから気づかんかったが、あのアイテムバッグ……おそらく亜空間の時間が完全に止まっている。どこで手に入れたかは知らんが……ないとは思うが、もしかしてゼルートが作ったのか？　むう………まあ、さすがにそれはあり得ないか）

マグラスがもしかしてと思った通り、時を止めるアイテムバッグはゼルートが自身の能力を使用して造った一品である。

（ふふ、おそらくゼルートの名は、これからどんどん知れ渡っていくだろうな）

将来を楽しみに思いながら、マグラスはゼルートたちと別れた後、すぐ作業に取りかかった。

宿に戻る途中、ゼルートたち――正確には、アレナとルウナが、ナンパ三人組の冒険者に絡まれた。

当然、アレナとルウナが応じるわけがない。

だが、三人組は簡単に引き下がらなかった。一度断ったのに、まだしつこく絡んできたので、二人の主人は三人組の股間目がけて魔力の弾丸を放った。

三人は悶絶《もんぜつ》し、声にならない声を上げる。

しかしそんな三人の様子を無視し、ゼルートは気絶専用の魔法として扱っているスタンを浴びせた。

睾丸《こうがん》にクリティカルヒットを食らった三人はその攻撃を避けられるはずもなく、あっさり気絶した。

ゼルートたちは、武器や防具、所持金を奪って、すぐにその場から離れた。

(もう少し恥をかかせてもよかったかな)

ゼルートとしては、絡んできたナンパ三人組を公衆の面前で恥さらしにしたかったが、今はセフィーレの護衛依頼を受けている最中ということで、あまりことを大きくしないようにした。

絡まれたアレナとルウナは、自分たちの主がナンパ野郎たちをもっとボコボコにすると思っていたので、奪う物を奪ったらあっさりその場から去ったのが意外だった。

(ゼルートならもう少し酷《ひど》いことをやると思ったのだけど……まあ、助けてくれたのは素直に嬉しかったわ)

潰《つぶ》そうと思えば、自分の手で潰《つぶ》せる。

だが、やはり助けてくれたこと自体に、アレナは嬉しさを感じていた。

「そろそろ来てもいいと思うんだけど……あっ、来た来た」

宿に戻ってセフィーレたちを待つこと約十分、ようやく五人が宿に戻ってきた。

そして、少しの休憩《きゅうけい》を挟んでから夕食を食べはじめた。

食事中の雰囲気《ふんいき》は悪くなく、和気あいあいとしていた……一人を除いて。

(量はちょっと物足りないけど、味はいい)

がっつり美味《おい》しいという感じではなく、上品な味に、ゼルートはそれなりに満足していた。

こういった食事会も悪くない。そう思っていたところに、邪魔者が現れた。

「おいおい、綺麗《きれい》な姉ちゃんたちが随分とたくさんいるじゃねえか。ちょっと俺たちの相手してくれよ」

楽しい雰囲気《ふんいき》をぶち壊した男と、その後ろについている二人に、ゼルートは鑑定眼を使い、詳細を調べる。

(特に厄介《やっかい》なギフトは持っていないな。後ろの腰巾着はCランクの真ん中あたり。絡んできた大柄の蛮族《ばんぞく》みたいな男はBランクだけど、見た感じギリギリそのランクってところか)

でかい態度で絡むだけの実力は、多少ではあるが持っていた。

その事実に少し驚きながらも、ゼルートは冷静に状況を見極める。

(俺ならどうとでもなる相手だけど、坊ちゃん貴族とソブルさんだけなら厳しいかもしれないな)

ゼルートがどうやってこの場を収めるか考えている間、ソブルは冷静に自分と絡んできた男の実力の差を測っていた。

（チッ!!　厄介《やっかい》な輩《やから》が絡んできたな。実力が低くて態度だけは一丁前のやつならよかったんだが……。俺やローガスだけだときついな）

ソブルは、冷静に自分と蛮族《ばんぞく》男との実力差を測ることに成功していた。

十中八九、戦えばソブルたちが負ける。

この馬鹿どもをどう対処すればいいか、ゼルートとソブルが考えているところへ、自身の主に対して無礼な態度を取った相手に容赦《ようしゃ》なく立ち上がった男がいた。

他人からしたら、勇気ある行動に見えるかもしれない。ただ、その勇気はすぐに砕《くだ》け散ることになる。

「おい貴様!!　このお方が誰だか分かっているのか!!　このお方はアゼレ――ぶふぁっ！！」

「てめえに用はねえんだ坊主。引っ込んでろ」

説明し終わる前に蛮族《ばんぞく》男が裏拳を放ち、ローガスは他の客のところまで吹き飛ばされてしまった。

急に乱闘が始まり、周囲の客から悲鳴が起こる。

あっさり吹き飛ばされてしまったローガスを見て、ゼルートは心底呆《あき》れていた。

（は〜〜〜……あいつ、正真正銘の馬鹿だろ。自分が喋《しゃべ》っている途中だからって、相手が攻撃してこないとでも思ってるのか？）

こういった場所での乱闘にルールはない。

いつ攻撃が飛んできても大丈夫だという心構えを持ち、対応するべきなのだが、ボンボンに即座に対応しろというのも無理な話ではある。

（それとも、自分は貴族の一員だから、いきなり殴《なぐ》られることはないとでも思ってるのか？　どちらにしろ馬鹿すぎる。常在戦場とまでは言わないけど、こういった場面ならいつ相手の攻撃が飛んできても対処できるようにしておくもんだろ。ほれみろ、カネルさんとリシアさんなんて、あまりにも秒殺すぎてある意味驚いてるじゃん。ソブルさんは頭を抱えてるし。セフィーレさんに至っては、大きなため息を吐《つ》いちゃってるし……。うん、とりあえず俺たちが護衛なんだし、なんとかするか）

アレナとルウナの二人から頼んだという視線を受け取り、ゼルートは迅速《じんそく》に終わらせるために、一瞬で蛮族《ばんぞく》男との距離を詰めた。

そして蛮族《ばんぞく》男の両手両足を瞬時にへし折った。

「はっ？」

男は、何が起こったのか分からなかった。

キョトンした表情をしていたが、徐々に痛みが押し寄せ――子供のように大声を上げはじめた。

「ぎゃぁぁああああああッ！！！　い、痛ってぇえええええッ！！！！」

大の大人が床に転がって大声を上げている様子を大勢の客が見ていたが、何が起こったのかすぐに理解できる者は少なかった。

後ろでオロオロしている腰巾着も、何が起こったのか理解できていない。

ただ、目の前に立っている少年が自分たちのボスに何かをした、それだけは分かった。

（そんなに転がって泣くなよ、みっともない）

ゼルートはそう思ったが、自分が蛮族《ばんぞく》男に加えた攻撃を思い出すと、こんな状態になってしまうのも仕方ないかと思い直した。

ゼルートは、ただ両手両足を折ったのではなく、攻撃を加えた瞬間に内部に衝撃を浸透《しんとう》させていた。

なので、蛮族《ばんぞく》男が負った怪我《けが》はただの骨折ではなく、粉砕骨折だった。

「さすが、容赦《ようしゃ》ないわね」

「うむ、情けなしの連撃だ」

「ほほう、あの一瞬で魔力を纏《まと》って放つか。やはり、私も是非模擬戦をしたいな」

「むう……ほとんど線のようにしか見えなかった。それに多分普通の攻撃ではない……やはりまだ学べることが多いですね」

「う、動きが全く見えませんでした。ソブルさん、今ゼルートさんは何をされたんですか？」

「おそらくだけど、拳と足に魔力を纏《まと》わせて両手と両足の骨を折ったんだと思う。それ以外にも何かをしてそうだけどな」

アレナとルウナは、ゼルートの行動を見て胸がスカっとし、ご機嫌だった。

セフィーレはゼルートの動きをある程度把握《はあく》しており、その実力が自分よりも高いことがますます分かり、気分が高揚していた。

カネルはゼルートからまだまだ学べることがあると思い、リシアは戦闘が主な仕事ではないので全く動きが見えていなかった。

ソブルはどう動いたのかはギリギリ見えたが、折る以外に何をしたのかまでは分からなかった。

そして、現状を生み出した本人は、呆《あき》れた目で蛮族《ばんぞく》男を見下ろしていた。

（レベルはそこそこ高いから、反撃の一つや二つは来るかと思っていたんだけど……完全に期待外れだな。才能だけで今までやってきたタイプか？　酒を飲んでて若干《じゃっかん》酔っぱらってたし、この程度で終わるのも仕方ないか）

酒が入っていたというのも大きな理由だが、ゼルートは素の状態での最速の攻撃を放った。

身体能力ならAランク、もしくはSランクに片足を突っ込んでいるゼルートの最速の攻撃に、酔っ払ったBランクが反応できるわけがない。

（にしても、こいつ絶対に自分が返り討ちに遭《あ》うとか思ってなかっただろうな。そうでなきゃ、あんなデカい態度で絡んできたりしないだろ）

これ以上耳障りな声が食堂に響くのはよくないと判断し、通常のスタンより三倍の威力がある雷を浴びせ、強制的に気絶させた。

「アガガガガガガガガガッ！！！？？？？」

機械が壊れたような声を上がり、雷が収まると、焦《こ》げ臭いにおいが漂った。

自分たちのボスの骨がバキバキに折られ、その上、雷を問答無用で浴びせられた光景を目にし、腰巾着二人は腰を抜かし、歯をカチカチ鳴らして怯《おび》えていた。

自分たちも、ボスと同じ目に遭《あ》うかもしれない。そう思うと、震えが止まらない。

だが、ゼルートは腰巾着二人には何もしなかった。

代わりに、蛮族《ばんぞく》男が身につけている手斧と円盤タイプの盾、そしてアイテムポーチを、自分のアイテムバッグに突っ込んだ。

突然の行動に人々の目は点になる。セフィーレたちもゼルートの予想外の行動に驚き、表情が固まっていた。

そんな周囲の反応を見て、アレナとルウナは苦笑いを浮かべた。

「えっと……ゼルートさん、いったい何をなされたんですか」

リシアがおそるおそる、なぜそのようなことをしたのか尋《たず》ねる。

彼女は、ゼルートの行動の意味が全く理解できていなかった。

(直球な感じで俺に絡んでくるやつ、理不尽な理由で喧嘩《けんか》を売ってくるやつは魔物と同じだから、戦利品を剝《は》ぎ取っている……っていうのは、あまりよろしくなさそうな理由だし、それらしい内容にしておくか)

というわけで、ゼルートは嘘をつくことにした。

「何って、ただ迷惑料をいただいているだけですよ。後は、調子に乗った罰を与えてるってところですかね」

それらしい理由を聞いた人々は、ゼルートの行動に納得した。

本心を知っているアレナとルウナは、ナイス嘘だと、心の中で叫《さけ》んでいた。

説明を終えたゼルートは、今にもちびりそうな腰巾着二人に宣言した。

「とりあえず、これぐらいで勘弁《かんべん》してやるよ。でも、これ以上俺たちに迷惑をかけるってんなら……容赦《ようしゃ》しねえから、覚悟しておけよ」

ただの宣言ではなく、殺気を帯びた最終忠告だった。

「「は、はぃぃいいいいいいいーーーーーーーーー!!!!」」

腰が抜け、さらにちびりそうになっていた腰巾着二人は、ゼルートの殺気を浴びせられ、生まれたての小鹿のように激しく震え出した。

そして用は完全に済んだので、さっさと出ていってもらう。

「分かったらその蛮族《ばんぞく》みたいな冒険者を連れて、とっとと行ってくれ。せっかくの美味《うま》い飯がまずくなるだろ。ああ、それと、そいつの手足は中級以上のポーションを使うか、中級以上の回復魔法を使わなかったら、冒険者生命が終わるから」

普通の骨折であれば、回復魔法やポーションを使わずとも、自然治癒《ちゆ》で回復できる。

だが、今回のような粉砕骨折なら話は変わってくる。

再生や自己修復、回復速度上昇などのスキルを持っている人間であれば元通りになるが、習得していなければ、元通りになることはまずない。

(一応情けとして、これは伝えておいてやらないとな)

まさかの宣告を聞き、腰巾着は再び足が震え出した。そして、まだ目覚めない蛮族《ばんぞく》男を抱えて、逃げるように去っていった。

「ふーーーー。ったく、酔っ払いは本当に面倒だな」

一仕事終えたゼルートに対し、周囲の客から歓声が上がる。

「いいぞ少年！　カッコよかったぞ‼」

「なあ、さっきの動き見えたか？　俺全然見えなかったぞ」

「いや、俺もだ。あの少年、冒険者みたいだが……いったい何者だ？」

「全くもって見えなかったわけではないが、強いというのは分かった。どうにかして縁をつくっておきたいものだ。だが、私の記憶が正しければあの方は……」

「あの年であの強さですか……是非とも契約を結びたいところですが、今はそういった雰囲気《ふんいき》ではなさそうですね」

強さを褒《ほ》める者、動きの速さに驚く者、縁をつくりたいと思うがセフィーレとの関係が気になる者、そしてゼルートと専属の契約を結びたいと考える者など、様々な者がいた。

ただ、店にいる者たちは従業員も含め、ゼルートが蛮族《ばんぞく》男を追い払ってくれたことに感謝していた。

それを知った本人は照れくさくなり、頬《ほお》が赤くなっていた。


ゼルートが歓声を浴びている中、ローガスだけが彼に暗い感情を向けていた。

理由は単純明快に嫉妬《しっと》だった。自分を瞬殺した相手を瞬殺した。

ローガスは心の底から叫《さけ》びたかった。なぜ余計なことをしたんだと。

蛮族《ばんぞく》男と不意打ちなしで真剣に戦ったとしても、ローガスが勝てる見込みはほとんどない。

だが、現実を受け止められない坊ちゃんは、不意打ちを食らわなければ自分が絶対に勝てたと、訳の分からない自信を持っていた。

とはいえ、現状で自分がゼルートを糾弾《きゅうだん》すれば、周囲からどういった視線を向けられるのかは分かっている。

客観的に見て、ゼルートは何も悪いことはしていない。ただただ、護衛として立派に働いただけだ。

そんなゼルートを糾弾《きゅうだん》すれば、ドーウルスを旅立つ前にやらかした一件により、また公爵家の顔に泥を塗る結果となってしまう。

そんな結末は、悪い意味で貴族らしく染まっているローガスでも理解できたので、何とか私情を抑えられた。

抑えられはしたが、ゼルートを見る目からは、ますます黒い感情が漏れ出していた。

(くそっ!! 薄汚い冒険者が、余計な真似《まね》をして私の邪魔をするな!! あのような者、油断さえしていなければ……)

必死に心の中で言い訳をするが、体は正直で、蛮族《ばんぞく》男の一撃を食らったときにこいつには勝てないと悟っていた。

だが、そんな相手をゼルートが目で追えない速度の攻撃で倒したこともあり、内心でも言い訳をしていないと、心が崩れ落ちそうになっていた。

一方、今回の一件によって、ゼルートは次の食事から今回よりも豪華な料理を提供させてほしいと店側から提案された。

どうやら蛮族男《ばんぞく》は、Bランクになってから調子に乗って好き勝手にすることが多く、店側は大変迷惑していたらしい。

その話を聞いて、ゼルートは本当に呆《あき》れ返った。

（凡人では上がらないところまでランクが上がったからって、自分が一番偉いとでも思ってたのか？　ガキじゃないんだから、もう少し現実を見ろよ）

正論を告げても、蛮族《ばんぞく》男の態度が変わるとは思えない。

次に何か起これば、本気で容赦《ようしゃ》しないと心に誓った。

そして夕食を食べ終えて宿に戻った後、ゼルートはセフィーレに依頼内容について確認したいことがあったので、少し時間を空けてから、彼女の部屋に向かった。

「ゼルートです、入ってもよろしいでしょうか」

「ああ、構わないぞ。入ってきてくれ」

了承の言葉を聞き、おそるおそるドアを開ける。

中に入ると、セフィーレは日中の服とは違う普段着を着ており、先程までとはまた違った美しさに、ゼルートは一瞬見惚《みと》れてしまった。

外にいるときは胸当ての装甲で押さえられていても巨乳と分かるほど大きかった乳が、解放されたことでさらに大きく見えてしまう。

（いやあ……本当に目に毒だ。目のやり場に困る）

十五歳とは思えない色気にやられ、顔を背けそうになる。

しかし、こちらから用があって訪ねてきたので、そんな失礼な真似《まね》はできない。

気を紛《まぎ》らわせるために、早速本題に入る。

「えっと……ダンジョンの中での護衛について、質問があります」

「うむ、どんどん質問してほしい。ダンジョン探索中の連携に関わることだ」

セフィーレの真剣な表情を見て、恥ずかしさは消えて、ゼルートは冷静になった。

「分かりました。それでは、ダンジョン探索中の護衛についてなんですが、セフィーレさんたちと一緒に魔物と戦いながらダンジョンを進むのか。それとも、最下層のボス部屋まで襲ってくる魔物を全て俺たちが倒し、セフィーレさんたちを無傷でボス部屋の前まで連れていくのか。どちらがよろしいでしょうか？」

この質問に、セフィーレはすぐに答えられなかった。

(正直、私としては最下層に着くまで、ゼルートたちと一緒に戦いたい。だが、貴族として、依頼者として判断するならば、最下層に着くまでは、襲ってくる魔物は全てゼルートたちに倒してもらうのが得策なのは間違いない)

ゼルートたちの実力であれば、セフィーレたち五人を無傷で最下層に連れていくことは可能だった。

むしろ、高確率で達成できる。

(それに雷属性持ちのドラゴン、ラルがいる。あと、ゼルートのことだ、私たちに見せていない手札をたくさん持っているはずだ。必ず私たちを無傷で最下層に連れていってくれるだろう)

ゼルートという規格外の子供。そして元Aランク冒険者のアレナ。さらに元王女で戦闘のセンスがずば抜けているルウナ。加えて、雷竜帝ラガールの娘であるラル。

これほどの戦力が揃っていれば、Aランクどころか、Sランクの魔物の襲撃からでも五人を守れる。

最下層までゼルートたちに完全護衛をしてもらう方が、効率がいいのは分かっている。

だが、セフィーレにも譲れないものがあった。

(ただ、それでは、私がここに試練を受けに来た意味がなくなってしまう。最下層のボスを倒すことが試練ではあるが、そこまで辿《たど》り着くまでも試練の一つだ。そこを甘えてはならない。何より、私のプライドが許さない)

考えが纏《まと》まり、セフィールは顔を上げてゼルートの方を向く。

「ゼルート、私はお前たちと一緒に戦う道を選ぶ」

依頼主の答えを聞いたゼルートは、特に驚かなかった。

(やっぱりそう答えるよな。セフィーレさんが俺らにずっと守られながら最下層に行くとは思えない)

予想通りの答えを聞き、セフィーレのことがますます信用に値する人物に思えた。

「ゼルートたちには、基本的に私たちのサポートをしてほしい」

「それは、あまり前に出て戦わず、後方からの援護に徹した方がいいということですか?」

ゼルートの問いに、セフィーレは迷うことなく頷《うなず》く。

「なるべく私の……私たちの力で試練を成し遂げたいのでな」

その気持ち、信念、心意気は素晴らしい。

だがゼルートは、すぐにその通りにしましょうとは答えられなかった。

(セフィーレさんの考え、思いが、悪いわけではない。でも、それだとラルを連れてきた意味がない。せめて一回ぐらいは強敵と戦わないと、不満が溜《た》まるだろうな。前回のゲイルはしっかり強敵と戦たんだし)

ゲイルが死合をしたゴブリンキングは、間違いなく強敵に分類される魔物だった。

(それに、一階層から十階層までは正直、セフィーレさんたちが戦っても意味がない相手ばかりだと思うんだよな~~~)

ゼルートも少々考え込み、答えを出した。

「分かりました。ただ、一階層から十階層までの魔物は、セフィーレさんたちが戦っても意味がない相手なので、自分たちが相手をします。それから、一番下の階層に辿《たど》り着くまでに、実力が頭一つ抜けている魔物と遭遇《そうぐう》した場合は、従魔のラルに戦わせてやってください」

ラルはあまり自分の思いを表に出さないが、強敵と戦いたいという気持ちをルウナやゲイルのように、心の中に秘めている。

「自分の従魔たちは強敵との戦いを求めてるので、その点を了承してくれると嬉しいです」

「そ、そうか……それぐらいなら全く問題ないぞ」

セフィーレは少々予想外の願いに驚きはしたが、ゼルートに自分の考えが否定されなかったことに、表情には出さないものの、心底ホッとしていた。

同じく、ゼルートもラルが強敵と戦うことを承諾してもらえたことにホッとした。

「ありがとうございます。それでは、明日からの方針も決まったので、俺はそろそろ自分の部屋に戻りますね」

いい感じに眠気がやってきたので、今からベッドに入ればぐっすり寝られる。

そう思っていたのだが……

「まあ〜待て、ゼルート。せっかく来たんだ、もう少しゆっくり話そうじゃないか」

セフィーレが余っている椅子《いす》を叩《たた》き、ここに座れと視線を送る。

その誘いに対し、ゼルートはどう答えればいいのか非常に悩む。

(魅力的な誘いだけど……一応依頼上の関係は、冒険者と貴族の令嬢、公爵様だからな。そんなお方の部屋にあまり長居するのは色々とまずい気がする)

喧嘩《けんか》関連ではぶっ飛んだ発想で対応するが、ゼルートもこういった状況では冷静に頭が働いていた。

(それに、あの坊ちゃん貴族がセフィーレさんの部屋を訪ねてくる場合もあるかもだけど……まあ、せっかくのお誘いだ。無下《むげ》にするのも失礼だろう)

そう考えて、ゼルートは余っている椅子《いす》に腰を下ろす。

飲みものがない状態で会話をするのはよくないかもしれない。そう思ったゼルートは、アイテムリングの中から小さめのコップと飲みものが入ったビンを取り出す。

「これは……紅茶か？」

「そうですね。ミルクティーなので一般的な紅茶と比べれば甘いです」

本当は、茶葉を煮出《にだ》したロイヤルミルクティーのため、甘く、さらに味が濃い。

ゼルートはコップにミルクティーを注いでいく。

「少し熱いので、ゆっくり飲んでくださいね」

「うむ」

セフィーレはカップに口をつけ、言われた通りゆっくりと飲みはじめる。

今更ではあるが、自分は美味《おい》しいと思っていても、貴族の口に合うか、ゼルートは不安になってきた。

（あ、安易に提供する飲みものじゃなかったか？）

顔に不安は出ていないが、心臓がバクバクと弾ける。

「これは……なかなか飲みやすいミルクティーだ。貴族はもちろんだが、一般の人たちにも飲みやすいだろう」

とりあえず好評ということで、激しく鳴っていた心音が落ち着いた。

「このミルクティーは、ゼルートが一人で作ったのか？」

「はい、まだ冒険者になる前に色々と材料を集めて作りました」

素直に答えたゼルートの言葉に、セフィーレは驚かされ……疑問が溢《あふ》れ出す。

（私の記憶が正しければ、ガレン殿が治めている土地はそこまで商人たちが頻繁《ひんぱん》に訪れることはな

かったはずだが……そもそも貴族の次男とはいえ、どうやって交渉して材料や金を手に入れたのか……疑問が尽きないな）

その記憶は間違いではないが、現在は三馬鹿貴族から巻き上げた大金を有効活用して、それなりの街にグレードアップしている。

（ゼルートが戦闘面に関して多芸なのは分かるが、まさかそれ以外の面でも才を発揮しているとは……ふふ、見方によっては商人に思えるな。本当に接していて退屈しない者だ）

もしかしたら、ゼルートは商人になれるのでは？　なんて思う者がちらほらといるが、本人の揉《も》め事は無理矢理力で解決する性格を考えれば、交渉すらままならない。

（ゼルートのような男がパーティーに出ていれば、少しは社交界も楽しく感じるだろうな）

セフィーレは公爵家の次女として、何度か社交パーティーに出席したことがあるが、母親譲りの美しさと男の目を奪うプロポーションを持っているので、多くの令息から言い寄られてきた。

だが、ほとんどの男がセフィーレにとって全く興味のない自慢話ばかりを得意げに語るだけ。

貴族の男にはある程度見切りをつけていた。

もちろん、全ての令息がボンクラというわけではない。

話の合う令息もいるのだが、大抵の者は爵位的な問題で、あまり長い間会話を続けられない。

そんな中、びっくり箱のような冒険者と初めて出会い、話していて心の底から楽しいと感じた。

「本当に面白い男だな、お前は」

「そ、そうですか？　ありがとうございます？」

お互いに眠くなるまで自由に話し合い、夜のティータイムを楽しんだ。

ちなみに、ゼルートが作ったロイヤルミルクティーのミルクは、ポーションを売った金で牛を数頭ほど買い、錬金獣に世話を任せて回収したものだ。

砂糖も商人から買うことはできるが、それなりに貴重品なので、サトウキビ畑から作っている。

傍《はた》から見れば才能の無駄遣いに思われるかもしれないが、ゼルートにとってはなるべく自分のギフトに頼らないことが重要であるため、その辺は本気だった。


「ふぅーーーー……よく寝た。寝る前に楽しい時間を過ごせたからか、気分よく寝れたな」

昨夜二人は、昼間には話せなかったことを話していた。

馬車の中では従者がいたので遠慮していたが、セフィーレの口から貴族への愚痴《ぐち》が零《こぼ》れる零《こぼ》れる。

ゼルートも一応貴族の一員ゆえに、セフィーレの苦労がほんの少しだが分かり、同情した。

愚痴《ぐち》の内容は、今ゼルートの兄と姉が体験しているであろうもので、心の底から学校に行かなくてよかったと、ゼルートは自分の判断を褒《ほ》めた。

だが、暗い話だけではなく、彼が興味を引く話も多かった。

自身も面白い話を多く持っていたので、話題が尽きることはなかった。

そして、気分がよくなったゼルートはつい、アイテムリングの中から自作のリバーシを取り出してセフィーレを誘った。

もちろんその誘いに彼女は応《こた》え、軽くルールを説明したところですぐに遊びはじめた。

勝負の結果は、当然だが、ラガールやゲイルたちと長年遊び続けてきたゼルートの圧勝だった。

だが、この一回でセフィーレはリバーシにハマり、何度も何度もゼルートに勝負を挑んだ。

その結果――ゼルートの全戦全勝。

ここまで負ければ意気消沈するはずなのだが、セフィーレは一向に諦《あきら》める気配がない。

しかし、そろそろ寝なければ明日に響くと思い、ゼルートは十数戦したあたりで切り上げようとした。

「いや、もう一勝負だ!!」

あっさり提案は切り捨てられ、勝負を続けた。

結果的には二十戦を超えたが、全てゼルートの勝利で終わる。

それでも、セフィーレは諦《あきら》めきれなかった。

よっぽどハマってしまったのだなと思い、ゼルートは切り上げることを条件に、タダでリバーシを渡した――

「まだ少し時間はあるけど、二度寝するのはやめておいた方がよさそうだな」

太陽は出ているものの、まだ空の色は濃く鈍《にぶ》い。

二度寝したら時間通りに起きられないと思い、部屋を出て宿のすぐ傍《そば》にある開けた場所へ向かう。

まずは柔軟体操を始め、終わったら格闘技の技を確認する。

次は相手をリアルにイメージし、体術でシャドーを行う。

体が温まってきたら、長剣と槍や斧、短剣などを使ってのシャドーをする。

二十分ほどやっていると、あたりが明るくなってきたことに気がつき、一旦動きを止めた。

そして、アイテムリングからコップに入った果実水を取り出し、一気に呷《あお》る。

「は～～～美味《うま》い!! で、俺に何か用ですか」

途中から、物陰で自分のシャドーを見ていた人物に声をかける。

その人物は、ごまかすことは不可能だと判断し、おそるおそる姿を現した。

「えっと……すみません。覗《のぞ》き見するつもりはなかったんですけど、ゼルートさんが宿から出ていくのが見えて、来てしまいました」

その人物――リシアは深く頭を下げるが、鍛錬《たんれん》を見られたところで損することはないため、ゼルート本人は全く気にしていない。

「頭を上げてください。別に俺は鍛錬《たんれん》を見られたところで、どうこう思わないので安心してください」

「あ、ありがとうございます」

その後、若干《じゃっかん》の沈黙が続いたが、リシアがそれを破った。

「あ、あの、ゼルートさんは、いつもあのような鍛錬《たんれん》をなされているんですか？」

「まあ、そうですね。いつもってわけじゃないですが、こうやって鍛錬《たんれん》を行うことは多いです」

本人は軽く鍛錬《たんれん》という言葉で片づけているが、それを見ていたリシアからすれば、そんな言葉で済む内容ではなかった。

セフィーレの従者としてたまに騎士団の訓練を見ることはあるが、それとは比べものにならないほど濃いと感じた。

シャドーをしているとき、薄《うっす》らとゼルートがイメージしている対戦相手の幻影が見えた気がした。

(あ、あれは目の錯覚《さっかく》だったのでしょうか?)

確かに、ゼルートの目の前には誰も立っていない。

しかし、シャドー中は一人の巨漢が見えているように思えた。

「い、今の鍛錬《たんれん》はどういった考えで行《おこな》っているのですか」

リシアはいつもの優しい表情と違い、真剣な顔だった。

ゼルートは、何を考えて彼女がそんな表情になっているのか分からないが、隠すことでもないのであっさり教えた。

「まず、もし自分の武器が手元から離れたり、壊されたりしたら、最後に使えるのは自分の体だけです。拳や足、肘《ひじ》や膝《ひざ》を使った鍛錬《たんれん》をするときは、具体的な相手がいるとイメージしながらシャドーを行《おこな》っています」

専門家ではないリシアには、ゼルートが答えた鍛錬《たんれん》方法が全くイメージできなかった。

だが、鍛錬《たんれん》として効果的な内容だというのは、なんとなく理解できた。

「そして、実際の戦闘は、ただ目の前の相手を倒せば終わりとは限りません。なので、長時間戦い続けられるように、スタミナの強化も定期的に行《おこな》っています」

どれも納得のいく説明だった。

リシアは後衛なので、今まであまり前衛の大変さに目を向けていなかったが、自分とは全く違う戦闘スタイルで戦っているセフィーレたちの苦労が一ミリは理解できたかもしれない。

「ダンジョンでは、いきなり魔物の大量発生が起こる事例があります。だから、戦い続ける、もしくは逃げ切るために持久力があるに越したことはないと、俺は思います」

説明を聞き終えたリシアは、思わず拍手をしそうになった。

それほどまでに、ゼルートの言葉はリシアを感心させた。

そして、ソブルと同じく、二度とローガスにはゼルートに反抗的な態度を取ってほしくないと強く願った。

(もし、今後もローガスがゼルートさんに手を出すようであれば、よくて再起不能になるまでボコボコにされるでしょう。最悪の場合、殺されるかもしれません)

さすがのゼルートも多少の慈悲《じひ》はあるので、殺しはしない。

しかし、二度と逆らう気が起きないほどボコボコにする可能性は大いにある。

(もし最悪の事態が起きれば、本人に非があるとはいえ、ローガスの実家も黙ってはいないでしょう。そのときは、何かしらの方法でゼルートさんに報復をするかもしれません)

過去にそういった事例はいくつかある。

(でも、ゼルートさんも黙ってはいないはず。彼の性格からして本人よりも、関係者に被害を加えてしまった場合の方が大きな怒りを買いそうです。ゼルートさんのバックには属性持ちのドラゴンがついていますし。もし、ローガスの実家とゼルートさんたちがぶつかれば、間違いなくゼルート

さんが勝ちますよね)

残念ながら、ローガスとその家族に明るい未来は訪れなくなる。

考えただけでもゾッとする話だ。

そもそも、ローガスの実家とゼルートが物理的に戦ったとしよう。それが本気の殺し合いだとすると、ゼルートの惨殺劇で戦いは終了する。

ゼルートの強さは、烏合《うごう》の衆が集まったところで、到底埋《う》められないほどの差がある。

(い、一旦、この考えは捨てましょう!!)

性格や態度が悪くとも、ローガスが同僚であることに変わりはない。

そんな恐ろしい未来を予想するのはよくない。

「ゼ、ゼルートさん。聞きたいことがあるのですが、よろしいでしょうか」

「はい、なんでしょうか?」

もじもじしながらも、リシアは勇気を振り絞《しぼ》って頼み込む。

「わ、私に、魔法がなくても戦えるようになる鍛錬《たんれん》方法を教えてもらえないでしょうか!!」

予想していなかった願いに驚くが、ゼルートはすぐにその意図を悟った。

(多分、自分がセフィーレの従者としてもっと相応《ふさわ》しくなれるように。それと、俺がダンジョンでは魔物が大量発生する場合があるってことを話したからだろうな)

尊敬する主を守るために、従者として少しでも自力で戦えるようになりたい。

そして、魔力がなくなったからといって、足手まといにはなりたくない。

そんな強い思いがひしひしと伝わってくる。

(父さんから聞いた話だけど、ダンジョンで魔物の大量発生に遭遇《そうぐう》したとき、魔法だけで戦うとほぼ助からない。百や二百？　それぐらいの数の魔物と戦うことになれば、魔力が切れるのも時間の問題だ)

魔力回復のポーションを持っていたとしても、それを一気に飲める隙《すき》があるかは、そのときになってみないと分からない。

(今回の探索ですぐに役立つかは分からないけど、リシアさんの今後を考えたら、教えておいた方がよさそうだな)

まだ出会って数日しか経っていないが、ゼルートはリシアの人間性を嫌っていない。

むしろ好ましいと思っているので、この場で教えられる鍛錬《たんれん》方法は全て教えた。

そうこうしているうちに全員が起きる時間になり、二人も宿へと戻った。


二人が宿に戻ると、既に全員が食堂に集まっており、朝食を食べ終わったら、一時間後にはダンジョンへ出発するという。

朝食をあっという間に平らげたゼルートは席を外し、従魔専用の小屋に向かう。

「待たせたな、ラル」

『そんなことはありませんよ』

そう返すラルだが、顔にははっきりと腹が減ったと書いてあった。

ゼルートもそれを察した。

(多分、ご飯の量が足りなかったのと、単純に味の差か)

ゼルートがたまに料理をするときは、オークやブレイクバイソンの肉などの、ランクＤやＣの肉を使用し、味付けも創造スキルで生み出した調味料をガッツリ使っていた。

(この宿の料理もそれなりに美味《おい》しかったけど……いや、そもそも従魔に客と同じ料理が出されるとは限らないか)

その考えは正しく、悪くはないが、ただ魔物の肉を焼いただけの簡単な料理が、ラルのご飯だった。

それでは道中頑張《がんば》ってくれていたラルに申し訳ないと思い、ゼルートはオークキングの焼肉をアイテムリングから取り出して、目の前に置いた。

「……ッ！」

目の前に置かれた高級肉の匂《にお》いに我慢できず、ラルは一心不乱になって食べはじめた。

三分後、それなりに量があったオークキングの焼肉は、一欠片《かけら》も残らず完食されていた。

『ふう、すみません。なかなか美味《おい》しかったのでつい、食べるのに夢中になってしまいました』

「気にすることないよ。普段食べてる料理がそれなりに美味《おい》しいから、不満が溜《た》まるのも仕方ない」

申し訳ないがその通りなので、ラルは何度も頷《うなず》いてしまう。

「なあ、ぶっちゃけ……ラルが満足できそうな魔物は、ダンジョンの中にいると思うか？」

ラルが食べ終えたのを確認し、早速本題に入る。

「一応、セフィーレさんには、最下層のボス以外でそれなりに強い魔物と遭遇《そうぐう》した場合は、俺たちが戦ってもいいって許可を貰《もら》ったんだけど……正直、現れると思うか」

ラルは主の質問にじっくり十秒ほど考え込んでから答える。

『そうですね……ハッキリ言いますと、全力を出せるような相手は現れないと思います』

「やっぱりそうだよな～」

三十階層もあるダンジョンとはいえ、ラルが全力で戦えるようなモンスターが出現するとは思えない。

(そんなヤバい魔物が棲息《せいそく》してるなら、アゼレード公爵様も娘の試練の場所に選ばないよな)

ラルが全力を出しても構わない魔物となれば、最低でもBランクだ。

セフィーレたち五人の実力では、九十パーセント以上の確率で負けてしまうような魔物だが、それでもラルにとっては最低限の相手だった。

『ゼルート様と同じく、自身に負荷をかけながら戦うという方法をとれば、ある程度楽しめるかもしれませんね。ただ、魔物の大量発生があれば、そこそこいい戦いが……乱闘が楽しめるかもしれません』

結局、その考えに辿《たど》り着いてしまう。

質が足りなければ量で補う。その発想自体は間違っていない。

(子は親に似る……それに加えて、主である俺にも似てるのかもな)

ゼルートは何だかんだ言ってバトルが好きであり、ラルの母親であるラガールも強者との戦いは嫌いではない。

「そうか……まっ、とりあえずそういうことだから、あんまり過度に期待はしておくなよ」

『ええ、あまり期待しないで待っておきます』

まだ出発まで時間があったので、アレナとルウナは宿の周りを散策することにした。

「は〜〜〜」

「どうしたんだ、アレナ？　ため息を吐《つ》いたら幸せが逃げると、ゼルートが言ってたぞ」

ルウナの言葉に対し、アレナはその言葉を教えた人物が元凶だと、心の中でツッコんだ。

いよいよダンジョン探索が始まるが、アレナの頭の中は心配でいっぱいだった。

(いや、別にゼルートが悪いわけではないのよね。悪いのはゼルートに絡んでくるアホや、変にプライドの高い貴族たちよ)

自分の主は悪くなく、元凶ではないと己の考えを否定する。

(だからといって、真っ向からやり返すのはどちらかと言えばよくない……というより、悪い結果が返ってくる。でも、ゼルートの場合は、それすら正面から捻《ね》じ伏せる力がある)

基本的に売られた喧嘩《けんか》は買い、最終的に勝ってしまう主の強さに、アレナは悩んでいた。

自分たちが馬鹿にされたり、体目当てで近寄られたりしたときに、相手をボコボコにしてくれるのは、素直に嬉しい。

だが、それが原因で起こるかもしれない問題が悩みの種だ。

(どんな難題でも、無理矢理力で解決してしまうのよね……。相手が話し合いに応じるなら、話は変わってくるけど)

一人で考えていても纏《まと》まらないので、ルウナに意見を求める。

「ねえ、ルウナは、ゼルートが売られた喧嘩《けんか》を全て買ってしまうところをどう思う?」

「ゼルートがどんな喧嘩《けんか》も買ってしまうところか……」

ルウナは目をつぶってじっくり考える。

(美味《うま》い料理を用意してくれる。寝床を用意してくれる。しっかり武器も用意してくれる。奴隷だからといって、戦いの最中に盾のような扱いをしない。一人の仲間として見てくれている。なにより、仲間思いで家族思い。文句のつけようがない最高の主だ)

ゼルートのことを考え出すと、いいところしか浮かんでこない。

(確かにどんな喧嘩《けんか》も買ってしまうと、最終的に多くの敵を作ることになるかもしれないが……)

考えが纏《まと》まったルウナは、ニヤッと笑った。

「私は凄《すご》くいいと思うぞ!!」

ルウナのストレートな言葉を聞いて、アレナは目を見開いた。

予想していたものとは全く違う回答だった。

「確かに、そういった性格ゆえに大きな問題を引き起こしそうだが、私はそれを逆に考えてみた」

一拍置いて、言葉を続ける。

「ゼルートなら……私たちの主なら、貴族や国を敵に回しても、私たちを守ろうとしてくれる」

もちろん、そんな事態は避けたいと思うのが普通だ。

ゼルート自身も、なるべく貴族や国と喧嘩《けんか》したくはないと思っている。

(さ、さすがに国を相手に喧嘩《けんか》は……いや、本気になれば全力で戦いそうね)

ゴブリンとオークの群れを倒しに行くときに、馬車の中で話した会話の内容を思い出す。

「そう、ね……確かにゼルートなら、たとえ国を敵に回してでも、私たちを守ってくれそうね」

「そうだろう。なんといっても、子供ながらに侯爵家と伯爵家を潰《つぶ》してしまったんだ。私はそんな強気な部分も魅力的に感じるな」

「ふふ、確かにそうね」

厄介《やっかい》なところではあるが、そこが魅力的なのだと納得したアレナの中から、モヤモヤした感情が綺麗《きれい》さっぱりなくなった。


「さてと、とりあえず時間まで色々と話し合いたいんだがいいか?」

自室で待機しているソブルは、カネルとリシアに確認する。

「ああ、問題ないぞ」

「私も問題ありません」

「よし、それじゃあ、まずはあの馬鹿のことについて話し合おう」

三人が集まっている中、その馬鹿だけはこの場にいなかった。

そして、そうそうに三人は深いため息を吐《つ》いた。

「なんというか……私としてはもう、今回のダンジョン攻略には参加させず、宿で待たせたいという気持ちが強い」

「それは少し無理があるんじゃないかと思うが、正直なところ、俺もカネルと同意見だな。リシアはどう思う？」

「さ、さすがに宿で待機はよくないと思いますが、ダンジョンでは必ず誰かが監視しておくべきだと思います」

リシアはその性格ゆえにあまり人の悪口を言えないタイプだが、今回はおどおどしながら、つい否定的な意見を出してしまった。

三人は、自分以外の二人の意見が自身とほとんど変わらないことを知り、もう一度深いため息を吐《つ》いた。

「は〜〜〜、あいつが貴族以外の人を見下《みくだ》す傾向が強いのは今までもそうだったけど、今回は特に酷《ひど》いと思わないか」

幼い頃からローガスのことを知っているソブルだからこそ、今回の彼のゼルートに対する態度がいつも以上に酷《ひど》いと感じていた。

この疑問に、カネルが自身の考えを述べる。

「私は女だから男の考えはいまいち分からないが、ゼルート殿が冒険者の中で初めて自分に反発してきたからじゃないか」

今までの冒険者たちがローガスに対して取っていた態度を思い出すと、それなりに納得できる理由であった。

「まあ……あいつや俺たちの実家は、そこまで位《くらい》が高くないが、セフィーレ様が公爵家の娘ということで、ローガスが横柄《おうへい》な態度を取っても、言い返してくるやつなんて確かにいなかったな」

ソブルが頷《うなず》く。

「言われてみればそうですね。高ランクの冒険者さんなら、位《くらい》の低い貴族と同等の権力を持っていますが、さすがに公爵家が後ろについている方とは争いたくないと思うでしょう。ローガスさんの実家自体は、そこまで悪い意味の貴族の思考に染まっていないはずなのですが……なぜでしょうか？」

リシアも家の付き合いでローガスの親や兄弟を知っているが、記憶が正しければ、彼みたいに面倒くさすぎる思考を持つ者はいない。

ソブルもリシアと同様に、家同士の付き合いで家族の性格などはある程度知っているが、ローガスほどの横暴な思考を持つ者はいないと記憶している。

二人とも悩んでも悩んでも理由が出てこないので、カネルに尋《たず》ねてみる。

「カネルさん、他に何か、ローガスさんの態度が横柄《おうへい》な理由が思い浮かびませんか」

「そうね……おそらくそれは、私よりも、ソブルの方が理解できるんじゃないかな」

ソブルは、ゼルートと出会ってからの出来事を振り返り、要因と思えるものを考える。

「…………ああ、そういうことか。なるほどな。確かに俺も理解できなくはないが、単純に経験値が違いすぎると思ってるから、俺はそこまで気にしてないんだけどな」

ソブルはこの言葉に納得したが、リシアは理解できておらず、戸惑《とまど》っていた。

「えっと……結局どういうことなんでしょうか？」

リシアが戦闘に関してのプライドを持っていないと知っている二人は、なぜ分からないのかと疑問に思うことなく、簡単に説明した。

「ローガスは傲慢《ごうまん》な性格だが、実力はそれなりにあるだろ。だが、ゼルート君との模擬戦を見たから分かると思うけど、どっからどう見てもゼルート君の完勝だった」

ローガスの槍は一掠《かす》りもすることなく、思いっきり手加減された状態で負けてしまった。

「ローガスは、本気で殺しにかかっていた。それにもかかわらず、ゼルート君に一回も防御させることすらできなかった。そしラストの攻撃で……あいつは初めて、本当の恐怖を味わったんじゃないか？」

「その可能性は高そうだ。まあ、要はあんなにプライドが高いローガスが本気で戦ったのに、手加減された上に恐怖を与えられた」

ソブルとカネルの言葉を聞いて、ようやくリシアも、ローガスの機嫌がなぜあそこまで悪いのか理解できた。

「な、なるほど。確かにプライドの高いローガスさんにとっては、かなりの屈辱《くつじょく》かもしれませんね」

「まあ……後は、ゼルート君が、実家が貴族であることを差し引いても、基本的に貴族を尊敬、敬っていないことも要因の一つだろうな」

「そうかもしれないな」

「どういうことですか？」

再び理解できないと言わんばかりの表情になるリシア。

今回に関しては、なぜ分からないのかと二人は心の中でツッコんでしまった。

「ほら、基本的に平民は貴族を敬うって構図というか、固定概念みたいなのがあるだろ」

「確かに……そういうところはありますね。私はあまり好きではありませんが」

その考えはリシアだけではなく、他の二人も同じだった。

「ただ、まあ……あれだ、ゼルート君にはそんな尊敬の念なんて一切ないんだよ」

「そうですね。もちろん、全員に対してではないだろう。しかし、ローガスのように平民は自分たち貴族に従うのが当然と考えている者に対し、尊敬の念を抱くことはまずない。それどころか侮蔑《ぶべつ》していているだろう」

心の底から蔑《さげす》んでいると言っても過言ではない。

「そうですね、こう……物凄《ものすご》く冷たい目で、ローガスさんのことを見ていました」

「――侯爵家と伯爵家の子供から売られた喧嘩《けんか》を買って、相手の家の全財産を奪うような人だ」

一拍置いて口に出したソブルの言葉には重みがあった。

「決闘が終わった後、もし侯爵家の令息の親が、ゼルート君の家族や関係者に害を与えようとしたら、爵位の高さなんて一切関係なく、刺し違えてでも侯爵家の連中を皆殺しにしていたと思う」

ソブルの強烈な発言を、リシアは否定しようとする。

「まさか、ゼルートさんがいくら血気盛んであったとしても、そんなことは――」

しかし、すぐさまソブルの言葉に掻《か》き消される。

「あり得る。事実として、ゼルート君が侯爵家と伯爵家の令息を相手に決闘を仕掛けた理由は、家族を馬鹿にされたからだ。それに、自我が確立された頃から様々な教育を受けてきた令息に対して、余裕な表情で、戦うのではなく半分遊ぶように完膚《かんぷ》なきまでに倒したんだ」

あの変則的な決闘を見ていた貴族の中には、ゼルートの姿に悪魔を重ねた者もいたという。

「たとえ七歳であっても、刺し違えてでも殺すことは、絶対に不可能だとは思えない」

まだ熟練の域に達していなかったとはいえ、七歳の頃には既にゼルートは多くの手札を持っていた。

侯爵家の当主であっても、隙《すき》を突かれれば殺されてしまう可能性は決して少なくなかった。

「俺が何を言いたいかと言うとだな、議題からズレるが、ゼルート君の家族や仲間、関係者に手を出せば、どんな大商人や爵位の高い貴族――王族であったとしても、地獄の果てまで追いかけられて本当の地獄を見せられる、と思うんだよ」

ソブルの話を聞いた二人には、信じがたいという思いがあった。

二人はどうしても、侯爵家の令息に余裕の表情で喧嘩《けんか》を売ったことが引っかかっているのだ。

ソブルの言葉通り、まともな神経をしている者であれば、自身の親より爵位が高い子供に歯向かったりはしない。

そんなことをしたら、どんな手を使ってでも、物理的に、社会的に潰《つぶ》されるからだ。

家のバックの関係によっては逆転するかもしれないが、普通に考えれば歯向かわないのが得策。

ゼルートも、それを理解できていないわけではない。

だが、転生者であるゼルートの感情には全く関係なかった。

力があれば惜しげもなく使う。実行できる力があれば、それを使って反撃を行う。

それがゼルートなのだ。

「そういうことだから、俺はあの馬鹿がゼルート君に、その仲間に手を出しそうになれば、しがみついてでも止める。最悪の場合……この手で殺す。二人もそれぐらいの覚悟はしておいた方がいい。仮に最悪の事態が現実になれば、ゼルート君の怒りの矛先《ほこさき》がどこに向くのか分からない。だが、あの馬鹿一人だけで済む問題では終わらないのは確かだ」

ゼルートとの関係が悪い方向に行けば、この先どうなるか。考えただけでもゾッとする。

ソブルの言葉に、二人は決して可能性が低くはない未来の出来事に覚悟を決め、頷《うなず》いた。

第二章　ダンジョン探索開始

ようやく出発の時間となり、一行は寄り道することなく、まっすぐダンジョンを目指す。

ダンジョンに近づくにつれ、露店が増えた気がした。

「……なんか、露店の数が多くなってきてないか？」

ゼルートの疑問に、アレナが答える。

「この辺に来る人は、これからダンジョンに入る人がほとんど。彼らは腹ごしらえや何か足りないものを買うかもしれない。だから、必然的に露店が多くなってくるのよ」

ダンジョンの入り口付近ともなれば、さらに自分のパーティーに不足している人材を募集している者や、自身の特技や習得しているスキルを叫《さけ》んで自らを売り込んでいる者もいた。

ゼルートにとっては初めて見る光景なので、思わず感嘆の声を上げる。

「おお〜〜。街中《まちなか》はだいたいどこも賑《にぎ》わっているけど、ダンジョンの入り口近くはこんなにも賑《にぎ》やかなんだな」

「そうね。街がダンジョンを管理している場合は、どこも似たような感じよ。街から外れた場所にあるダンジョンもギルドが管理してるから、商人たちが無理して店を出してる場合だってあるの」

アレナは懐《なつ》かしい光景に思わず頬《ほお》が緩《ゆる》み、久しぶりにダンジョンに潜ることに、ワクワクした感情が溢《あふ》れてきた。

隣に並んでいるルウナは、ゼルートと同様に、感嘆の声を上げていた。

「これは……なんというか、物凄《ものすご》く必死さが伝わってくるな」

自分を売り込む冒険者、一緒に潜ってくれる人を募集している冒険者、商品を買ってもらおうと必死にアピールする商人。

彼らの必死さを見て、ダンジョンの存在がどれほど大きなものなのかを感じていた。

セフィーレたちも、ゼルートやルウナと同様に、入り口付近にいる冒険者や商人の熱気に驚かされていた。

こういった事情に無関心なローガスでさえ、目の前の光景に圧倒されたのか、無意識に後退《あとずさ》っていた。

ダンジョンに挑むゼルートらを発見した冒険者たちは、是非自分たちとパーティーを組んでほしいと思っていた。

一方、商人は自分の店の商品を売り込むことはやめた。

商人の情報網は、冒険者に比べて圧倒的に優《すぐ》れている。

ゆえに、既に公爵家の令嬢がこの街のダンジョンに挑むという情報を得ていた。

自店の商品を買ってもらいたい気持ちは当然あるのだが、万が一にも機嫌を損ねるようなことになれば……という最悪の未来を考えると、ガッツリ売り込む気持ちが霧散したのだ。

冒険者たちに関しては、特に男性が、ゼルートたちに自分を売り込もうとしている。

理由は超単純で男らしく、美少女や美女と呼べる女性が五人も一緒に行動しているからだ。

是非ともお近づきになりたい、あわよくば上手いこと関係を作って……なんて欲望丸出しで声をかけようとするが、彼らが近づくと、ラルが低い声で唸《うな》り声を上げる。

「グルルルルル……」

そこで初めて、パーティーの誰かが、このドラゴンを従魔にしていることに気がつき、焦《あせ》った表情で元いた位置に戻っていく。

そんな男たちを見て、ゼルートは思わず苦笑いをする。

「馬鹿といえば馬鹿なんだけど、しょうがない男の性《さが》ってやつなんだろうな」

「ゼルート君の言う通りだ、残念ながら本能に近い行動だ」

「ふんっ!!　あのような者どもがセフィーレ様に近づくなど、罪に値する」

ローガスの貴族丸だしの考えに、それはないだろと、ゼルートは心の中でツッコんでしまう。

こういった光景に慣れているアレナは、特に表情を変えることはない。

カネルは邪《よこしま》な考えを持つ冒険者たちに呆《あき》れ、リシアはこちらに来ることを諦《あきら》めたのが分かると、ホッとした。

そして、一番注目されていたセフィーレは、ダンジョンの入り口前の光景に夢中になっており、目の前で何が起こっていたのか全く把握《はあく》していなかった。

とりあえず冒険者たちが去ってくれたので、護衛のゼルートとしては一安心できた。

（一応、こっちは護衛依頼を受けてダンジョンに潜るのに、素材の分け前とかで争いたくないしな。というか、絶対にろくなことにならないから、一時的にパーティーを組んで潜るとか、マジで勘弁《かんべん》だ）

もしもの未来を考えると、胃が痛くなってくる。

隣で苦い表情をしているゼルートを見たアレナは、主が何を考えているのか分かってしまい、苦笑いを浮かべていた。

だが、アレナが正面を向いた瞬間、ゼルートも同じく真剣な表情に変わる。

競争相手が消えたのを確認した一組のパーティーが、ゼルートたちの方に歩いてきていたのだ。

（……嘘でしょ。なんでこっちに向かってくるのよ。ラルが見えないの？　どう考えても上級貴族の雰囲気を醸《かも》し出しているセフィーレ様が見えないの？　もしかして目が見えていないの？）

あまりにも予想外の出来事に、アレナの頭が混乱しかけていた。

こちらに向かってくる冒険者三人組は全員が男。顔はそこそこ整っている。

だが、自分たちは隠せていると思っているだろうが、元Aランク冒険者だったアレナには、近寄ってくる理由が下心しかないことがバレバレだった。

護衛パーティーのリーダーであるゼルートは内心で思いっきりため息を吐《つ》き、目頭を指で押さえた。

「はーーーーー……本当にマジでふざけんなよ。鑑定眼で見させてもらったけど、Dランク程度の実力しかないじゃねえかよ。なのになんでそんな、俺たちの誘いを断るはずがないって表情をしてるんだよ！！！！」

空気を読まない三人の行動にも腹が立つが、根拠のない自信満々の顔に対して一番怒りが湧《わ》いていた。

（お前ら程度の実力を持ってるやつなんて腐《くさ》るほどいるんだよ!!　マジでファッ○！！！！）

興奮してつい汚い言葉が出てしまったが、ゼルートはすぐに冷静さを取り戻す。

そして自分が採《と》るべき行動に移る。

手を横に広げ、アレナとルウナには何もするなと伝える。

そして、三人組の一人が口を開いた。

「やあ、初めて見る顔だね。もしかしてこれからダンジョンに潜るのかい？　なら、俺たちと……ん？　なんだい君は。子供に用はないんだ。そこを退《ど》いてくれないか。後ろの女性たちを俺たちはお誘いしてるんだ」

彼はゼルートを手で払うようなしぐさで追いやろうとした。

（俺の後ろにも、まだ男はいるだろ！！！）

ゼルートは鋭いツッコミを言葉に出さず、さっさと本題に入る。

「俺たちは後ろの方々の護衛として、指名依頼を受けているんだ。だから、関係のない冒険者たちとは今関わりたくないんだよ。だから――」

なるべく簡潔に、そして伝わるように説明をして、手を出さずに問題を解決したい。

周囲の冒険者たちは、ゼルートたちは関わってはいけない集団だと理解した。

だが、そんなゼルートの思いを、三人組はあっさり打ち砕《くだ》いた。もちろん、悪い意味で。

「おいおい、マッサがお前に用はないって言ったのが聞こえなかったのか。お前みたいなクソガキに用はないんだよッ！！！」

「ニックの言う通りだ。それに、お前みたいな子供が後ろの美しい方たちと同じパーティーメンバーだと？　冗談《じょうだん》がすぎるぞ」

話を聞いていないのはどちらなのか。

「まあまあ、ホッソもニックもそれが事実だとしても、あまり酷《ひど》いことを言ってやるなよ。ほら見ろ、怖くて俯《うつむ》いてしまってるじゃないか」

脳内がお花畑状態の馬鹿には、ゼルートが怖くて震えているように見えているが、全くもってそんなことはない。

ただただ、冷静にブチ切れていた。

後ろにいたアレナたちはゼルートの怒りを感じ取り、無意識のうちに合掌《がっしょう》していた。

ローガスは、ゼルートの実力が目の前の三人よりも遥《はる》かに高いことは分かっており、見る必要はないと判断し、目をつぶる。

セフィーレだけはここからどう状況が変わるのか、ワクワクしながら見守っている。

既にゼルートは、馬鹿三人組に最後のチャンスを与えていた。

ここで引き下がれば何事もなく終わっていたのだが、馬鹿三人は最後の慈悲《じひ》を蹴り飛ばしたのだ。

「大した実力もないカスどもが……あまり調子に乗るなよ、ド三流冒険者」

重く冷たい死の宣告が呟《つぶや》かれた。

「……君、今なんてっ⁉」

ニックという名の冒険者は、それ以上喋《しゃべ》ることができなかった。

怒りのボルテージがマックスに達したゼルートは、馬鹿たちを吹き飛ばさないように、だが体に響くように、しかし死なないように三人の鳩尾《みぞおち》を殴《なぐ》った。

そして、体がくの字に曲がったマッサを上空に蹴り飛ばす。

いまだに何が起こったのか理解できないニックとホッソの正中線を通る急所四か所に突きを入れ、悶絶《もんぜつ》させる。

だが、ブチ切れているゼルートの攻撃はそこで終わらず、ニックの腕を掴んでホッソに叩《たた》きつける。さらに、重なった二人を今度は蹴り上げ、空中で一回転してから踵《かかと》落としを決めた。

二人は決して少なくない量の血を吐《は》いたが、ゼルートは一瞥《いちべつ》もくれずに、先に上空に蹴り上げたマッサのところまでジャンプして追いついた。

マッサと同じ高さまで辿《たど》り着いたゼルートは、アイテムリングからトレントという木の魔物の素材から作った木刀を取り出す。

「お、俺に何を……」

空中に蹴り上げられたマッサは、痛みに耐えながらも、目の前のゼルートに尋《たず》ねた。

だが、本能は既に何をされるか分かっているので、震えが止まらない。

マッサの問いに、無表情のまま木刀を持った鬼が答えた。

「何をって、俺がせっかく説明したのに、それを無視した罰を与えるって感じかな」

他にも理由はあるが、ゼルートは木刀に魔力を纏《まと》わせて、マッサが地面にぶつかるまで叩《たた》き続けた。

顔面を、鼻を、腹を、足を、脛《すね》を、肘《ひじ》を、股間を、胸部を、膝《ひざ》を、ありとあらゆる部分を満遍《まんべん》なく叩《たた》いた。

もちろん、殺さないように手加減はしている。

高速で百回ほど叩《たた》いたところで、ようやく地面に落ちた。

「がはっ!!」

「っと、もうちょい叩《たた》きたかったけど……もう十分か」

叩《たた》かれまくったマッサの顔はボロボロになり、先程までのイケメンフェイスがクソボロ雑巾《ぞうきん》になっていた。

骨折は最初の一撃を食らった部分以外はしていないが、全身打撲《だぼく》状態である。

地面に倒れ伏している三人を見下ろし、ゼルートは口の端を吊り上げながら、アドバイスを送った。

「さて、俺よりも圧倒的に弱いお前らにアドバイスしてやる。一つ、相手の強さを見た目で判断しないこと。二つ、相手と自分との力量差をしっかり把握《はあく》すること。三つ、喧嘩《けんか》を売って自分たちが無事で済むと思わないこと。以上だ」

一旦そこで言葉を切り、最後に告げた。

「あと、これ以上俺らにちょっかい出すなら、二度と冒険者として活動できない体にしてやるからな」

言いたいことを言い終えたゼルートは三つのポーションを彼らのそばに置き、セフィーレたちのもとへ戻った。

「問題は解決しました。ダンジョンに入りましょう」

「そうだな。時間に余裕があるわけではない。すぐにダンジョンに入ろう」

セフィーレの言葉とともに、八人と一体は入り口へ向かう。

途中、アレナが微笑《ほほえ》みながら言った。

「ポーションをあげるなんて、ゼルートにしては優しかったじゃない。それに、気絶させて装備を奪わなかった」

「……若干《じゃっかん》八つ当たりの部分があったからな。まあ、あんな公衆の面前で、上から目線で俺のことを馬鹿にしたのに、その子供にボコボコにされたんだ。とりあえずこの街で暮らしにくくなるのは確実だ」

噂というのは広まるのが速い。

今日の夜までに、馬鹿三人組の醜態《しゅうたい》は一気に広まるだろう。

「ふふ、なんだかんだでブレてないわね」

「ゼルートらしいじゃないか」

アレナとルウナから見て、ゼルートはどんなときも芯《しん》は変わっていなかった。

「さすがルウナ、よく分かってるな」

「私はゼルートの仲間だからな。それぐらいは当たり前だ」

ゼルートの言葉を聞いて気分がよくなったルウナはニヤリと笑い、尻尾《しっぽ》を左右に揺《ゆ》らしていた。

そんな二人の様子を見ていたアレナは、やれやれと思いつつ苦笑いを浮かべる。

ゼルートの圧倒ぶりを見ていた従者たちは、この結果に驚き固まり、セフィーレだけは「さすがゼルートだ!!」と、納得していた。

(いや～～～、本当にゼルート君は強いな。早すぎて何が起こったのかほとんど分からなかった。それに、単純な力や速さだけじゃなく、力加減も凄《すご》かった。空中で何十回と木刀で冒険者を叩《たた》いていたのに、しっかり息はあった。他の二人も絶妙に死なないように攻撃していた。なんかこう、年下なのに憧《あこが》れる部分があるな。なにがなんでも自分の思いを貫き通す。そしてそれを実現できる力を持っている。本当に凄《すご》い。だからローガス、頼むから変な気を起こさないでくれ)

ソブルは、なんだかんだでゼルートに対して憧《あこが》れに近い感情を持っていた。

そして同僚の馬鹿がゼルートに手を出すような真似《まね》はしないでほしいと、もう一度心の底から願った。

(先程の動き……さすがはセフィーレ様が認められた人だ。動きがほとんど追えなかった。そして相手を殺してもおかしくない数の強打を浴びせながらも殺していない。絶妙な手加減だ)

百回ほど叩《たた》かれたナンパ冒険者は、傍《はた》から見れば死んでも不思議ではなかった。だが、自慢のイケメンフェイスはボロボロになったものの、しっかり生きている。

（それに最後には施しまで与えるとは。この街で暮らしにくくなるという考えは恐ろしいが、優しさを十分に持っている。ただ、今回のことで、本当に自分や関係者に害を為す者に対して容赦《ようしゃ》がないということが分かった。だからローガス、頼むからゼルート殿たちに刃を向けないでくれ）

カネルも、ソブルと同様に、ゼルートの動き、加えて優しさに感心していた。

それと同時に、やはりローガスにはジッとしておいてほしいと願う。

（は〜〜、先程のゼルートさんの動きは、私には何がどうなっているのかさっぱりでしたが、とにかく強すぎることは分かりました。あのプライドが高いローガスさんが戦いを見て悪態をつかなかったのですから、本当に素晴らしかったのでしょう。それに、やはり優しさも兼ね備えているのですね）

ボコボコに叩《たた》きのめした三人にポーションを渡した。

それは紛《まぎ》れもなくゼルートの優しさだと、リシアは感じた。

（最後に不穏なことを言っていましたが、本人たちの言動を考えれば仕方ないでしょう。それにしても、本当に自分の我を貫き通す方ですね。貴族の立場から見るとあまりよく思われないのでしょうが、個人的にはとても好感が持てます！！　なので、ローガスさんには絶対にゼルートさんたちと敵対するような行為はしないでほしいです。ゼルートさんたちと全面戦争なんて、正直言って負ける未来しか見えないので、絶対に嫌です）

他二人と同様、リシアもローガスの暴走が起きないよう、心の底から願う。

そんな三人の思いをよそに、ローガスはゼルートに手を出さなくとも、憎むことはやめていなかった。

（くそっ!!　なぜ冒険者になったばかりの子供が、あそこまでの強さを持っているんだ!?　私の方が、遥《はる》かに鍛錬《たんれん》を積んでいるはずだ。目標をしっかり立てて行《おこな》っている！　なのになぜだ!?　なぜ貴族を敬うといった常識が分からないやつが、あのような強さを手に入れているのだ！！　おのれ～～～～～～ッ！！！）

表情こそいつもの不愛想なままだが、内心では荒れに荒れていた。

現実を見えていないローガスが、他の従者二人が恐れる未来を実現させる可能性は、決して低くない。

何はともあれ、八人と一体は、無事にダンジョンの中に入ることができた。

「いいな、この感覚」

ダンジョンの中は洞窟になっていた。

足を踏み入れた瞬間に、モンスターたちから狙われている感覚に襲われる。

だが、ゼルートはその感覚が嫌いではなかった。

むしろ、常に狙われていることで緊張感が保たるため、楽しささえ感じていた。

「よし、とりあえず事前に話した順番になって進もう」

ソブルとルウナが先頭に立ち、セフィーレとゼルート、リシアとローガスが中央。そして、カネルとアレナが後方という順番で進みはじめる。

それから数分後、さっそく魔物がゼルートたちの前に現れた。

「っと、魔物たちのお出ましか。とは言ってもスライムか……ラルさん、お願いします」

現れた魔物は、スライムだった。

最弱と呼ばれるスライムを相手に労力を使う必要はなく、ソブルは事前に話していた通り、ラルに相手を任せた。

「グルルルゥ」

任されたラルは頷《うなず》き、力量差が圧倒的に開いているにもかかわらず向かってくるスライムたちを、脚でどんどん潰《つぶ》していく。

（なんかこう……プチ、プチって効果音が聞こえてきそうだな）

前世にあった梱包《こんぽう》に使うアレを思い出し、ゼルートは小さく笑ってしまった。

「倒すっていうよりは、作業って感じだな。さて、一応魔石は回収しておくか」

ラルはスライムの死骸《しがい》から魔石を回収し、大容量のアイテムバッグを持つゼルートへ渡す。

「敵の気配はなさそうだし……よし、行こう」

ギルドでダンジョンの地図を買っているので、迷うことなく次の階に続く階段へと向かう。

そして、ダンジョン探索を始めて六時間ほどで、三階層へと辿《たど》り着いた。

「ゼルート、一つ質問があるんだが、訊《き》いていいか？」

「はい、なんですか、セフィーレさん」

セフィーレは、ここまで順調に探索を進んできた中で気になったことを、冒険者であるゼルートに尋《たず》ねる。

「なぜダンジョンに棲息《せいそく》する魔物は私たちに怯《おび》えず、勢いよく襲いかかってくるのか分かるか？」

その質問を聞き、ゼルートは自身も疑問に思っていたことなので、すぐには返せなかった。

二十秒ほど考え、自分なりの答えを伝える。

「まず、ダンジョンには、ダンジョンコアというダンジョンが正常に働くために必要なものがあります。そしてダンジョンの中で棲息《せいそく》している魔物はダンジョンコアの力によって生み出される。ゆえに、生み出された魔物たちの脳内には、ダンジョンに侵入してきた存在を排除しろ、という命令が刷り込まれているんじゃないでしょうか」

「なるほど、確かにそれなら、属性持ちドラゴンであるラルに対しても、少しも怯《ひる》むことなく襲いかかることにも納得できるな」

「まあ、俺が考えた意見なので、あまり参考にしないでくださいよ」

自分の考えが正しいのか全く分からないので、あまり鵜呑《うの》みにしてほしくはない。

「そんなに謙遜《けんそん》することはないぞ。なかなかしっかりした内容だ。ゼルートは学者としてもやっていけるんじゃないか？」

「そんなことありませんよ。というか、なれるとしても、あまり頭を使うことは得意じゃないんで、学者という職業は遠慮したいですね」

「ははっ、確かにそうだな。私も才能があったとしても、退屈そうな印象が強いから、学者という職業には就《つ》けないだろう」

楽しそうに会話を続ける二人を、ローガスは歯ぎしりしながら睨《にら》みつけていた。

標的はもちろんゼルートである。

そんなローガスの様子が、後ろからでも容易に想像でき、カネルはため息を吐《つ》いた。

「アレナ殿も、ゼルート殿と同じ意見ですか」

「そうね……私もゼルートと同じ考えね。まあ、そもそもなぜダンジョンなんて存在が生まれるのか分からないから、その考えが正しいのかも、いまいち分からないけどね」

「なるほど、確かにその通りですね。ダンジョンがなぜ生まれるのか、ですか」

上層あたりはこんな様子が延々と続き、特に空気が張り詰めるようなことはなく、順風満帆に攻略を進めていった。

◇

「すんすん、奥から魔物のにおいがする。数は……二十体ほどだ」

「グルル」

ルウナに同意するように、ラルは唸《うな》った。

どういった体型の魔物なのかを確認するため、ゼルートは気配感知の応用スキルである立体感知を使用して調べる。

「どれどれ……なんだ、ゴブリンか。いや、少し上位種も交ざってるか」

上位種のゴブリンは、通常種より二回りほど大きい。

敵の存在を確認したソブルが、ナイフを取り出して構える。

だが、出る必要はないと、ゼルートが止めた。

「大丈夫ですよ、ソブルさん。ここは俺に任せてください。ラル、悪いけどここは俺にやらせてもらうぞ」

ゼルートの実力を信頼しているソブルは、頼んだぞと声をかけ、後ろに下がる。

ラルは、目の前の敵に対して戦う価値はないと判断し、文句を言うことなく後方に下がった。

手のひらから魔力の玉を生み出したゼルートは、余裕の表情で人差し指を動かし、軽く挑発をした。

「ほら、とっととかかってこいよ。あんまり時間はかけたくないからさ」

「「「「「ゴブゥウウウアアアアアアッ!!!!!」」」」」

考える知能を持っていないゴブリンは、軽い挑発に乗ってしまい、まずは七体がゼルートに襲いかかる。

「ゴブリンのくせにいい装備を身につけてるな。長剣に短剣、バトルアックス、槍……殺した冒険者から奪ったか、死体となった冒険者から奪ったものか。まあ、俺には関係ないけどな」

襲いかかってくるゴブリンに向かって魔力の玉を動かし、頭を次々に貫いていく。

その球は、一体の頭を貫いても消えることはなく、ゼルートが指を動かすと、今度は心臓を貫いた。

そういった戦い方でゴブリンの数を減らしていく様子を見ていたラル以外の面々は、目を丸くしていた。

ゼルートの戦い方は、自分たちの常識をあっさり打ち砕《くだ》くものだった。

「えっと……カネル、なんでゼルート君が放った魔力の玉は消えることなく、そのまま動き続けているのか分かるか」

「……いやソブル、私は魔法に関してはそこまで詳しくないからさっぱり。セフィーレ様は分かりますか？」

セフィーレはすぐには答えられず、少しの間考え込む。

「そうだな…………おそらくだが、単純に魔力操作のスキルレベルが圧倒的に高いんじゃないかと思う」

その推測は正しく、ゼルートの魔力操作は並の魔法使いでは辿《たど》り着けないレベルに達している。

理由は二つ。一つはゼルートの魔法に関する才能がずば抜けている。

そしてもう一つは、幼い頃から毎日魔力操作の訓練を行《おこな》っていたから。

ファンタジー系のマンガやライトノベルは、前世でそれなりに読んでいたので、ろくに体が動かせない頃からこういった訓練をやってみたいと考えていた。

そのため、体と魔力が動かせるようになったら即座に実行した。

すぐに今みたいに使いこなせるようになったわけではないが、冒険者になるまで延々と続けていたので、今では特に集中することなく操れる。

「ゴブゥ……」

最初に襲いかかってきた七体があっさり殺されたことで、上位種が命令を出して戦法を変えてきた。

武器を持っていたゴブリンたちが、一斉にゼルート目がけて武器を投げつける。

「へぇ～～～、武器を投げつけてくるか。ゴブリンでも、やっぱり上位種になれば、そこそこ頭使うよな」

その作戦に、ゼルートは少々驚いていた。

「俺に対しては無意味なことに変わりないんだけどな」

ゼルートは、特に慌《あわ》てることもなく、魔力の玉を動かして全ての武器を破壊した。

ゴブリンたちはあまりにもあっさり武器が壊されるのを見て、これから十秒も経てば自分たちも死ぬかもしれないというのに、目を見開いてポカーンとした表情になっていた。

予想外の状況に固まってしまった相手に容赦《ようしゃ》するわけもなく、ゼルートは再び魔力弾を動かして急所を狙う。

通常種のゴブリンが何体か殺され、そこでようやく上位種たちは、目の前で何が起こったのかを理解した。

ゴブリンメイジがゼルートを確実に仕留めるために詠唱を始め、他の上位種たちは詠唱が完成するまで、メイジを守るように前に立って構える。

（……最低限の戦法はしっかり頭に入ってるんだな。確かに詠唱を行《おこな》っているやつを守るのは定石《じょうせき》、

当たり前な流れだ）

またまた上位種の行動の感心しながらも、ゼルートは魔力弾の形態を横向きの刃に変えた。

当たる直前に変化した魔力弾に、上位種たちは反応することができず、頭と体がさよならする。

そして、ゴブリンメイジが詠唱を終える前に魔力弾は玉に戻り、メイジの額を貫いた。

「こんなもんだよな」

二十体ほどいたゴブリンとその上位種は、一分とかからずに殲滅《せんめつ》された。

「さて、討伐証明部位はいらないけど、魔石だけは取っておくか」

倒し終えたゴブリンの魔石を取り出そうとしたとき、後ろでゼルートの戦いぶりを見て固まっていたソブルが声をかける。

「そ、それは俺がやるよ。それくらいの仕事はしないとあれだからな」

「分かりました。お願いします」

仕事が終わったゼルートは、アレナたちのもとへと戻った。

「お疲れ様。相変わらず常識外れな戦い方ね。ゴブリン相手とはいえ、その場から一歩も動かずに倒すなんて」

「そうだな。あんな戦い方は初めて見たぞ。だが、とても効率的だったな。あの戦い方なら、格下の魔物相手に余計な体力、魔力を消費せずに済む」

「ルウナの言う通りね。戦いそのものはとても効率的だった」

「おっ、さすが二人とも分かってるな!! 効率的に倒せるようになるまで、それなりに時間がかかったけどな」

ゼルートたちが盛り上がっている中、セフィーレたちはゼルートの戦い方に驚かされっぱなしだった。

ただ、戦い方のアイデアそのものは、そこまで独創的だったわけではない。

過去にゼルートと同じ考えに辿《たど》り着いた人物もいた。だが、それを実現しようとはしなかった。

理由は、確実に結果が出せる確率が極めて低いというのが一つ。

二つ目は、固定概念や常識に囚《とら》われているからだ。

ゼルートの戦いぶりを見て、セフィーレたちは今回の試練で彼に出会えたことに、色んな意味で感謝していた。

四人はゼルートの戦いぶりや考えに刺激を受け、試練が終わったら、自分なりに戦いの幅を広げようと考えている。

だが残り一人は、残念ながらそのような考えに至っていなかった。

代わりに、ただただ心の憎悪が膨れ上がっていた。


ゴブリンの魔石を回収すると、その後は緊急事態に遭遇《そうぐう》することなく進み、七階層の安全地帯に到着。

ダンジョンの中には、魔物が全く寄ってこない安全地帯がところどころ存在する。

そしてそこには、ダンジョンの入り口付近と同じように物資を売っている商人がちらほらといた。

それを見たゼルートは、乾いた笑みを浮かべていた。

「は、ははは。ダンジョンの中で商売するとは……まあ、商売根性が逞《たくま》しくてなによりってところか」

「ふふ。ゼルートがそんな表情になるのも無理はないわね。ダンジョンの上層に存在する安全地帯なら、護衛費もそこまでかからない。だから、このあたりまで来て商売をする商人は珍しくないの。中には、元冒険者の商人だっているのよ」

リスクはあるが、ダンジョンの中の方が物資の需要が多くなる。

「ただ、当たり前だけど、地上よりも値段は割増しされているの」

この事情に対して、ゼルートたちは特に不満を感じずに納得していた。

(上層あたりに強い魔物はいないけど、商品を守りながら進むってなると、それなりに神経をすり減らすよな……まさに命懸けの商売ってわけだ)

改めて商人たちの根性に感心させられた。

しかし、一旦出店を見て回ったゼルートは、値段を見て目を丸くした。

「……割増しどころじゃないだろ。軽く二、三倍まで跳《は》ね上がってると思うんだが……。まあ、ダンジョンの中で温かい飯が食えるってのは、それだけの価値があってもおかしくないか」

物資だけではなく、わざわざ食材を持ってきて料理を提供している者もいた。

地上の料理ほど美味《うま》い飯は作れないが、ダンジョンの中では通常の何倍の金を払ってでも食べる価値がある。

「必要経費とかを考えると、これぐらいが妥当《だとう》なんだろうな」

ダンジョンの事情を学びながらも、料理やポーションの類《たぐい》などをアイテムバッグやリングに入れているので、ゼルートはそこから買うことはなかった。

そしてゼルートは、出店を全て見終わった後、安全地帯で寝泊まりしている冒険者たちを全て見渡せる場所に移動し、彼らの様子を確認していた。

「まだ上層だからか、結構冒険者の数が多いな。ん〜〜〜大丈夫だとは思うが、寝ている間に襲ってくるってことはないよな」

護衛依頼中になるべく厄介事《やっかいごと》が起きないでほしいと願っている。

だが、世の中に絶対はない。

「いや、やっぱり可能性は捨てきれないな。アレナたちを性欲に満ちた目で見ていた男の冒険者が結構いたしな。連れの女性冒険者に叩《たた》かれてたのは、見てて面白かったけど」

安全地帯には男の冒険者だけではなく、女性の冒険者も当然いる。

同性の冒険者に卑猥《ひわい》な視線を送っていれば、一発叩《たた》きたくもなるだろう。

「みんなにはテントの中でゆったり休んでほしい。でも、だからといって、ラルだけに全部任せるのもな〜〜〜」

ラルには、これから下層で頼る場面が多くなる。

睡眠《すいみん》を取らずに長時間動けるとしても、ゼルートとしては寝られるときは寝てほしい。

「ここで錬金獣を出すのはちょっとなあ……なんかいいマジックアイテムはあったか？」

ゼルートはアイテムバッグとアイテムリングに入っているマジックアイテムの中で、よさげなものはないかと探しはじめる。

「あっ、そうだそうだ。これがあったな。なんでこれの存在を忘れてたんだろ」

アイテムバッグの中から取り出したアイテムは、まだゼルートが冒険者になる前に倒した盗賊のお宝の中にあった結界石だった。

四つの結界石を地面に置いて発動させると、ドーム状の結界が現れる。

外部からの攻撃と侵入を防ぐ回数制限付きのマジックアイテムだ。

回数制限付きというのが弱点に思われるかもしれないが、一応魔力を注入することで使用回数を回復させることができる。

ただ、回復させるのに必要な魔力がかなり多いので、使い捨てのマジックアイテムとして使う冒険者が多い。

そんな結界石を、錬金術のスキルが使えるゼルートは強化し、防御力はBランクの魔物の攻撃にも耐えられるほどにまでグレードアップさせた。

「よしっ！　悩みも消えたことだし、アレナたちのところに戻ろう」

ゼルートは、いい笑顔で戻り、夕食の準備に移る。

「いや～～、やっぱり野営のときやダンジョンの中でこういった料理が食べられるのは、本当に贅《ぜい》沢《たく》だよな」

今夜の夕食は、野菜と肉がたっぷり入った熱々のスープと、温かいパンだった。

こんな簡単なメニューであっても、ダンジョンの中では贅沢《ぜいたく》だった。

「ああ、ソブルの言う通りだ。こういったときは、干し肉や硬いパンを食べるものだが、ゼルート殿のおかげで、このような温かい夕食が食べられる。感謝しかない」

セフィーレとリシアも、ソブルやカネルと同じ考えであり、何度もウンウンと頷《うなず》く。

ムスッとしているローガスも同じ考えだったので、特に喋《しゃべ》らず黙々と夕食を食べていた。

「ふむ、こうもゼルートに料理をご馳走《ちそう》になっているのだから、指名依頼の報酬《ほうしゅう》とは別に、何か報《ほう》酬《しゅう》を渡した方がいいかもしれないな」

夕食の時間になると、毎回ゼルートが事前に作っておいた温かい料理が提供される。

そこまでいい環境を提供してくれているゼルートに対し、セフィーレは少々申し訳なさを感じていた。

「そうですね……。ゼルートさん、何かご要望はありますか？　私たちが叶《かな》えられる範囲のものならなんとかお渡しできますが」

リシアからの提案にどう答えればいいのか、ゼルートは非常に悩む。

(俺的にはまだまだ金に余裕があるから、特に大きな出費ではない。それに、今欲しいものはないからな。……うん、まだ決めなくてもいいよな)

そして、一旦保留することにした。

「今は特に何も思いつかないので、とりあえず保留でお願いします」

「そうか。もし何か欲しいものがあれば、遠慮なく言ってほしい。アレナさんの件もある。恩はしっかり返したい」

ゼルートは、セフィーレの言葉を聞いて、すぐにミーユとの一件を思い出したが、それと今回のことは違うのではと思ってしまう。

「あの、アレナの件については、七割方自分の判断なんで、そんなに気にすることは……」

「だが、あとの三割は、姉上やアレナさんを思っての行動だったのだろう？」

「いや、まあ、それはそうなんですけど」

オークションの際に、ミーユと競《せ》るように金額を吊り上げていた、性欲にまみれた目をしていた豚貴族を思い出す。

（あんな性欲と権力欲だけのクソ貴族に買われたら、どんな目に遭《あ》うかなんて、頭を働かせなくても分かる。そりゃ、助けたくもなるだろ）

ちょうどその少し前に大金を稼いだので、多少の正義感を持っていたゼルートは即座に行動に移しただけである。

（それに、友人がクソ豚に奪われそうになって、本気で悔しそうに歯ぎしりして、拳を握りしめている人がいたんだ。そのまま見逃すわけにはいかないだろ）

今でもあのときの判断と行動は間違っていなかったと断言できる。

「……………分かりました、何かあったときは是非頼らせてもらいます」

「うむ、是非そうしてくれ」

セフィーレは満足のいく回答が聞けて上機嫌な表情になり、周囲の男たちがその笑顔にハートをやられていた。

安全地帯で休息を取っている男性冒険者たちのほとんどが彼女に見惚《みと》れ、女性冒険者たちは彼女の笑みを見ても嫉妬心《しっとしん》が湧《わ》いてこなかった。

もちろん、ゼルートもその笑顔にやられた一人であり、頬《ほお》が少々赤くなる。

その反応に気がついたアレナとルウナはニヤニヤ笑っており、それに気がついたゼルートは、無理矢理話題を変えようとした。


楽しい食事の時間が終わり、ゼルートがアイテムバッグから結界石を取り出す様子を見て、ひと騒ぎがあったのは言うまでもない。

「は～～～……本当にいつ見ても豪華すぎるわね。ルウナもそう思わない？」

「ああ、同意見だ。贅沢《ぜいたく》すぎて神から天罰が下《くだ》るのではないかと心配するほどだ」

ゼルートお手製のテントは、中の広さが外見からは考えられないくらいに広い。

ベッドが三つ、広いテーブルを囲むふかふかのソファーがあり、風呂に調理台。まさに至れり尽くせりな空間となっている。

ちなみに、ベッドと布団、テーブルは、ゼルートが作成した。もはや、趣味の領域を完全に超えている。

「何言ってるんだよ、もうそれは今更だろ。それに、作ったのは俺だから、天罰なんて落ちてこないから安心しろ、ルウナ」

そう言い切られ、ルウナは色々と諦《あきら》めて、ふかふかのソファーに腰を下ろした。

ラルは専用の布団に入り、あっという間に寝てしまった。

「このテントも規格外すぎるけど、まさか結界石まで持っているとはね。いったいどこで手に入れたの？」

アレナは疑問に思ったことをゼルートに尋《たず》ねた。

「まだ冒険者になる前に倒した盗賊たちが溜《た》め込んでいたお宝の中にあったんだよ」

「分かってはいたことだが、ゼルートは幼い頃から傑物《けつぶつ》だったのだな。普通の……いや、普通ではない十二歳以下の子供でも、盗賊団を一人で壊滅させるような真似《まね》はできないぞ」

自身が規格外だと自覚している本人は、ルウナの言葉にそりゃそうだと思いながら、ジュースを飲んでいた。

「それに、あの調理台だって、かなりの値段がするはずよ。あれはどこで手に入れたの？」

かなり前に手に入れたものなので、ゼルートは思い出すまでに少々時間がかかった。

「えっっと……確か、ブラックウルフに襲われていた商人のおっちゃん……おじいちゃんだったか？　その人が助けてくれたお礼にって、くれたんだよ。いや～～～、なかなか太っ腹なおじいちゃんだったな」

はっはっは！！！　と笑い、ゼルートは二人にジュースを渡す。

「まったく、笑い話じゃないわよ。っん!?　相変わらずこのジュースは美味《おい》しいわね」

「アレナの言う通りだが、ゼルートは冒険者になるまで時間がかなりあったはずだから、どこかのタイミングで手に入れていても、そうおかしくはない……だろう」

「確かに時間はあったな。外に出られるようになってからは昼ご飯を作ってもらって、朝の九時から夕食が出る夕方の五時ぐらいまで、ずっと自分のやりたいことをやっていたな。田舎貴族の次男坊の生活なんてそんなもんだよ」

「そうなのか？　次男坊と言えば、長男に何かあったときのために必要な存在だと思うのだが」

ルウナらしい、元王族の考えである。それも特に間違ってはいない。

だが、ゲインルート家は少々違っていた。

「その心配は全くいらないよ。俺の兄さんは超・超・超優秀だからな。一を聞いて十を知るという言葉を体現できる人だ。魔法はもちろん、長剣や短剣に、確か槍も一応使えたか？　それに、頭もいい。暗殺される心配はない」

今は学校に通う日々を送っている兄を思い出しながら、ゼルートは語った。

「なるほど、弟が規格外なら、兄も同じってわけね」

「まあ、ゼルートと同じくくりにするのはどうかと思うが、ゼルートがそこまで絶賛するということは、かなり優秀なのは間違いないだろう」

「そういうことだ。兄さんは、俺と違っていつも冷静だから、領地に何か起こったとしても、的確に落ち着いて対処するはずだ。あっ、でも……やっぱり兄弟だからか、似てるところはあったな」

「へ〜〜〜、話を聞いてる限りだと、そんなに似てるところはないような気がするけど、どこが似てるの？」

アレナの質問に、ゼルートはその似ている部分が嬉しく、ニヤニヤしながら答える。

「凄《すご》い家族思いなところだよ。お披露目会《ひろめ》で爵位が上の貴族の息子と決闘を起こしたのは、兄さんが兄弟の中で最初だったからな」

まさかの内容に二人は驚き、思わずジュースを噴き出してしまった。

「ゲホっ、ゲホっ。ちょっ、ゼルート。今の話本当なの⁉」

テーブルの上に置いてある布で、噴き出してしまったジュースを拭《ふ》きながら、アレナが尋《たず》ねる。

「本当だぞ。さっき言っただろ。俺と同じで家族思いなんだよ」

ゼルートは「当然‼」といった表情で、自信満々に答える。

「「……なるほど」」

二人は言葉が重なり、考えていることも同じだった。

「ゼルートの話から察するに、兄はおそらくクールで紳士的なタイプ。当時七歳だとしても、多分女の子にはかなりモテるはず」

「アホなガキどもがゼルートの兄に嫉妬《しっと》し、さらにその中の一人がゼルートを含めた家族を侮辱《ぶじょく》した」

「侮辱《ぶじょく》されたことにキレたゼルートのお兄さんが、上手いこと決闘に持ち込んで、相手の心が折れるまでボコボコに……。容易に想像できてしまったわね」

アレナとルウナが小声で話していると――

「まっ、姉さんも同じようなことしたんだけどな」

「「ブッ!?」」

ゼルートの言葉に不意を突かれた二人は、もう一度ジュースを噴き出してしまった。


ぐっすり眠りに落ちてから八時間ほどが経ち、ゼルートは二番目に起きた。

「二度寝したいけど、起きた方がよさそうだな」

とりあえずテントの外に出て、体を伸ばす。

「おはよ、ラル。昨日はぐっすり寝られたか?」

『はい、とてもぐっすり寝ることができました。やっぱり布団は素晴らしい寝具ですね』

人の言葉を喋《しゃべ》ることができるが、周囲に他の冒険者がいるので、ラルは念話のスキルを使用する。

そして大きく欠伸《あくび》をしながら、視線をとある方向に向ける。

『ところで、こいつらはどうしますか?』

そこには結界に触れて電撃を浴び、動けなくなって転がっている冒険者が六人ほどいた。

「はっはっは!!! おいおい、マジかよ」

ゼルートはまさかの光景に呆《あき》れ、大きな声で笑ってしまう。

「念のためにと、結界石を使っておいてよかった。しっかし、まさか本当に寝込みを襲ってくる馬鹿がいるなんてな。セフィーレさんたちの美しさに目が眩《くら》んだか?」

『おそらくその通りだと思います。先日、セフィーレさんやアレナさんたちをゲスい目で見ていた人たちと顔が一致します。ゼルート様の言う通り、本当に馬鹿ですね。それで、どうしますか?

寝込みを襲ったのですから、殺されても文句は言えないと思いますが』

過激なことを言ってるように聞こえるかもしれないが、実際のところこういった騒ぎで冒険者が殺傷沙汰《ざた》を起こすケースは少なくない。

『それとも、ゼルート様のアレを食らわせてから殺しますか？』

サラッと恐ろしい内容を提案されたが、さすがにそれはよろしくないと思い、止めた。

(実際に襲われたわけではないから、殺すのはちょっとな。というか、アレはだめだろ。今回のケースで使うような魔法じゃ……いや、使ってもいいかもしれないけど)

アレというのは、ゼルートが本当にその人物に対して恐怖を与えたいと思ったときに使うべく編み出した魔法である。

文字通り、本当に恐怖を与える。

使うにしても、それなりの魔力が必要なので、頻繁《ひんぱん》に行使しようとは思っていない。

(それに、地獄を見せる上に、人生を終わらせると言っても過言じゃない。我ながらえげつない魔法を考えたもんだ。とりあえず今回は使わないけど、何もしないってわけじゃないんだよな。セフィーレさんたちを襲おうとした罰はしっかりと受けてもらうぞ)

目の前の馬鹿どもにどのような罰を与えようかと真剣に考え込む。

『ゼルート様、悪い意味でいい笑顔をしていますね』

ラルの言葉に対して特に否定する気はない。今自分がどんな表情をしているか自覚している。

「おはよう、ゼルート殿、ラル殿。そして……あれはなんですか？」

「おはようございます、ゼルートさん、ラルさん。えっと……私も、カネルさんと同じ気持ちなんですが、あれはなんでしょうか？」

「おはよう二人とも。それで……そこで縛《しば》られてる冒険者は、何なんだ？」

テントの中から出てきたカネル、リシア、ソブルの三人は、木の看板の前で縛《しば》られて転がっている冒険者の姿に目を見開いた。

「おはようございます、カネルさん、リシアさん、ソブルさん。こいつらは、俺たちが寝ている間に襲おうとした馬鹿どもです。なので、武器を全部奪い取って足と手を縄で縛《しば》り、後ろの木の看板に『私たちは寝ている冒険者を襲おうとした正真正銘の馬鹿です』って書いておきました」

明るく説明したゼルートとは対照的に、三人は引きつった笑みを浮かべ、少々引いていた。

だが、同情の気持ちはない。

公爵家の次女を襲おうとした。それは十分、死刑になっても不思議ではない重罪だ。

ここがアゼレード公爵家の領内であれば、容赦《ようしゃ》なく牢《ろう》にぶち込まれて死を待つことになる。

「あっ、ちなみに縄は俺が作った特製仕様なんで、そう簡単に切れないようになっていますから、安心してください」

それを聞いた三人は、全てが規格外であるゼルートが作った縄なら確かに安心できると思い、残りの四人が起きてくるまで談笑しながら待っていた。

全員が起きてからは、いつも通りゼルートがちょっと豪華な朝食を用意した。

「相変わらず贅沢《ぜいたく》な朝食よね。にしても、まさか本当に寝込みを襲ってくる馬鹿がいるとはね。しっかり罰を受けているから別にいいのだけど。でも、ゼルートの結界石様々ね」

目線の先には、いまだに気絶した状態で手足を縛《しば》られた男たちがいた。

サンドイッチを食べながら、ルウナは呆《あき》れた目で彼らを見る。

「アレナの言う通りだな。ラルの存在を知らなかったとは思えない。なのに、寝込みを襲おうとするとは、本当に馬鹿だな。もしかしたら、そうとう溜《た》まっていたのかもしれないな」

溜《た》まっている。その言葉に、ソブルが苦笑いをした。

「否定したいけど、男としては否定しづらいのが現実だな」

「ふんっ!!　セフィーレ様の寝込みを襲おうなど、万死に値する。あのような罰など温《ぬる》い」

ローガスの言葉に、即刻死刑は少し重いのではと思ったが、誰も否定しなかった。

みんなは同じことを考えていた。

今回は、ゼルートが持っていた結界石のおかげで被害はなかった。

だが、万が一被害が出ていたら、ソブルもローガスと同じ気持ちになっていたと断言できる。

しかし、ゼルートが悪い笑みを浮かべながら、ローガスを否定した。

「何言ってんだよ。いいか、まずはこうして縄で縛《しば》られたところを多くの同業者に見られる。それによって精神的ダメージを与えられる。この光景を見た冒険者は事実かどうかは分からずとも、大半の人は襲ったと信じる。こういったケースは決して少なくないらしいからな」

ゼルートが何を考えているのか分かり、アレナはだんだんと表情が引きつってきた。

「こいつらの痴態《ちたい》は一気に広まる。ここは、それなりに大きなダンジョンを有している街だ。他の街で活動している冒険者たちも多く訪れる。ということは、その話を知った人たちが別の街でさらに噂を広める。それに噂ってのは、大抵大きく脚色されることが多い」

いいものでも悪いものでも、多くの噂話はどこかで誇張される。

「よって、こいつらは他の街に行っても白い目で見られ、こそこそ陰口《かげぐち》を叩《たた》かれる。そっちの方が、殺すよりよっぽど罰になるだろ。まさに生き地獄ってやつだ」

ゼルートの考えを聞き、全員が大なり小なり顔を引きつらせていた。

アレナとルウナは、ゼルートが子供ながらにそういった考えができることに驚いたが、彼の性格をよく知っているので、ドン引きすることはなかった。

ソブルたちは、納得できなくはないが、そんな考えがパッと思い浮かぶゼルートに対して再度、絶対に機嫌を損ねるようなことはしないと誓った。

万死に値すると豪語していたローガスは、ゼルートの説明を聞き、頬《ほお》を引きつらせて固まった。

(おや、もしかしたらいい兆候《ちょうこう》か？)

固まっているローガスを見て、三人は今後ゼルートへの態度を改めるかと思い、今後に期待した。

そしてセフィーレは、ゼルートの考えを聞いて少々驚いたが、ドン引きはしなかった。

むしろ、その考えを、今後自分の家に害を及ぼした者に罰を与える際の参考にならないかと考えていた。

「確か、あと三階層下りれば十階層だったな。ボスの魔物はどんなやつだ？」

「オークが三体だったはずです」

ルウナの問いに、リシアが答えた。

「オークか……正直、相手にならないな」

前回の討伐でそれなりにオークを倒したので、ルウナはすぐに興味を失った。

「でも、今まで倒してきた魔物のランクを考えれば、オーク三体ってのは妥当《だとう》だろ。俺たちが戦えば楽勝で終わるけど……どうしますか、セフィーレさん。俺たちで倒した方がいいですか？」

「そうだな。悪いが、ゼルートたちに頼んでも構わないか」

「もちろんです、任せてください。ラルはどうする？　戦うか？」

ルウナと同様にあまり興味はないので、ラルは首を横に振った。

アレナは、ゼルートが戦いたいなら譲ると言ったので、ボス部屋のオーク三体は、ゼルートが戦うことになった。


「ほいほいっと。相変わらずの手応《てごた》えのなさだな」

地面に転がっているバインドスネークとブラウンウルフを見て、ゼルートは思わずため息を吐《つ》いてしまう。

「まったくだ。だが、相手を拘束して動きを封じ、バインドスネークとそれなりに動けるブラウンウルフが一緒に襲いかかってくるとは、なかなか厄介《やっかい》なコンビではあるな。魔物たちも頭を使うじゃないか」

「言われてみればそうかもな。バインドスネークの肉は美味《おい》しいし、いくらあってもいいんだけどさ」

ただ、やはり強さに関しては物足りない。

「簡単に倒してしまうところも凄《すご》いですが、戦い方に無駄がありませんね」

二人の戦いぶりを後ろで見ていたカネルは、改めてその戦い方に感心していた。

隣にいるソブルも、カネルと同じく、二人の動きに感嘆していた。

「そうだな。合計で十数体いたバインドスネークとブラウンウルフを、その場からほとんど動かずに、後ろに一体も逃すことなく仕留めた。それに冒険者だからか、魔物を傷つけずに倒している。そこからも技量の高さが分かる……ふーーーー、俺も少し鍛え直さないとな」

ゼルートとルウナの戦いぶりを見ていたセフィーレも、今後、どうやって自身を鍛えていくかを考えていた。

（ふむ。私もレイピア以外に、使える武器を持っていた方がよさそうだな。ゼルートは今のところロングソードと素手、魔法による戦いのみを行《おこな》っているが、おそらく他の武器もある程度は実戦で使えるだろう。私の場合、やはり無難な、短剣かロングソードから始めてみるか。私が使っている愛剣がいつ折れるかなんて予想できない。それに、体術も少し鍛えておいた方がよさそうだな）

一般的に見れば、セフィーレは十分に強者の部類に入るのだが、本人はまだまだ強さへの渇望《かつぼう》を諦《あきら》めるつもりはない。

（ゼルートが教えてくれた魔力操作の訓練方法も実践しなければ。ふふ、まだまだ強くなれる方法があるというのは、やはりいいものだな。今回の護衛にゼルートを推薦してくれた姉上には、本当に感謝しなくては）

一人で全てに納得しながらうんうんと頷《うなず》いている主人を見たリシアは、何を考えているのか読めず、首を傾《かし》げていた。

アレナは、セフィーレが何を考えているのか大体予想がついていたので、「その気持ち分かるわ～」という表情で見ていた。

（セフィーレ様が感心するのも無理ないわね。私も出会ったばかりのときは驚かされっぱなしだった。いや、今もそれなりの頻度《ひんど》で驚かされてるわね）

驚かされるのには慣れたと思っていても、ゼルートが常識外れなことをすれば毎度驚いてしまう。

（上のランクに行くほど、力に頼った戦い方をする人は少なくなるけど、ゼルートほど身体能力に頼らない人なんて初めて見た。それに、今の状態でもあれだけ強いのに、常時自分に負荷をかけている。多分、慢心なんて言葉は、ゼルートの中に存在しないのでしょうね）

尊敬している……尊敬しているが、戦闘・鍛錬《たんれん》馬鹿でもあるよなと思ってしまう。

全員がゼルートの強さに感心している中、坊ちゃん貴族だけが後方で歯ぎしりしていた。

「これは……すんすん、ゼルート。前から四人の冒険者が向かってきている。そのうちの一人が怪《け》我《が》をしているが、どうする？」

バインドスネークとブラウンウルフを倒し終えた一時間後、ルウナの鼻が前方にいる冒険者の存在を捉えた。

ルウナから報告を受けたゼルートが結論を出す前に、その四人がゼルートたちのもとにやって来た。

四人のうち、一人が重傷を負っている。

パーティーのリーダーらしき少年がゼルートたちの存在に気がつくと、いきなり頭を下げて大きな声で頼んできた。

「す、すみません。も、もしよければ、ポーションをいただけませんか!!! お金は、地上に戻ったら必ず払うので、どうか、お願いします!!!」

少年の行動に、パーティーメンバーが驚いていた。

「ちょ、ちょっとラング! あんた、いきなりそんなこと言っても、私たちにはそこまでお金に余裕がないのよ!!」

「でも、今治さなきゃメイナが助からないかもしれないだろ!!」

「そ、それはそうかもしれないけど……」

アレナとルウナは、こういった場面に遭遇《そうぐう》した場合、基本的にパーティーのリーダーが決めることなので、ゼルートの判断に任せることにしている。

セフィーレたちも、これは冒険者同士で解決する件だと思い、口を出さないと決めた。

ゼルートは彼をざっと観察する。

（さてさて、見た感じ冒険者になってまだ一年から二年の間ってところかな？　そんで、無茶をしてダンジョンに潜った結果、深い傷を負ってしまった、そんなところだろうな。こっちとしては助ける価値がないから放っておいてもいいんだけど……心情的にそれは無理だな）

考えが決まり、ゼルートはアイテムバッグの中から自作のポーションを取り出した。

「ほら、ポーションだ。それなりに上等なやつだから、深い傷でも治るはずだ。てか、そっちのでかい兄ちゃんも飲んどけ」

「あ、ありがとうございます！！！」

ラングと呼ばれた少年は、ポーションを受け取ると、すぐに仲間のもとに戻ってポーションを飲ませた。

飲み終えたメイナとでかいお兄さんは、目に見えて分かる速さで傷が癒《い》えていった。

仲間の傷が治ったと分かったラングと弓を背負っている女性の冒険者は、泣きながら喜んだ。

ただ、この場にいるのは自分たちだけではないと気づき、顔を赤くしながらゼルートの前に走ってきて、勢いよく頭を下げる。

「な、仲間のためにポーションを分けてくださって、本当にありがとうございます！！！　お、おかげで仲間を失わずに済みました！！！」

「ポ、ポーションの代金をすぐに払うのは無理ですが、地上に戻ったら絶対に払います！　なので、少しだけ待ってもらえないでしょうか！！！」

深々と頭を下げる二人を見て、ゼルートは戸惑《とまど》った。

（ここまで感謝されるのは、ちょっと予想外だな。それに、ポーションの代金なんて正直いらないんだよ。自分で作ったものだから、まだまだアイテムバッグの中に山ほどあるし。それより、あの深手《ふかで》を負ってた女の子の顔色からして、かなり血を失ってるっぽいな……まあ、金に困ってるわけじゃないし、少しぐらいいいよな）

ゼルートはアイテムバッグから金貨二枚を取り出し、四人に差し出した。

「お前たちに渡したポーションは俺の自作だから、代金はいらない。だから金の心配をする必要はない。それと、これで地上に戻ったらしっかりと飯を食え。特に肉を食べろ」

言いたいことを伝えると、ゼルートはラングに強制的にその金貨二枚を握らせる。

受け取った少年たちは、使ったポーションは目の前の子供が作ったものと聞き、口をポカーンと開けて固まってしまった。

だが、自分たちが金貨を貰《もら》ったことに気がつくと、慌《あわ》てて返そうとする。

「さ、さすがにこれは貰《もら》えません！　ポーション代をタダにしてもらって、そのうえに金貨まで貰《もら》うなんて……」

「そ、そうです。初めて会ったあなたにそこまでしていただくのは……」

仲間を助けるために高価なポーションをタダで貰《もら》った。それだけでも感謝しているのに、金貨まで貰《もら》うのは図々しすぎると思ってしまう。

だが、ゼルートは真剣な表情で二人に伝えた。

「その女の人は、かなり血を流していたはずだ。俺のポーションは怪我《けが》を治すことができたとしても、失った血までは元に戻らないんだ。血を手っ取り早く作るには、たくさん飯を食べるのが一番だ」

その言葉に納得はできる。

しかし、それでもここまで世話をしてもらうのは申し訳ない、二人はそんな気持ちで一杯だった。

二人はまだ食い下がろうとしたが、ゼルートが先に言葉を発したことで遮《さえぎ》られてしまう。

「それと……見た目はガキだけど、俺は結構強いんだ。後ろにいるあの人族のお姉さんと、あっちの獣人族のお姉さんは、俺のパーティーメンバーだ。もちろん、二人も強い。それと、こっちの小さいドラゴンは俺の従魔だ」

自分と、その仲間たちがどれだけ強いのかを、二人に伝える。

「だから、金貨二枚ぐらいすぐに稼げる。というか、ちょっと前に色々あって、今は金に余裕がありまくりだから、金貨二枚ぐらい気にする必要はない。ほら、パーティーリーダーの俺がこう言ってるんだから、遠慮する必要はないんだ。分かったか」

後ろで話を聞いていたアレナたちは「結構どころじゃないだろ！！」と、心の中で盛大にツッコんでいた。

ゼルートから本当に遠慮する必要はないと再度伝えられた二人は盛大に涙を流し、もう一度勢いよく頭を下げ、感謝の言葉を述べてから去っていった。

「ゼルートにしては随分と赤の他人に優しかったな。何か考えがあったのか？」

先程の優しさが気になったルウナは、ゼルートに真意を尋《たず》ねる。

「まあ、ちょっとな。あいつらが俺に助けられたって話が広まれば、多少なりとも評判はよくなるだろ。それに、もし今後あいつらに会ったときに何かしらの事件が起きれば、借りを返してもらうという名目で手を借りられるかもしれないだろ」

不本意ながら、自分が面倒事に巻き込まれやすいことは、ゼルートも自覚していた。

「そんな偶然が起こるかどうか分からないけどな。確率でいえば何十、何百万分の一ぐらいだろうし」

打算的な考えを理解し、後ろで聞いていたアレナたちも納得した表情をしていた。

「でも、それだけじゃないぞ。確かにあいつらは赤の他人だったけど、嫌いじゃない部類だった。あそこで傲慢《ごうまん》な態度だったら、普通に見捨てたよ。仲間のためにっていう気持ちが感じ取れたから助けたんだ。それに……なかなか見込みがありそうなやつらだったしな」

「そんなに有望そうだったのか？　私の目には、そこまで強くなりそうに見えなかったが」

ルウナは首を捻《ひね》った。

「結構有望だと思うぞ。あいつらが罪人じゃないか確認するためにちょっと見たんだが、結構いいギフトを持っていた。レベル、装備、準備がもう少ししっかりとしてたら、十階層は余裕で突破できるだろうな」

頭を下げた少年は切れ味増加、少年と一緒に頭を下げた少女は蜘蛛《くも》の糸、深手《ふかで》を負った少女は魔力吸収、少女を背負っていた体が大きい少年は分散――と、それぞれが戦闘で役立つギフトを持っていた。

（ありゃ、ギフトをしっかりと理解して扱えるようになれば、五年から十年の間には、ＢかＡランクになってるはずだ）

Ｃランク以上の壁を越えるには、絶対的な才能が必要になってくるが、四人にはその才能があった。

（蜘蛛の糸ってギフトは特に面白そうだったな。完全に使いこなすことができれば、かなり便利な力になりそうだ）

「助けておいてよかったと思える強さは確実に秘めていた。あれは今後絶対に成長していく。伸びしろもある」

「ほう、ゼルートがそこまで言うか。もし今後あの少年少女たちに会うことがあれば、手合わせを申し込もうか」

獰猛《どうもう》な笑みを浮かべるルウナを見て、ゼルートは余計なことを言ってしまったのではと焦《あせ》る。

（ま、まあ、ルウナも相手の迷惑になるかどうかくらいは考えて行動するから、そんなに心配しなくても大丈夫……か？　てか、強くなる可能性を秘めてるってだけだからな）

現時点では大して強くないが、上へ上れる可能性は十分に持つ四人だった。

いい出会いに感謝しながら、襲いかかってくる魔物をささっと倒し、再び十階層を目指す。

ちょっと怖いほど攻略は順調に進み、十階層のボス部屋の前に到着した。

すると、ボス部屋の前には既に五組のパーティーが並んでいた。

ゼルートは五組の後ろに急いで並び、順番を確保する。

ただ、冒険者たちの後ろに並ぶ際、公爵家の一員であるセフィーレが順番を待つことに不満を感じていたローガスが、公爵家の名を使って一番前に並ぼうというアホ丸出しの提案をした。

もちろん、その案はセフィーレにバッサリと切り捨てられ、説教されることになった。

(ヤバいな、こいつ。小声で話していたから、前の冒険者たちには聞こえていないと思うけど、こいつ、本当にセフィーレさんの実家の面子《メンツ》を考えて行動しているのか?)

ちなみに、一番前のパーティーに賄賂《わいろ》を渡して順番を譲ってもらうという方法もあるが、他の冒険者から恨《うら》みを買う確率が高いので、ゼルートとしてはどちらにしろ、却下したい案だった。

大人しく順番を待ち、三組のパーティーがボスに挑み終えた。

ボスに挑んだ冒険者たちがどうなったのか、それは外にいる冒険者たちには分からない。

ボス部屋に入ればドアが閉まり、開くことはない。

ただ、帰還石を使用すれば地上へと戻ることができるが。とはいえ、非常に高価なので、使うのを渋《しぶ》って使いどころを誤る冒険者が多い。

また、ダンジョンでは稀《まれ》に、帰還石が使用できないボス部屋も存在する。

「中でどういった戦いが繰り広げられているのか、正直気になるな」

セフィーレの言葉に、ゼルートが答える。

「三体のオークが相手ですからね……それなりに装備を整え、身体能力がないと厳しいかもしれませんね」

ゼルートにとっては倒し慣れた相手だが、オークのランクはＤである。簡単に倒せる魔物ではない。

スピードはないが、力が強く腹の肉は衝撃を吸収する。

中途半端な攻撃では止まらない突進力を持つ。

「魔法で倒すなら、中級レベルの魔法を使えれば、一発で倒せると思います。初級レベルでも、使い方によっては倒せるでしょうけど」

「重要なのは、数が三体ってことか」

「そういうことです。Ｄランクが三体。強力な魔法が使えても、当てられなければ意味がないですから」

強力な魔法を習得したところで、纏《まと》めて倒せなければ、状況が一転してピンチになる場合もある。

「ゼルートの言う通りね。ベテランなら当てるまでの過程をある程度考えられるでしょうけど、素人《しろうと》に毛が生えた程度の冒険者が実戦の中でそれを行えるか。難しいところね」

十階層のボス部屋に初めて挑むパーティーは、ルーキーの域からようやく抜けたばかりの、世間的に見ればまだまだ初心者と思われる冒険者たちが多い。

それなりに経験を積んでいたとしても、容易に突破できる壁ではない。

（当てるまでの過程か……その通りだな。ちょっと自分本位で考えすぎてたな）

魔力操作のレベルが圧倒的に高いゼルートは、攻撃魔法の速度を弄《いじ》るなど朝飯前である。

初級魔法でオークを倒すなんて大して難しくはない。

（でも、普通の冒険者たちにはそれができない。深く考えられるやつらなら、自分とオーク三体との実力差を判断できるんだろうけど、十階層のボスに初めて挑む冒険者たちの大半が、ルーキーより少し強い程度。もし負けたら、殺されたらなんて考えてるやつは少ないだろうな）

前を向き、前に進んでこそ冒険者。

そんな考えは嫌いではないが、たまにはリスクを考えて後ろに下がらなければならないときがある。

（父さんと母さんも、そういうのはベテランの域に達したときだって言ってたな。ギルドもそのあたりをルーキーたちにしっかり説明すればいいのに……って、血気盛んで向上心たっぷりのルーキーたちが、そんな後ろ向きな考えを聞くわけないか）

他のルーキーと自分の環境を比べ、どれだけ自分が恵まれた状況で鍛錬《たんれん》を重ねてきたのか、ゼルートは改めて理解する。


（……暇だな）

待っている時間が退屈に思えてきたゼルートは、自分の順番がくるまで、机と椅子、そして紙と鉛筆を取り出して、自作できる遊び道具のアイデアを書きはじめた。

突然の行動にアレナたちを含めた冒険者たちは驚き、視線をゼルートに向けた。

ただ、本人はそんな状況に気づかず、黙々とアイデアを書き続けた。

「ゼ、ゼルート……えっと、紙に何を書いてるの？」

主が紙に何かを書きはじめて五分が経ち、我慢できなくなったアレナが尋《たず》ねた。

「ただ待ってるのも暇だからさ、遊び道具のアイデアを考えてたんだ」

リーダーが何を言っているのか、すぐには理解できなかった。

「えっと、新しい技のアイデアじゃなくて、遊び道具のアイデアなの？」

「ああ、そうだぞ。あれ？　俺、今そう言わなかったか」

「いえ、確かにそう言ってたわ」

しっかりゼルートの言葉はアレナの耳に入っていた。だが、頭がそれを理解できていなかった。

多くの者が「なぜ冒険者が遊び道具のアイデア？」と、疑問に思っている中で、セフィーレはゼルートと楽しんだリバーシを知っているので、特に驚いてはいなかった。

（あれだけ面白い遊び道具を考えて作れるのだから、ゼルートはそういった道でもやっていけそうだな。やはり商人の才能が……いや、ゼルートは馬鹿ではないが、物事を腕っぷしで解決しそうだから、やはり無理か）

もしゼルートが商人になったら、といったもしものストーリーを思い浮かべ……成功しながらも問題を起こし続ける姿が浮かび、セフィーレは小さく笑ってしまった。

（だが、ゼルートと一緒に遊んだリバーシは本当に面白かった。王族、貴族から平民まで誰でも楽しむことができる。あれを売り出せば、ゼルートの懐《ふところ》がさらに温かくなるだろう。低コストで作れるが、作り方次第では貴族用と平民を分けて作ることもできる代物《しろもの》。ゼルートがまだ大きな商会とコネがないなら、私の家とつながりが深い商会で売り出してもいいかと聞いてみるか）

リバーシを世に出さないのはもったいない。実際に遊んで楽しんだセフィーレは強くそう思い、試練が終わったらゼルートに相談しようと決めた。

そして、順番が回ってくるまで、ゼルートはカネルたちにも質問され続けた。アレナとルウナは、もう驚くことはないだろうと思っていたのに、さらに驚かされ、どれだけ多芸なのだと少々呆《あき》れていた。

「ようやく俺たちの番か」

ボス部屋の中からわずかにだが音が聞こえてくるので、戦闘が終わったかどうかは外からでも確認できる。

ゼルートたちの一つ前のパーティーは無事にオーク三体を倒し、十一階層へ下りることができた。

「思ったより早く終わったわね」

「装備を見たところ、質の高いものではなかった。つまり、それだけ技量が高かったのだろう。それなら、妥当《だとう》な時間でしょう」

「カネルの言うとおりだな。だが、もう少し早く倒せた気がしなくもないな」

セフィーレを除いた戦闘好き女子三人——アレナ、カネル、ルウナが中の様子について盛り上がる。

(これからボス戦だっていうのに、緊張感ゼロだな。まっ、戦うのは俺だけだから、アレナたちに緊張感がないのも当然か。にしてもオークか……この前戦ったオークキングで満足しているところはあるんだけど、一応鑑定を使ってから戦うか)

ゼルートは、拳に魔力を纏《まと》わせながらボス部屋の中へと入る。

中には、大きな棍棒を持った三体のオークがどっしり構えていた。

「「「ブモォォォオオォォオオオオオオオオッ！！！！！！」」」

敵が入ってきた瞬間に、威嚇《いかく》するように大きな雄叫《おたけ》びを上げる。

だが、そんな雄叫《おたけ》びに怯《ひる》むことなく、ゼルートは初めて入ったボス部屋を見渡す。

「へ〜〜〜ボス部屋って結構広いんだな。縦横どっちも三十メートルちょいってところか。でも、ボスがいるだけで、あとは何にもないんだな。腹とか減って餓死《がし》しないのか？」

怯《ひる》むどころか、余裕すぎる状態だった。

後ろに立っているアレナたちも、ゼルートが負けるとは微塵《みじん》も思っておらず、オークたちに対して全く恐怖を感じていない。

そんな様子のゼルートたちに腹を立てたオークたちは、もう一度雄叫《おたけ》びを上げると三体同時に走り出し、ターゲットに向かって襲いかかった。

「やっぱり普通の個体と大して変わらないよな」

ダンジョンのボスであるオークは、地上のオークに比べて若干《じゃっかん》身体能力が高い。

地上のオークとの戦闘に慣れ、楽勝だと思っていると手痛い失敗をする可能性がある。

しかし、ゼルートからすれば、その差は本当に微々《びび》たるものだった。

「時間をかける意味はないし、さっさと終わらすか」

拳に溜《た》めていた魔力を使い、三体のオークの顔面目がけて突きを三回放った。

「並列、三連マグナム」

放たれたブレットより大きい魔力の弾丸は、オークの顔を抉《えぐ》り取ってしまった。

頭と体がさよならしたオーク三体は、走っていた勢いのまま地面に倒れ伏し、ゼルートに触れることすらできず、絶命した。

「当然の結果ね」

「そうだな。ただ、こうもあっさり殺されるところを見ると、オークとはいえ少し同情するな。少しだけだが」

目の前の光景と同じ内容を見たことがあるので、アレナとルウナは特に驚かなかった。

「いや〜〜〜こんな感じになるんじゃないかとは思ってたけど、いざ見るとやっぱり凄《すご》いな」

「ああ、そうだな。だが今のは、ゼルート殿の技が才能ではなく、技術によって行うことができるという点に感心するべきところだと思う」

カネルはソブルの感想に頷《うなず》きつつも、独自の見解を示した。

「そうですね……魔力操作がどれだけ大切なのか思い知らされます」

「リシアの言う通りだな。早くこのことをお父様や姉上、騎士団のみんなに伝えたいものだ」

セフィーレたちは、一瞬でオーク三体をその場から動かずに倒したゼルートの技に感心していた。

ただ、ローガスだけは無言を貫き通していた。

ここで何かを喋《しゃべ》ろうとすれば、またセフィーレの機嫌を損ねてしまうかもしれないと自覚しているがゆえの無言である。

「おっ、現れたな」

ボスを倒したことで、部屋の中央部分に宝箱が出現した。

権利は一人で倒したゼルートにある。

「相変わらずどんな原理で宝箱が出現するのか、全く分からないわね」

「でもアレナ、その分からない原理で出てくる宝箱を求めて、ボスに挑む冒険者も多いんじゃないか？」

「さすがゼルート、よく分かってるじゃない。こういった欲を引きつけるものがあるから、ダンジョンには人が集まるのよね」

その欲を引きつける箱の中に何が入っているのか……当たりなのかハズレなのか、ゼルートは少しドキドキしながら開ける。

「これは……」

宝箱の中に入っていたのは、銀貨が十数枚と、魔鉱石のインゴットが二つだった。

これが当たりなのかハズレなのか。初めて宝箱を開けたゼルートには分からなかった。

「アレナ、これはハズレか？　それとも当たりなのか？」

宝箱の中身を見て、アレナも少々考え込む。

「そうね～当たりかハズレかで言えば、少しハズレかしら。でも、ゼルートにとっては当たりかもしれないわね。別に、ポーション系やランクの低い装備が手に入っても、嬉しくないでしょ」

「確かにそうだな」

ポーションに関しては材料さえあれば、簡単に自作できてしまう。

（銀貨は持っておく必要はない。何かのために細かいのがあった方がいいだろうけどな。魔鉱石のインゴットは俺が創造スキルを使うときに利用できるし、マグラスさんに渡して使ってもらうのもありだな。ただ、俺が利用しても……見た目がよくても、中身に不具合が出るかもしれない。でも、総合的に見れば、俺にとっては当たりかもな）

ゼルートは宝箱の中身に対して、ハズレという感想はなかった。

「確かに、自分でポーションを作れるゼルート君には質の低いポーションなんて、正直意味がないだろうな」

「装備に関してもゼルート殿自身が強いから、下手なものは不要ですね」

ソブルとカネルが口々に言った。

宝箱を回収すると、奥のドアが開いた。みんなは談笑しながら、下へ続く階段を下りていく。

次の十一階層に入る前に、セフィーレと話していた通り、魔物と戦う人選を変えて戦闘に挑む。

従者たちは気合が入り、やる気に満ちていた。

だがその中で、ローガスは今までの失態を打ち消そうと、少し気合が入りすぎているように、ゼルートには感じられて嫌な予感がした。

（十一階層から二十階層までの敵は、強くてもCランクがマックスだから、心配はいらないと思うが……一応注意だけはしておくか。護衛依頼だしな）

少々の不安を抱えつつゼルートは後列に回り、鞘《さや》から長剣を抜いて、いつでも戦えるように構えて十一階層に突入する。

十一階層からのエリアは、森だった。

「これは……事前に聞いてはいたけど……凄《すご》いな。ルウナもそう思わないか」

「ああ、正直私は幻覚を見ているんじゃないかとすら思う」

森のエリアでは、地上と変わらない空と太陽が存在する。

目の前の光景に、セフィーレたちも、ゼルートやルウナと同じく圧倒されていた。

ただ、アレナにとっては見慣れた光景なので、全く動じていない。

(ダンジョンってマジで凄《すご》いな。何で太陽があるんだよ。さすがに宇宙までは再現されていないだろうが……駄目だ、なんて言ったらいいのか、言葉が見つからない。とりあえず一言、ダンジョンってマジで凄《すご》い)

この世界に転生してから何度目になるか分からないが、ゼルートは自分を転生させてくれた神様に感謝した。

そして、十一階層に突入してから十五分が経ったが、まだ一度も魔物に遭遇《そうぐう》していない。

「ふむ……ソブル、魔物に遭遇《そうぐう》したいというわけではないが、ここまで遭遇《そうぐう》しないものなのか？」

カネルからの質問に、ソブルは周囲の警戒を続けながら答える。

「いや、正直分からない。俺は一階層から十階層までの洞窟よりは魔物と遭遇《そうぐう》する頻度《ひんど》が高いと思っていたんだけど……ゼルート君はどう思う？」

ゼルートも、ダンジョンに関してはまだまだ素人なので、どの答えが的確なのか分からず悩む。

「多分ですけど、一階層から十階層の洞窟型では、魔物はダンジョンに入ってきた冒険者を倒すこと以外に、やることがないんだと思います。でも、森の中であれば、魔物は冒険者を倒す以外にもやることがあるんじゃないかって気がします。本当に単純な考えですけどね」

魔物たちにとって何が娯楽《ごらく》なのか分からない。

そもそも、ダンジョンに棲息《せいそく》する魔物と地上の魔物とでは何が違うのか、そこら辺も正確には知らない。

「なるほど、単純な考えかもしれないけど、なかなか出てこない考えね。案外間違ってはいないと思うわ」

「私もだ。魔物だって冒険者を殺すこと以外に興味を持つ可能性がゼロではないだろう」

アレナとセフィーレは、ゼルートの考えに盲点だったとも思い、共感しながら何度も頷《うなず》く。

「それにしても、ゼルートさんは随分と多芸で、知識も豊富ですが、冒険者になる前に誰かにそういった知識を教わったのですか？」

リシアは、ゼルートの十二歳とは思えない洞察力や技術の高さに驚かされっぱなしで、幼い頃から勉学に励んでいたのかと思っていたが、実際は全くそんなことはなかった。

「特に誰かに教わったわけじゃないですよ。俺の家にそんな余裕は……ありますけど、家に家庭教師を呼んだりはしていませんでしたよ」

ゼルートは、侯爵家と伯爵家から全財産を賭《か》けの対象として手に入れたため、自分の実家が男爵家としては考えられないほど裕福なのを思い出した。

「それでは、どうやってそのような技術や考えを得たのですか？　かなり多くの経験を積んだ人に教えてもらわなければ、到底辿《たど》り着けない境地だと思うのですが」

「そうですね……まあ、俺の場合は、自我が確立するのが早かったので、自分で何かを考えられるようになるのも早かったんですよ」

早いという言葉では片づけられない。まさに、光の速度で自我が芽生えた。

「それと、少し考え方が普通の人とズレているのか。てか、そうでなければ、あんな問題は起こしませんよ」

あんな問題という言葉を聞き、一人を除いてその場の全員が何を指しているのかを察し、確かにそうだと納得した。

「それに、ラルのお母さんがいたので、基本的な知識は教えてもらっていました。あとはそこから自分流にアレンジを加えて、自分だけの経験にしていったたって感じですかね」

その基本的な知識には穴があったので、ゼルートの感覚は微妙にズレているところがある。

「あと、貴族と言っても俺は次男だったんで、そこまで勉強する必要はなかったんですよ。学校に行くつもりはなかったですし。そういった勉強する時間を、鍛錬《たんれん》や考えるのに使っていたから、今こうして色々な技術を身につけられたんですよ」

ゼルートは、自分が転生者だということは伏せ、ラガールを利用して少し嘘を混ぜた。

そして、ゼルートのことを貴族だと知らなかったローガスは物凄《ものすご》く驚き……何とも言えない変な表情をしていた。

「なるほど、な。確かに自我が確立するのが早くて、小さい頃に基本的なことを教えてくれるドラゴンがいた。そもそも、発想が斜め上を行く環境があって時間がたっぷりとあれば、ゼルートのような子供が誕生してもおかしくない……のか？」

「今までの生活に不満があるわけではないが、ゼルート殿が送っていたような生活も悪くはないですね。本当に驚かされるばかりです」

セフィーレにしてもカネルにしても、幼い頃にドラゴンと知り合える——それが何よりも魅力的な要素だった。

(俺的には、この世界では貴族の上下関係を気にしながら王都で生活するよりは、自然が多い田舎で暮らす方がいいと思う。娯楽《ごらく》は自分で作ればいいんだし、ご飯だって魔物を倒せば腹一杯に食べられる………っていうのは、俺本位に考えすぎか)

ゼルートの考えが百パーセント間違っているわけではないが、一般人にはそこまで努力しようという気がなかなか起こらない。

「グルルル」

「ん？　ああ。ありがとな、ラル」

ラルに声をかけられたゼルートは、すぐに気配感知の範囲を広げる。

「セフィーレさん、もう少し前に進んだ先で、魔物が俺たちを待ち伏せしています」

「それは本当か？　数はどのくらいだ」

気配感知の精度を上げ、魔物の数を探る。

「数はおそらく二十弱です。大型の魔物の気配はありません」

「そうか、情報感謝するぞ、ゼルート。全員聞いたな、いつでも迎撃できるように、戦闘態勢に入れ!!」

セフィーレがレイピアを抜くと、全員が武器を出して構える。

アレナとルウナも万が一に備え、武器を抜いておく。

「それにしても、ゼルートは気配感知一つとっても頭二つ、三つ抜けてるわね。私の気配感知にはまだ引っかからないわ。いったいどういう鍛え方したの?」

「ふむ……私の鼻には引っかかったみたいだ。もっとも、ゼルートの気配感知やラルの鼻の方が優《すぐ》れているみたいだがな」

「さっき言っただろ、ルウナ。時間はたくさんあったって。気配感知もその時間を使ってきたんだよ」

「なるほどね。でも、それが辛《つら》いと思ったことはないの?」

アレナはいつも頭の片隅にあった疑問を尋《たず》ねた。

なぜそこまで自分を追い込み、強くなることができたのか。

冒険を続けるために、仲間や家族のためにということは分かっている。だが、そこに辿《たど》り着くまでに感じるはずの苦痛はどう思っているのか。一番知りたい部分だった。

「辛《つら》いと思った、か……そんな風に思ったことはなかったな。俺は自分にできることが増えるのが、強くなっていると実感できるのが、たまらなく嬉しかった」

前世に比べて、何かができるようになった。

そう感じる瞬間が多く、自分を鍛えることがこれほどまでに楽しいのか、と思っていたほどだ。

「それに、前にも言っただろ。冒険するために必要な力を、家族を――大切な仲間を守りたいと思ったときに、それが実行できるように着実に溜《た》められている。それも実感できていた。だから、鍛えることに対して、辛《つら》いと思ったことはないな」

ゼルートのまっすぐな思い、考え、感情に、アレナとルウナは自分を買ってくれた主に、もう一度感謝した。

そして、改めてゼルートの役に立てるようになろうと決意した。

「先に仕掛けよう」

魔物の群れまであと五メートルほどにまで近づき、相手がまだ自分たちの存在に気づいていないことを逆手に取り、セフィーレは攻撃魔法による先制攻撃を仕掛けようとした。

だがその前に、茂みの奥に隠れていたフォレストウルフの嗅覚《きゅうかく》感知が、正確にセフィーレたちの動きを把握《はあく》し、二体が襲いかかってきた。

魔法を発動しようとしていたカネルとローガスは、詠唱を中断してしまった。

噛《か》みつこうとしてくるフォレストウルフを、セフィーレとソブルが迎撃しようとするが、カネルとローガスの二人を完全に守るには少し遅かった。

（動いた方がよさそうだな）

瞬時に判断を下《くだ》したゼルートは、アイテムリングから取り出していた二枚の硬貨を指で弾き、二体のフォレストウルフの腹にそれぞれ命中させた。

「「ギャフッ!?」」

腹に勢いよく飛んできた硬貨を食らい、フォレストウルフは失速する。

勢いが落ちたことで、セフィーレとソブルによる防御は無事に成功した。

「助かった、ゼルート。みんな、もう一度気を引き締《し》め直すぞ！！！」

「「「「はいッ！！！」」」」

ゼルートのアシストのおかげでフォレストウルフの襲撃を無事に防ぎ、戦況はイーブンに戻った。

ただ、先制攻撃が失敗したことで、他のフォレストウルフやフットラビット、バンデットゴブリンたちは焦《あせ》りを感じ、一斉に襲いかかってきた。

しかし、セフィーレたちはゼルートたちの援護なしで無事に討伐することに成功した。

数が多かったとはいえ、DからFランクの魔物では、セフィーレたちを全滅させるのに不十分だったのだ。

セフィーレは、戦闘力だけならBランクに近い実力を持っている。相手が死角から狙おうとしても、余裕で迎撃していた。

ソブルたちも、Cランク冒険者ほどの実力を有しているので、不意を突かれる攻撃を貰《もら》いそうになっても、誰かがフォローすることで無傷のまま乗り切った。

（セフィーレさんが強いのは当然として、他の四人もお互いをフォローしながらいい感じに戦えていたな。ただ、カネルさんにとっては、ランクが低い魔物とはいっても体が小さかったから、面倒な相手だっただろうな。肉がそこそこ美味《うま》いフットラビットが文字通り粉砕されている。もったいない……)

彼らの戦いぶりを見て、ゼルートはそう思った。

「さて、戦いが終わったから、とりあえず魔石とフォレストウルフは牙を、フットラビットは原形をとどめている死体はそのまま回収しよう」

「「了解」」

ゼルートはセフィーレたちに飲みものを渡し、すぐにその作業に取りかかる。

このとき、ゼルートは気に入らないという理由で飲みものを渡さないのはよくないと思い、ローガスにも渡そうとしたが、あっさり受け取りを拒否された。

(相変わらずムカつく野郎だな)

苛立《いらだ》ちはするが、この反応を予《あらかじ》め予想していたゼルートは特に表に出すことなく、作業を始める。

その光景を見ていたソブルたちは、喧嘩《けんか》にならなくてホッとした。

「それにしても、あのゴブリンに似ているやつ……なんて名前だっけ？」

「確かバンデットゴブリン……だったよな、アレナ」

「ええ、カネル、合ってるわよ」

「ゴブリンに似ている割には強かった。というより、ズル賢かった気がするんだが、なんでだ？」

ソブルがそう言うと、カネルも同意する。

「それは私も疑問に思った。上位種というわけではないが、なんというか……戦いづらいと感じた」

二人の疑問に、自分の知識と予想を合わせて、ゼルートが答える。

「バンデットゴブリンは、森の中での戦いを得意としています。それはダンジョンの中だろうと変わらないはずです。それに、ダンジョンの中だと冒険者と戦う機会が多く、戦いで生き残ったやつは思考に磨きがかかる。武器に関しては、死んだ冒険者の道具を使えば戦いの幅が広がります」

地上と比べて、ダンジョンで生活している魔物の方が、冒険者と遭遇《そうぐう》する確率が圧倒的に高い。

「それと、少し前に話したと思うんですけど、ダンジョンに棲息《せいそく》している魔物は、冒険者に対する恐れがないので躊躇《ちゅうちょ》なく襲いかかってきます。一つ一つの行動に迷いがないので、その動きが余計に戦いづらいと感じさせているのかもしれませんね」

「なるほど、相乗効果というやつか？　にしても、本当にゼルート君は学者みたいな考えを持ってるな」

「ソブルの言う通り。冒険者でありながらそういった考えができるのはかなり貴重だと、私は思います」

ソブルとカネルは、ゼルートの冒険者らしくない考えを絶賛する。

「そうね、時々ゼルートの人格が二つあるのではないかと思うわ」

「それどういう意味だよ、アレナ。俺ってそんなに変か？」

人格が二つあるのではという疑問に、ゼルートは軽くショックを受ける。

「いや、別に変とかおかしいって言ってるわけじゃないのよ。カネルさんの言う通り、ゼルートのような考え方ができる人は、冒険者の中では珍しいの。オークキングに嬉々とした表情で挑むゼルートと、今みたいに的確に深く考えているゼルートとでは……ちょっと差が大きいの」

隣のルウナもうんうんと頷《うなず》いており、ゼルートはそれ以上何も言えなかった。

フォレストウルフの襲撃から二時間後、十一階層でゼルートたちは二度目の魔物の襲撃を受けていた。

襲ってきた魔物は、オークとゴブリンの二種。上位種も交ざっていた。

「はぁぁあああああッ！！！」

「ブモォオオオ！！？？」

全力で振り下ろした魔物の棍棒は、カネルの大剣によって根元から切断される。

そして、切断した勢いに乗って、カネルはそのまま一回転しながら刃に魔力を纏《まと》わせ、魔物の体を横一閃に斬り裂いた。

「ふ～。纏《まと》わせる魔力を一部分だけに抑える。確かに魔力の消費を抑えることができるが、なかなか集中力がいる、なッ!!」

カネルは後ろから跳《と》びかかってきたコボルトの短剣を、大剣の腹で受け止めた。

奇襲が失敗したコボルトはすぐに後ろへ跳《と》び退き、次に襲いかかるタイミングを窺《うかが》う。

「オークの次はコボルトか。相手を恐れず襲いかかる。本当に恐ろしいな」

その心構えは恐ろしいと感じるが、実力はそこまで大したことないので、その精神が少々鬱陶《うっとう》しく感じてもいた。

「いや、何が起こるのか分からないのがダンジョンだ。気を引き締《し》めていこう」

コボルトに先手を許すことなく、足に魔力を纏《まと》わせて斬りかかる。

その様子を後方から見ていたゼルートは、戦力的に考えると、明らかなオーバーキルだと思った。

カネルがコボルトの相手をしているとき、ソブルとリシアはオークの上位種を相手にしていた。

「大丈夫ですか、ソブルさん」

「ああ、なんとかな。他の多数のオークは、セフィーレ様がヘイトを集めてくれていて助かってるが、上位種のオークってこんなに強かったか？」

二人が相手をしている魔物、オークウォーリアーは、他の上位種に比べてレベルが高い。

「いっぱしのロングソードを持ってるし、種族的に、俺じゃ少し厳しいな」

「私も、攻撃は通るかもしれませんが、速さが足りません」

万が一の場合は、ゼルートたちの援護が来るのは分かっているが、こんなところで躓《つまず》いていられないという思いが強く、二人はこの状況をどうにか自分たちで打破しようと思考を加速させる。

（こいつはランク的にはＣのはずだが、レベルを考えれば、Ｃの上位だとしてもおかしくはない。おそらく防御力が高く、俺の攻撃では致命傷にならない）

（相手はオークだからか、女である私の方を積極的に狙ってくる。ソブルさんは私を庇《かば》いながら

戦っているせいで、普段通りに戦えていない。私のメイスなら大きなダメージを与えられるけど、致命傷になるかどうか）

二人の思考はよくない方へ行こうとしていた。だが、常識をぶち破る存在であるゼルートのことを思い出す。

（そうだ、ゼルート君は強い。ただ、その強さは純粋な身体能力だけではない。考えろ！　もっと考えて戦うんだ）

（もっと考えないと。純粋な身体能力で勝てないなら、魔物よりも思考力が勝る点を利用して、打開策を考えなければ）

目の前のオークウォーリアーをどう倒すか、二人の思考がさらに加速する。

先に作戦を思いついたソブルが、早口でリシアにその内容を伝えた。

「――って感じだが、できそうか」

「やります、絶対に成功させます」

伝えられた作戦のキーマンが自分だと理解し、リシアはメイスを力強く握りしめて宣言した。

「気を張るのはいいけど、あんまり緊張しすぎるなよ。後ろにはゼルート君たちがいるんだ。もっとリラックスしていけ」

ソブルの一言で、リシアは気持ちが少々楽になり、いい感じに肩の力が抜けた。

「そうですね、分かりました!!」

「よし、いくぞ！！！」

ソブルたちが動き出したことで、ようやくオークウォーリアーも動き出した。だが実は、これには秘密がある。ゼルートが威圧のスキルを使って、後方から動きを止めていたのだ。

(絶対に……倒す)

考えが纏《まと》まったソブルは、足と短剣の刃だけに魔力を纏《まと》わせようとする。

初めての実践で魔力は安定していないが、纏《まと》わせることには成功した。

(倒さなくていい。リシアに注意がいかないようにしながら、徐々に体力を削《けず》る。無理をする必要はない。冷静に判断して動け……熱くなるな)

ソブルは心の中で何度も自分に言い聞かせ、低い体勢でオークウォーリアーに向かって駆け出す。

(相手の動きをよく見るんだ)

真正面から自分に挑んできたソブルに対して、オークウォーリアーはロングソードを大振りに構える。

(今だ!!)

オークウォーリアーの慢心によって生まれた大きな隙《すき》を狙い、ソブルは一旦使用停止していた身体強化のスキルを使用して加速する。

そして、ロングソードが振り下ろされる前に懐《ふところ》に潜り込んで、オークウォーリアーの腹を斬り裂いた。

「ブモモモっ!?」

ソブルは、一太刀入れた後は、すぐに地面を蹴ってリシアの前に戻る。

（よしっ！　速さはこっちが上だ。焦《あせ》る必要はない。時間をかけて傷を増やす）

今回の襲撃が成功したからといって、次も上手くいくとは思わない。常に最悪の事態を想定しながら突っ込む。

そして、作戦を実行してから三分が経った。たった三分と思う者もいるだろう。だが、一撃でも当たれば致命傷になりかねない攻撃に、ヒット&アウェイで対応し続けるソブルにとっては、もっと長い時間に感じられた。

後ろで締《し》めの一撃に備えてタイミングを窺《うかが》っているリシアも、命懸けで戦っているソブルを見ているため、体感時間を現実よりも長く感じていた。

ソブルは相手の体力を削《けず》り、傷を与えられている。

「はあ、はあ、はあ、はあ……」

しかし、ギリギリの状態で戦い続けているせいで、ソブルの精神もかなり削《けず》られていた。

（あと、魔力も残り少しだな……次で、最後だ）

左手でリシアに合図を送り、ソブルはオークウォーリアーに向かって最後の突撃を行う。

戦いの中でソブルへの警戒心を最大限まで上げたオークウォーリアーは、いつでも彼の攻撃に対応できるように構える。

だが、このタイミングで、ソブルは残りの魔力を全て短剣の刃に纏《まと》わせ、オークウォーリアーの顔面目がけて短剣を振ることで魔力の弾丸を放った。

放たれた魔力弾は、一直線に飛んでいった。悪くない一撃だ。

悪くない一撃だったが、それは戦いの中で一度見た手札だった。

突撃と見せかけての魔力弾という奇襲にもオークウォーリアーは焦《あせ》ることなく、ロングソードで魔力弾を弾き飛ばした。

「ブモォォオオオ！！！　ブモッ⁉」

魔力弾は確かに弾き飛ばした。だが、オークウォーリアーの目に、ソブルの短剣が突き刺さった。

「はっ、やっぱりオークぐらいだと、学びはしても予測はしないみたいだな」

魔力弾を放った後、ソブルはすぐさま短剣を投げつけたのだ。

二段構えの攻撃は見事命中し、オークウォーリアーは痛みでロングソードを手放してしまった。

「後は、お前がやってくれ、リシア」

オークウォーリアーの意識が全てソブルに向かった瞬間、リシアは足に少しとメイスにありったけの魔力を纏《まと》わせ、魔物の視界から外れるように上空に跳《と》ぶ。

そして作戦通り、オークウォーリアーの意識から完全にリシアは外れ――おまけに武器は持っていない、倒すにはベストな状況が整った。

「はああああぁぁあああああああッ！！！！！」

メイスにほとんどの魔力を纏《まと》わせたリシアは、力を、魔力を全て込めて、脳天に渾身《こんしん》の一撃を振り下ろした。

「ゴバッ！！！？？？」

オークウォーリアーの頭部は、完全に潰《つぶ》れてしまった。

生きる上での重要な器官――脳を潰《つぶ》されたことによって、オークウォーリアーは膝《ひざ》から地面に崩れ落ち、完全に動かなくなった。

その様子を確認したリシアは、ホッとして振り返る。

「ソブルさん、やりましたよ！！　私たちが倒したんですよ‼」

オークウォーリアーを無事に倒せたことでテンションが上がっているリシアを見て、ソブルは口を押さえながら笑ってしまった。

「ぶふっ！　そ、そうだな。お、俺たちが倒したんだ。ふ、ふふふ。さ、最後の一撃はよかったと思うぞ、ふふ」

「あ、ありがとうございます……そ、ソブルさん。なんで笑ってるんですか？」

リシアは、自分を見て笑われているのには気がついた。だが、自分のどこに笑われる要素があるのかは分からない。

「いや、だってな、今のお前の姿、凄《すご》いぞ。回復役がメイスで敵を倒すのもあれだけど、服が返り血を浴びて……そもそも服の色が白いから余計に、な」

リシアは、すぐに自分の服を確認する。

真っ白だった服は、オークウォーリアーの顔を潰《つぶ》したことにより噴出した血が思いっきりかかっており、なかなかホラーな状態になっていた。

「こ、これはえっと、その……」

自身の状況をようやく理解し、顔が赤く染まった。

「ソ、ソブルさんが指示したんじゃないですか！！！」

「いや、それはそうかもしれないけどさ、でもよ……ぶふっ、やっぱり笑いが止まらねーよ」

リシアが怒っていても、ソブルは笑いが止まらない。

「まあまあ、そこら辺にして。とりあえずこれを飲んでくださいよ」

後ろで二人の戦いぶりを見ていたゼルートは、ソブルと同様に、服が血だらけになったリシアを見て爆笑したかったが、顔には出さずに二人に魔力回復のポーションを渡す。

「ありがとな、助かるぜ。戦ってる時間は、実際のところそんなに長くなかったはずだが、魔力はほとんど使い切ってしまったからな」

「私も、最後の一撃に魔力を全て使ってしまいましたので、とてもありがたいです」

二人は受けったポーションを一気に飲み干した。

「にしても……うん、ソブルさんが今のリシアさんを見て笑ってしまうのは、仕方ないと思います」

「だろ、やっぱりそう思うよな」

「な、ゼルートさんまで!!　私だってこんな風になりたかったわけじゃないんですよ！！！」

二人して自分を笑う状況に耐えられず、リシアは少々涙目になりながら怒る。

「そんなに怒らないでくださいよ、何とかしますから」

ゼルートは言葉通り、とある属性の魔力を使用して、リシアの服に着いた血を抜き取ってしまった。

「えっ、これは……凄《すご》いです!!　元に戻りました！！！」

「またまた驚かされたな。ゼルート君は本当に多芸だな。それも、魔力操作の応用でできることなのか？」

ソブルの質問に対し、訂正を加えて説明する。

「まあ、そんなところですね。正確には水の魔力操作の応用です。血は液体ですから、水魔法と魔力操作を同時に鍛えれば、今みたいな血抜き作業はできると思いますよ」

「なるほど、俺たちの中でできそうなのはカネルか。あいつは戦闘に関しては器用だから、できなくもなさそうだな」

「ソブルさん、その言い方はちょっとカネルさんに失礼じゃないですか」

一仕事終えた三人の空気はとても柔《やわ》らかくなっていた。それに、ゼルートからポーションを貰《もら》ったことで、またいつでも戦闘できる状態となっている。

「まあ……にしても、俺とリシアだけであのオークウォーリアーを倒せるなんてな。なあ、ゼルート君、あのオークウォーリアーは、普通のオークウォーリアーとは多分、強さが違ったよな」

ゼルートは、直前まで戦っていた二人の戦闘を思い出しつつ答える。

「そうですね、ジェネラル以下の上位種にしては強かったと思います。特に腕力は、他と比べて上だったんじゃないでしょうか。一撃でも食らっていたら致命傷になっていたと思います。ただ、ギリギリ成長はしていなかったかと」

リシアはゼルートの言葉の中で、成長という単語に聞き覚えがなかった。

「ゼルートさん、その、成長とはいったいどういうことなのですか？」

ゼルートは質問されたことに驚きはしたが、リシアの性格からして魔物の成長を知らなくても不思議ではないと思い、納得した。

「えっとですね、俺も一回しか成長した魔物と戦ったことがないんで、絶対というわけではないんですけど、とりあえずこういったことじゃないのかっていう考えはあります」

「へ〜〜〜、ゼルート君は実際に成長した魔物と戦ったことがあるのか。普通の魔物と違って、どういった強さを持っているんだ」

「まず、基本的には成長していない魔物と比べて身体能力が高いです。二倍近く……は言いすぎかもしれませんが、一・五倍ぐらいはあり得ますね」

自身が戦ったスケイルグリズリーと錬金獣が戦ったオークジェネラル、二体ともまずはそこが特徴的だった。

「それから、普通はその魔物が覚えないようなスキルを持っていたり、元々持っていたスキルレベルが他と比べて高い場合もあります。あとは、魔法を覚えない種族なのに、使えるようになるケースもあります」

ソブルは事前にそういった知識が頭に入っていたが、実際に戦ったことがあるゼルートから話を聞くと、現実味が増し、また驚かされることになった。

「そういった話は本当だったんだな。正直、半信半疑だったが。ゼルート君が戦った成長した魔物とは、どんなやつだったんだ？」

「自分が戦ったのは、スケイルグリズリーというDランクの魔物でした。基本的には、表皮が硬い熊の魔物って感じなんですけど、俺が戦った個体は土魔法を使ってきました」

熊系の魔物の中は、強力な強化系のスキルを習得する個体がいるが、土魔法を使うというのは、ソブルも初耳であった。

「魔法を使ってきたということは、魔物も詠唱をするのですか？」

本当にそんなことがあるのだろうか？　自分で質問しておいて、リシアはそう思ってしまった。

だが、人間基準で考えれば、魔法を発動するのに詠唱は必須。そこにリシアは強い疑問を抱いた。

（ま、まさか魔物は、どんな子たちでも無詠唱で魔法を使える……なんてことはありません、よね？）

もしかしたらという考えに、リシアは自分で考えておきながら体が震えはじめた。

「あ～それに関してなんですけど、俺が戦ったスケイルグリズリーは、自分の手脚に岩を纏《まと》わせただけなんで、詠唱に関してはいまいち分からないですね。ただ、岩を纏《まと》うのに多少の時間がかかっていたので、無詠唱ではなさそうです。ほら、魔法使い系の魔物だって、すぐには魔法を発動できないじゃないですか」

個体にもよるが、一瞬で魔法を完成させる魔物は多くない。

「その成長したスケイルグリズリーの強さは、ランクで言えばどのくらいだったんだ？」

続けてソブルが質問する。

「そうですね。総合的に考えて、Cランク……いや、Bランクに片足を突っ込んでいた気がします」

恐ろしい事実を聞き、二人は自分たちが戦ったオークウォーリアーが成長していなくてよかったと、心の底から思えた。


ソブルとリシアがオークウォーリアーと戦っていた頃――

「ふむ、オークとコボルトか。物足りない気もするが我慢するとし――」

セフィーレは、目の前の魔物の強さに若干《じゃっかん》の不満を感じながらも、体を動かす相手としてはちょうどいいかと思った。

だがそれを、悪気がなかったとはいえ、ローガスが邪魔をする形となった。

「このような魔物ども相手に、セフィーレ様が労力を使う必要はありません。私が全て相手をします」

「む、待て。それでは私は――」

戦うことができないじゃないか、とセフィーレが言い終わる前に、ローガスはコボルトとオークの集団に向かって走り出した。

その光景を見て、セフィーレは残念そうにため息を吐《つ》く。

「は〜〜、まったく。せっかく十階層以降に入ったのだから、私もいい運動ができると思っていたのだがローガスのやつ、いらないことをして……とは言えないのが辛《つら》いところだな。悪気があっての行動ではない。ひとまずは様子を見よう。とりあえずこちらに漏れてきたやつだけを倒すか」

意識を切り替えながらも、周囲をグルっと見渡す。

（カネルは……大した魔物はいない。彼女もどこか不満そうだな。そしてソブルとリシアの方だが……向こうは当たりのようだな。いや、二人にとってはハズレか）

セフィーレならタイマンでも倒せるが、二人のタイプを考えれば少々合わない相手だった。

（一般的なオークの上位種ではないように思えるが、ランクは……Cはありそうだな。助太刀《すけだち》に行った方がよさそうか？　だが、ソブルの表情を見る限り、何か作戦がありそうだな。手を出すのはもう少し様子を見てからにしよう）

二人を少々羨《うらや》ましそうに見つつ、セフィーレはひとまずローガスの戦いが終わるのを待つ。

ローガスがセフィーレの出撃を止め、自身だけでオークとコボルトの集団に挑んだのには、主であるセフィーレの手を煩《わずら》わせたくないというのは当然として、もう一つ理由があった。

それは、今まで悪くなり続けてきた自身の印象を、少しでも改善するためだ。

（目の前の魔物どもを蹴散らせば、セフィーレ様からの印象が少しはよくなるはずだ。そのためにも、貴様らには塵《ちり》となってもらうぞ）

自身と同じタイミングで走り出したコボルトの爪を槍で弾き、心臓を貫く。

「ギャブッ！！？？」

心臓を貫いた瞬間を狙って、もう一体のコボルトがローガスの頭部目がけて短剣を振り下ろす。

「ガルルルルッ！！！！」

「ふん、遅い！！！」

ローガスは即座に槍を引き抜き、短剣を弾いて、今度はこちらが頭部目がけて突きを放った。

その突きは寸分狂わずに頭部を貫き、コボルトの命を奪う。

「グハッ⁉」

だが、ローガスは後方から放たれた攻撃を貰《もら》い、前のめりに倒れてしまう。

すぐに体勢を立て直し、後方へ跳《と》ぶ。

顔を上に向けると、そこには木製の棍棒を持って、攻撃を加えたことに対する優越感に浸り、ニヤニヤと品のない笑みを浮かべるオークがいた。

「くっ、さすがは魔物だな。汚い手を堂々と使う。だが、この程度でやられる私ではない！！！」

再び地面を蹴り、再度魔物たちに向かって突撃する。

（あいつ、あんなに弱かったか？）

後方でローガスの戦いぶりを見ていたゼルートは、彼の動きに疑問を感じた。

（あんなにモロに不意打ちを食らうとか、いくらなんでも目の前の相手にしか集中しなさすぎだろ。一対多数で戦ってることを忘れてそうだな。というか、あいつの戦い方は無駄が多い気がする。なんというか、騎士としての戦い方って感じだな。槍の扱いも人を相手に、それも一対一を想定したパターンだ。もう少し工夫して戦わないと、万が一が起こりそうだな）

ローガスの戦い方を見ていると、不満が溜《た》まっていく。

（対人戦と対魔物戦は違うってことぐらい習ってないのか？　そもそもの身体機能が違うんだから、対人戦に慣れてしまってるなら、余計にそこを考えて動かなきゃ駄目だろ）

今のところ大きな怪我《けが》はしていないが、いつ重傷を負うか、ハラハラしてくる。

（魔物に貴族特有の戦い方で挑むなんて、本当に実力のある人じゃないと通じないのに……。あっ、また躱《かわ》せる攻撃を食らってるし。実力が低いってわけじゃないんだから、もう少し考えて戦えばいいのに。ほら、セフィーレさんもなんだか不機嫌そうな顔をしてるし。いや、あれは単に自分が戦えてないから不満そうな顔をしているだけかもしれない）

ローガスの戦い方に対して不満が爆発しているゼルートに、アレナは念のため声をかけた。

「ゼルート、助けなくていいの？　あのままだと、万が一の可能性は十分にあるわよ」

万が一という言葉を聞き、ゼルートはどう対応すべきなのか悩む。

（そうだな。依頼内容は正確に言えば、セフィーレさんの護衛だから、坊ちゃん貴族を守る必要は、ぶっちゃけない。というか、今回の戦いで貴族――権力を持っている人特有のプライドみたいなものがボロボロになってくれればいいんだけどな。まっ、アフターケアはソブルさんたちに任せるけど）

不機嫌そうにしているセフィーレに視線を移し、ゼルートは問題ないだろうと判断した。

「心配しなくても、後ろにセフィーレさんがいるから大丈夫だ。危ない戦いをしているってのは理解できるけどな」

「人を想定している戦い方に特化しすぎている、と言えばいいのか？　いや、でもその割にはゼルートとの模擬戦では完敗だった。中途半端な力しか持っていないな。あの傲慢《ごうまん》貴族」

ローガスに対して完全に喧嘩《けんか》を売っているルウナの言葉に、アレナとゼルートは思わず噴いてしまう。

ツボにはまったのか、二人はしばらく声を出さないように、口元を押さえながら必死に耐えた。

低評価をくらい続けていたローガスが結果的に体勢を崩し、オークの斧を食らいそうになったところで、セフィーレが痺《しび》れを切らし、レイピアの刺突一撃でそのオークを倒した。

そこからは、残っていた数が従者のおかげで減っていたとはいえ、圧倒的に短い時間で生きているオークとコボルトを突き殺した。

セフィーレは魔力を部分的に纏《まと》って強化する方法を完全に自分のものにしており、危なげなく戦いが終わった。

「ふう。ん～～、コントロールがいまひとつだな。あとでそのあたりをゼルートに聞いてみるとしよう。ローガス、立てるか？」

「……は、はい！！！」

セフィーレの圧倒的に、そして流水のように滑《なめ》らかな戦いに見惚《みと》れていたローガスは、言葉に反応するのが遅れた。そして、自分のためにセフィーレの手を煩《わずら》わせてはならないと思い、体に鞭《むち》を打って立ち上がった。

「そうか、だがあまり無理はするな。ソブルたちも苦戦していたようだ。ここで少し休息を取ることをゼルートに提案する。ポーションはしっかりと飲んでおくのだぞ」

「わ、分かりました」

セフィーレの言葉で、ローガスはソブルとリシアがオークの上位種に勝利したことを知った。一

方で自分は、魔物相手に不覚を取って主人に助けてもらったことを思い出し、拳を強く握り、悔しさを噛《か》み締《し》めた。

◇

「ゼルート、私の体の一部に魔力を纏《まと》わせる強化はどうだった？」

全員が敵を倒し終えたタイミングで、セフィーレは自身の技術の評価を尋《たず》ねた。

「そうですね、部分的にという点では、ほぼ完ぺきにできてると思います。ただ、纏《まと》わせた魔力の量が少し多いです。もっと少なくても、セフィーレさんのレイピアは折れたりしませんよ」

セフィーレの実力を最大限予測した上で、ゼルートはそう答えた。

だが、本人はどこか不安げな顔をしていた。

「思い入れがあるレイピアなんですか？」

「ッ！　ふふ、ゼルートには隠し事ができない」

「別にそんなことはないですよ。ただ、随分と大事そうなものを見るような目だったので。親族から貰《もら》ったものですか？」

ゼルートの推測を聞いたセフィーレは、目を見開いた。

セフィーレのレイピアが誰から贈られたのかを知っているソブルたちも、同じような表情になる。

アレナとルウナは、いつもゼルートに驚かされ続けているので、これぐらいのことでは特に驚きはしなかった。

「うむ、まあ……そんなところだ。それより話を戻そう。そういった思いもあって、ゼルートに指摘されても、無意識に纏《まと》わせる魔力が多くなってしまうと思う。どうすれば克服することができるだろうか」

「俺の場合は、ロングソードに魔力を纏《まと》わせることが多いので、纏《まと》わせる魔力を薄く、それでいて力強く全てを斬り裂ける切れ味を、と想像しながら纏《まと》わせています。セフィーレさんの場合だと、細く鋭く、そして全てを貫く、といったイメージかと」

「なるほど、確かにイメージによる影響が大きそうだ」

イメージを具現化するのは簡単ではないのだが、ゼルートはさらに先のアドバイスを伝えた。

「それと、まだ覚えるのは先になる……というか、後にしておいた方がいいと思う技術なんですけど、何かを斬ったり突くといった動作を行う瞬間だけ魔力を纏《まと》わせる。それが一番効率のいい倒し方です」

「確かに、一瞬だけ魔力を消費する方が燃費がよさそうだ。だが、なぜ今覚えない方がいいのだ?」

「さっき言った通り、イメージが大事です。何かを斬る、突くといった瞬間に、完全なイメージを完成させて魔力を纏《まと》わせるには、それなりの期間が必要です」

今でこそゼルートは一瞬で魔力を刃に纏《まと》わせ、質を変化させることができるが、それは魔力を纏《まと》わせる技術を覚えてから、すぐにできたわけではない。

「なので、万が一がないように一歩ずつ、まずはイメージからしっかりと固めていった方がいいと思います」

セフィーレは、目をつぶり、少しの間考え込み……ゼルートの考えに納得した。

「つまり、焦《あせ》って近道をしようとして後悔するより、遠回りであったとしても一歩ずつ、確実に歩を進めてゴールに向かった方がいい。そういうことだな」

「はい、その通りです」

「その割に、ゼルート君は難なくやってのけるよな」

自分たちより年下のゼルートは、それを簡単にやってのけてしまう。

もちろん、努力を重ねてきた時間が違うというのは分かっている。

「ソブルさん、それは……あれですよ、年季の問題ですよ」

ゼルートの年齢で使う言葉ではないが、セフィーレたちに比べれば、年季が違うのは確かな事実だった。

「よし、この話は一旦ここまでにして、魔物の死体を回収したら移動しよう。少し休息を取り、野営ができそうな場所を探しながら進もう」

セフィーレのかけ声を受けて、ゼルートはパパッと魔物の死体を集め、休息場所で軽く解体作業をした。そして、ダンジョンの攻略を再開する。

日が暮れるまでに、もう一度魔物の群れと遭遇《そうぐう》したが、特に怪我《けが》を負うことなく討伐に成功する。

「ここなら広く空いていて、野営に適していますね。ダンジョン内の太陽も沈んできたので、今日はここまでの方がいいと俺は思いますけど、どうしますか、セフィーレさん？」

「そうだな。空も暗くなってきて食欲が出てきた頃だ。時間的にもちょうどいいだろう」

「それじゃ、野営の準備を始めましょう」

セフィーレの許可を取り、ゼルートは早速アイテムバッグの中からテントを取り出して準備を始める。

ソブルたちも同じくテントを取り出し設置する。周囲に結界石を置けば、後は夕食の準備のみだ。

ゼルートは周囲から集めてきた木々を燃やし、アイテムバッグから長方形のフライパンと、卵と塩が入ったケースを取り出し、料理を開始した。

その様子を見たリシアが尋《たず》ねる。

「ゼルートさん、何をしているのですか？」

「何って、見ての通り料理をしてるんですよ。まっ、料理と呼べるほどのものではないと思いますけど」

なんてことはないといった顔で調理を続けるゼルートに対し、ソブルは声に出さなかったが、思わず心の中で「主婦か！」と、ツッコミを入れてしまった。

着々と卵焼きを作り続け、皿の上に置いていくゼルートに、アレナはどこか女として負けた気分になりながらも尋《たず》ねた。

「ゼルート、えっと……いったいどんな料理を作っているのかしら？」

「どんな料理って言われても、卵を焼いてるだけだから卵焼きとしか言えないな。味は美味《おい》しいと思うから安心してくれ」

「え、ええ。分かったわ」

漂ってくる卵焼きのいい匂《にお》いに、アレナだけではなく、カネルとリシアの二名もダメージを受けた。

夕食は、野菜サラダとファットボアのステーキに、リンゴに味が近い果物——アルプをカットしたデザートに加えて、今回はゼルートが作った卵焼きが追加された。

「ほお〜〜〜、これは、初めて見る料理だ。しかも、見事に綺麗《きれい》な形になっている。その長方形のフライパンを使ったからか」

セフィーレの反応を見て、ゼルートはなぜ卵焼き一つでここまで驚くのか理解できた。

「はい、名前はそのままで卵焼きと言います。セフィーレさんの言う通り、このフライパンを使ったので、こういった形になります。というか、このフライパンを考えたのは自分なんで……セフィーレさんが知らないのも無理はないか」

この世界にもフライパンはもちろん存在する。だが、今回ゼルートが使った長方形のフライパンは存在しない。

(スクランブルエッグが存在するのに、卵焼きが存在しないのは、それが理由だろうな)

この世界では存在しないので、ゼルートが考えた……と言ってもおかしくない。

事実は少々違うが、ゼルートが新しい料理を自分で考えたという発言を聞き、三人の女性は彼の女子力の高さを痛感し、さらにダメージを食らった。

「やっぱり美味《うま》そうだな……それじゃ、一口目は俺が貰《もら》おう」

ソブルは一口サイズに切りそろえられた卵焼きをフォークで刺し、口に運んだ。

「美味《うま》っ‼　なんだこれ、卵って、こんなに美味《うま》かったのか！？？　うん、マジで美味《うま》いな」

塩と砂糖も使っているので、単なる卵焼きとは味が異なっている。

だが、そういった事情を抜きにしても、ゼルートが作った卵焼きは丁寧に完成された一品だった。

「ちょっと味付けもしてるんで、それなりに食べやすくなっているかと」

ソブルはセフィーレの従者とはいえ、貴族の一員ゆえに、それなりに美味《うま》い料理を食べている。

そんな料理と比べると上品な味はしなかったが、ゼルートの言葉通り食べやすく、ストレートに美味《うま》いという言葉が出てくるようなものだった。

さらにもう一個と、美味《うま》そうに食べているソブルを見て、ゼルートとラル以外の者は思わず垂れそうになった涎《よだれ》を堪《こら》えた。

「みなさんもとりあえず食べてみてください」

ゼルートの一言で、ラル以外のメンバー全員が卵焼きを口に運ぶ。

それは、頭の固い典型的な貴族のローガスも例外ではなかった。

直感的に美味《うま》そうだと思ってしまった卵焼きの誘惑には敵《かな》わなかったのだ。

ローガスとラル以外の全員が絶賛の声を上げた。

（……褒めてくれるのは嬉しいけど、そこまで言うほどなのか？）

卵焼きを絶賛する声を聞いて、結界石を使って外に声が漏れないようにしていなければ、確実に魔物や他の冒険者に居場所がバレていたと思うと、ゼルートは冷や汗を流した。

ただ、そんなことを全く気にせずセフィーレたちは、卵焼き以外の料理も食べていくが、圧倒的に卵焼きの減りが速かった。

それなりの量を作ったはずの卵焼きがたった数分でなくなってしまったので、食事中ではあるが、ゼルートは再度卵焼きを作りはじめた。

(勘弁してくれ、と思うけど……やっぱり、もっと食べたいよな)

セフィーレたちの気持ちが分からなくもないので、三十分ほど、ゼルートは卵焼きを作り続けた。

続けたのだが……作ったそばから消えていくため、結局もう二十分ほど作り続ける羽目《はめ》になった。

「ふーーー、とても美味《おい》しかったわ。さすがゼルートが考えた料理ね」

「だな、卵を使った料理でこんなに美味《うま》いものがあるとはな。恐れ入ったぞ、ゼルート」

アレナとルウナが満足げに話していると、ソブルが声を上げた。

「いや〜〜〜〜、本当に美味《うま》かった。これは実家に帰ったらすぐに家の料理人に作り方を教えなきゃな」

それに、カネルも同意する。

「そのとおりですね。美味《おい》しいうえに簡単に作れる……いい料理です。本当に美味《おい》しかったです、ゼルート殿」

「ダンジョンの中でこんなに美味《おい》しい料理が食べられるなんて……本当に贅沢《ぜいたく》です」

リシアはポツリと呟《つぶや》いた。

「ソブルの言う通り、家の料理人に教えたいな。構わないか、ゼルート」

「……お好きにしてください、セフィーレさん」

卵焼きを作り続けたことで、いつもは味わうことのない疲れを感じていたゼルートは、特に何も考えずに返答した。

独自に考えた料理は、レシピを売ることで大金が手に入ることもある。だが、卵焼きについては、作り方に特に秘密があるわけではなく、元々教えてもいいと思っていた。ただ、そこら辺を正常に考える余裕さえ、今のゼルートにはなかった。

一方のセフィーレは、公爵家の娘ということもあり、自分が考えた料理のレシピをタダで渡すということがどれだけ価値があるのかを理解している。だから、ゼルートには依頼の報酬《ほうしゅう》とは別に、卵焼きの作り方を教えてもらったことへの報酬《ほうしゅう》を用意することを決めた。

（は～～、まさかこんなことになるとはな……完全に油断してた。俺にとっては美味《おい》しいが、たかが卵焼き。でも、みんなにとってはそうではないってことだよな。う～～ん、やっぱり料理って偉大だな。しかし、おかげであまり夕食が食べられなかったな。夜にこっそり一人で美味《おい》しいご飯を食べよう。いや、ラルにだけはバレそうだな。あいつに何を差し入れするか考えておこう）

ゼルートは、完全に予期していなかった出来事に疲れ果てていたが、夜に希望を見い出していた。ちなみに、ローガスは卵焼きに関して感想を述べなかったが、とても満足げな顔をしていた。

全員が就寝してから四時間ほどが経ち、ゼルートはラルと一緒に、こっそりテントから抜け出した。

そして創造スキルを使い、最高級の牛肉を贅沢《ぜいたく》に使ったステーキ丼を生み出す。

ラルにはオークキングの肉を焼き、塩胡椒《こしょう》と焼肉のたれを使用した焼肉――店で出せば余裕で金貨何十枚が飛ぶ料理を夜食として用意する。

二人は贅沢《ぜいたく》な夜食を存分に楽しんだ。

夜が明け、全員が起きて朝食を食べ終えると、前日よりも少し速いペースで先へ進んでいく。

進みはじめてから二時間ほどが経ち、十二階層の半分まで来たところで、ソブルの足が止まった。

「これは……戦っている音だ。多分、魔物と冒険者だ」

指名依頼の護衛中にもかかわらず、全く関係ないことを考えていたゼルートは、その言葉で意識を引き寄せられた。ただ、この階層では、どんなイレギュラーが起きても対処できる自信があった。

「冒険者が四人と、リザードマンが二体ですね」

「ゼルートの言う通りだな……それで、助けに行くのか？」

ゼルートはセフィーレの言葉にすぐに頷《うなず》くことはせず、冷静にリザードマンと戦っている冒険者の状態を確認した。

(そもそも、この階層にリザードマンがいるのがまずおかしい。初心者、中堅殺しもいいところだぞ。冒険者は全員、多分Dランクってところか。前衛が二人に斥候《せっこう》が一人、後衛が一人。魔法使いがいないみたいだけど、理想的なパーティーに近いだろう。でも、相手はリザードマンだ)

竜種のなり損ないとも言われているリザードマンだが、そのランクはC。

Dランクのパーティーでは、せいぜい一体を撃退できるかどうかだ。撃退できたとしても、誰かが死ぬ可能性は十分にある。全滅の可能性だってゼロではない。

（一応ドラゴンに片足を突っ込んでるような魔物だ。それに頭も悪くない。剣を扱うのが、ゴブリンやオーク、コボルトに比べて上手い。四人のうち前衛二人の武器の状態が少しよくないな。とりあえず、声をかけてからだな）

まずは依頼主であるセフィーレに、目の前の件について、関わってもいいかを尋《たず》ねる。

「あそこで戦っているパーティーを助ける……かどうかはまだ分かりませんが、声をかけてもいいですか」

「そうだな……助けるにしても、大して時間はかからないだろう。構わないぞ」

「ありがとうございます。一応、アレナとルウナはついてきてくれ。ラルは万が一に備えてセフィーレさんたちの傍《そば》にいてくれ」

「分かったわ」

「なるほど、その方がよさそうだな」

「グルルルウウゥ」

仲間に指示を出し終えると、ゼルートは即座にリザードマンと戦っている冒険者のもとへ駆け出す。

その様子を見ていたソブルがぽつりと呟《つぶや》いた。

「ゼルート君って、過去の噂だけ聞けば恐ろしい印象しかないけど、実際はいいやつだよな」

「そうだな。用意しなくてもいいのに私たちの分まで食事を用意してくれ、未知の料理までご馳走《ちそう》してくれる。そして、高価な結界石を惜しむことなく使ってくれる。本当にいい人。いや、冒険者だ」

カネルも同意する。

「ゼルートさんは、基本的にいい人ですよ。相手が傲慢《ごうまん》だったり、調子に乗って自分に絡んでくる方でなければ」

「…………」

リシアの言葉は決して意図したものではなく、完全に天然が炸裂《さくれつ》しただけなのだが、これを聞いてしまったローガスは、何とも言えない顔になっていた。

そんなローガスの顔を横目で見たソブルとカネルは、表情にこそ出ていないが、心の中で爆笑していた。ただ、セフィーレは違っていた。

(確かに、ゼルートは基本的に優しい、それは本当だ。現に私も目の前でそういった行動を見てきた。だが、リシアの言った通り、傲慢《ごうまん》な者や調子に乗って絡んでくる者には、容赦《ようしゃ》しないだろう。ダンジョンに入る前に私たちに絡んできた冒険者三人組がいい例だ。これからもゼルートを狙ってよからぬことを考えて実行に移す貴族や商人が出てこないとは言い切れない。というより、絶対に現れるはずだ。そのときのことを考えると、少々胃が痛くなってきたな)

この先起こるかもしれない未来を考えると、セフィーレは不思議と胃が痛くなってきた。

セフィーレが突然の胃痛に悩まされているとは知らず、ゼルートは一直線に冒険者たちのところに向かっていた。

(距離は……このあたりでいいか)

右手を横に出して制止の合図を出し、リザードマンと戦っている冒険者に声をかける。

「おいっ!! 助けはいるか!!!!」

冒険者たちはゼルートの声に気がつくが、両手斧を使って戦っている男が断った。

「どこの誰だか知らねえが、手を出すな!!! こいつらは俺たちの獲物だッ!!!」

助けはいらない。確かにそう断言されてしまった。

だが、ゼルートは一応他のメンバーにも目を向けた。

両手斧を使っている勝気な男と同意見ならば、すぐにセフィーレたちのもとへ戻ろうと思っていたが、見事に意見が分かれていた。

「お願いします!! 礼なら必ず後で払うから、手を貸してください!!」

「後ろのお二人もお願いします!! 戦いが終わったら、必ず礼はしますから!!!」

完璧に意見が異なっている。

(もう一人、戦っている男の人は……答える余裕がなさそうだ。さて、この状況、俺はいったいどうしたらいいんだ?)

どちらの言う通りに動けばいいのか分からなくなってしまったゼルートは、アレナに助けを求めた。

「なあ、どうしたらいいと思う?」

「どうしたらって、相手がリザードマンじゃ、あと数分もすれば全員殺されるわね、確実に。あの人たちがどんな秘策を持っているのか知らないけど、奇跡的な逆転はおそらくないわ」

冒険者歴が一番長い人物の話を聞き、ゼルートはもう一度だけ助けが必要かどうかを訊《き》いてみることにした。

「おい！　もう一回訊《き》くが、助けはいるか！！！」

「だからいらねえって言ってんだ――」

「お願いします！！！　なんでもお礼をしますから、だから助けてください！！！」

「おい!!　なに勝手なことを言ってんだ！！！」

勝気な男がもう一度断ろうとしたが、後衛の女性が言葉を被せた。

被せた女性に勝気な男は怒鳴《どな》るが、先程から何も言わなかったもう一人の男がついに声を上げた。

「私情で、仲間の命を、危険に晒《さら》すな！！！　馬鹿ゼンツ！！！　頼む！！！　礼は必ずするから、頼む！！！」

もう一人の男性からの必死な声を聞き、ゼルートは救援に向かうことを決めた。

「よかったわね、ゼルート。お礼は何でもいいらしいわよ」

「アレナ、茶化すなっつーの。そんなのに興味ないっての」

本当にそんなものに興味はない。助けてほしいという悲痛な叫びが聞こえたから、リザードマンを討伐するために走り出す。それだけだ。

ゼルートが自分たちの方向に向かってきたことに気がついた一体のリザードマンが、必死に助けを求めてきた男をロングソードで力任せに吹き飛ばし、こちらに向かって走り出した。

（さすがCランク、オークみたいなDランクの魔物と比べると判断力が桁違《けたちが》いだ。行動も速い）

リザードマンは剣を振り上げ、バッサリと敵を斬り裂くつもりで振り下ろす。

(まっ、だからといってやすやすと斬られる俺じゃや、ないんだけどな!!)

足に魔力を纏《まと》って加速し、懐《ふところ》に潜り込む。

「せい、やっ!!!」

振り下ろされた腕をガシッと掴み、綺麗《きれい》な一本背負いを決めた。

「シャッアア、アアっ!?」

ただし、そのまま地面に叩《たた》きつけず、空中に放り投げた。

「お、らっ!!!」

体を一回転させ、蹴りを腹にぶち込み、もう一体のリザードマンの方へ吹き飛ばした。

このままいけば、勝気な男と戦っているもう一体のリザードマンにぶつかる——はずだったが、もう一体もゼルートの気配に気づいていた。

勝気な男を吹き飛ばし、仲間をしっかりと受け止めた。

(今がチャンスだな)

一瞬ではあるが、勝気な男が戦場から離れた。その瞬間を見逃さず、ゼルートは二体のリザードマン目がけて駆け出す。

(これで四人とも後方に下がったな。って、あの男まだ騒いでるな。必死だった男の言う通り、仲間の命が懸かってるんだから、大人しく下がってればいいのに。あっ、短剣の柄《つか》で頭を叩《たた》かれてる。痛そっ~~~。まっ、自業自得か。一旦頭冷やせって話だ)

ゼルートは頭部へのダメージに同情していたが、自身の方へ近づいてくる気配に意識を切り替える。

(っと、今度はロングソードに魔力を纏《まと》わせてるな。てか、ここまで強いリザードマンがこの浅い階層にいるって、やっぱりどう考えてもイレギュラーだよな。リザードマン二体が本気だったら、あの四人組、短時間で殺されてただろうな。遊んでたのか?)

リザードマンの思考がどうなっているのか考えながらも、ゼルートは戦闘中だということを忘れていない。

手に魔力を纏《まと》わせ、ロングソードを片手で受け止めた。

「シャアアァアア!!??」

「何そんなに驚いてるんだよ。こういった技術を持ってるやつなんて、結構いるぞ」

握る力を徐々に強め、ロングソードの刃を握り砕《くだ》く。

再びリザードマンの表情に驚きの色が生まれるが、焦《あせ》りは見えない。

(もう一体がいないな。こいつら、本当に頭がいいな。ダンジョンに生まれてから結構長いのか?俺が相手だからあんまり関係ないけどさ)

ゼルートは握りつぶしたロングソードから手を離し、後ろに向かって裏拳を放つ。

「シャッ⁉」

「だから、いちいちそんな驚いた表情するなって。世界は広いんだぞ」

放った裏拳は、後ろにいたリザードマンのロングソードの腹に当たり、剣の軌道が逸《そ》れる。

ゼルートはさらにリザードマンの手の甲に向けてブレットを放つ。

「よっ、と！」

ブレットは手の甲に命中し、リザードマンはロングソードを手放してしまった。

ゼルートはその隙《すき》を見逃さず、すかさずロングソードを手の届かないところまで蹴り飛ばす。

「ほれ、驚いてる暇なんてねえぞ」

一連の流れに二体のリザードマンが硬直した間も、ゼルートは動き続ける。

持ち前の速さを利用して一瞬で後方に回り、両腕でがっしりと一体のリザードマンの体を捕まえた。

「受け身の準備、しとけよ！！！」

そう言うや否や、バックドロップをぶちかます。

ゼルートの攻撃に、さっきまでいつものように戦いを見ていたアレナとルウナの表情が一変する。

それは、セフィーレたちと後方の冒険者たちも同じだった。

この世界にはプロレスがないので、ゼルートが使った技もアレナたちは当然、初めて見たことになる。

「あれは……技、なのよね？　おそらく首の骨が折れたはずよ」

「そうだな。あれは一撃必殺……といった技ではないと思うが、受け身が取れなければ、重傷か死は免《まぬが》れないだろう」

アレナもルウナも、目の前で繰り出された技に困惑していた。

「確かにそうね。ただ……」

「ただ……なんだ？」

アレナの頭の中では、ゼルートがリザードマンにバックドロップを決めた瞬間が何度もリピートされており、思ったことを口にした。

「なんというか、物凄《ものすご》くあり得ない光景に見えたのよ。もちろん、ゼルートが外見に不釣り合いな力を持っているのは十分分かってるわよ。でも……」

「……うん、何となく言いたいことが分かったぞ」

そんな二人の会話が耳に入っていたゼルートも、アレナの考えがなんとなく分かっていた。

(まあ、子供が大人にバックドロップを決めてるんだもんな。絵面《えづら》的におかしく見えるのは当然か)

自分がやったことのおかしさに、ゼルート自身も内心で笑っていると、残ったリザードマンが短剣を抜いて走り出した。

「カネルは、ゼルートがリザードマンに使った技……技？　あれを見たことがあるか？」

「いえ、あんな技は今まで見たことがありません。攻撃を終えた直後は少々無防備になってしまいますが、今の一撃でリザードマンの首の骨が折れたはずです」

離れた場所からゼルートの戦いぶりを見ていたセフィーレは、無意識に笑っていた。

「ふ、ふふふふ。まったく、ゼルートの戦い方にはいつも驚かされるな。確かにカネルの言う通り、攻撃を終えた瞬間は無防備になるが、それも戦い方次第だろう。それに、一対一で戦っているのであれば、あの技が決まった時点で勝負は終わりだ」

バックドロップを決められたリザードマンは、既に体が動かなくなっている。

「それにしても、戦い方は常識に当てはまらないが、理には適《かな》っているな。突然敵の視界から消え、腰を掴まれたら、今度は急激に自分の視界が動く。そして気づいたときには首の骨が折られ、あの世行きだ。正直、かなり恐ろしい技だと思う。初めて体験した者にはまず対処できないだろう。首の骨を折られずとも、何かしらの傷を負うのは確実だ」

バックドロップの説明を聞いたリシアは、純粋に恐ろしいと感じたが、それと同時に、その技を考えた（実際には考えていない）ゼルートに対して尊敬の感情がもう一度湧《わ》き上がった。

「ゼルートさんは、本当の意味で多芸な方ですが、戦い方も多彩ですね。まだ長く生きてはいませんが、ゼルートさんほどたくさんの技術を持っている方は見たことがありません」

「リシアの言う通りだな。体の鍛え方とか、後で細かく聞いてみるか」

今までゼルートの戦いぶりを見てきたソブルは、自分より年下でありながら、剣術に魔法や体術、そして戦闘センス、どれも一級品であるゼルートの強さと努力のすさまじさを感じ取っていた。同時に、自分にもまだ何かできることがあるのではないかと思いはじめていた。

一方、先程から一切声を発していないローガスだが、内心では――自業自得だが――焦《あせ》りまくっていた。

（セフィーレ様の言う通り、あれを初見で食らえば死んでもおかしくない。死ななくても、重傷を

負うだろう。も、もし私があれを食らっていたら）

少し前にリシアの天然発言が炸裂《さくれつ》していたせいで、余計に不安な気持ちが大きくなっていた。

そんなローガスを隣で見ていたラルは、今彼がどんな気持ちになっているのかを察し、呆《あき》れていた。

（まったく、ゼルート様に喧嘩《けんか》を売っておいて今更後悔するなんて、呆《あき》れて何も言えませんね。ゼルート様に喧嘩《けんか》を売るということは、地獄を見ることと等しいのに、本当に愚かな貴族ですね。まあ、ゼルート様がこの馬鹿に地獄を見せる気はまだないようですが、どうなるか楽しみです）

そして、心の中で黒い笑みをこっそり浮かべた。


「さて、これであと一体だな」

ゼルートがバックドロップの体勢から瞬時に戻ったことで、短剣を抜いて走り出したリザードマンは瞬時にブレーキをかけた。

「……」

仲間が倒されたことで、もはや声すら出ない状態だった。

リザードマンは生まれてから一度も負けたことがなかった。魔物にも冒険者にも、負けたことはなかった。

そんな自信が砕《くだ》かれ、やや自信喪失状態となっている。

「おい、驚いて固まってるのかは知らねえが、もう抗《あらが》う気はねえのか？　まあ、俺はそれでも構わないけどな」

敵の言葉を聞いた瞬間、リザードマンは現実に引き戻された。

あっさり死ぬか、抗《あらが》って死ぬか。選択を迫られている。

(さて、死ぬのを覚悟して向かってくるのか、それとも冒険者を排除するという本能に逆らって逃げるのか。こいつらはこの階層では、ちょっとイレギュラーな存在だし、二つ目の選択肢を取ってもおかしくない。どちらにしても倒すんだけどな)

圧倒的な力の差があるので、ゼルートの表情は全く変わらない。

反対に、残り一体のリザードマンは恐怖で怯《おび》えていた。生まれて初めて感じ取った畏怖《いふ》だ。

自分の力では絶対に敵《かな》わない。数では二対一と有利だったのに、あっという間に仲間を潰《つぶ》された。

しかも敵は一切疲れておらず、もちろん、傷も負っていない。

今すぐに逃げ出したいと思っていた。それも、初めて表れた感情だった。だが、本能的に分かっていた。

逃げようとしても逃げ切れるわけがない。絶対に追いつかれて殺されてしまう。

それを理解してからの行動は速い。

そして、そんなリザードマンの行動を見ていたラルは、心の中で一言、呟《つぶや》いた。

(見事)

人型とはいえ、ドラゴンの末端。そのプライドゆえか、生きることを殴《なぐ》り捨ててゼルートに襲いかかった。

「シャアアアァアアアアアアアアァアアアア！！！！！！」

「はっ、やっぱいいな。覚悟が決まったやつの雄叫《おたけ》びは」

ゼルートもまた、ラルのようにリザードマンを賞賛していた。

（死の恐怖を超えて、全てを捨てる覚悟で襲いかかってくるやつの気概は本当に最高だ。土壇場《どたんば》で化けるしな）

リザードマンの拳は大量の魔力が纏《まと》っている。先の四人にはほとんど使っておらず、ゼルートとの戦いでもほんの少ししか使っていなかったためだ。

（魔力を纏《まと》うのは拳だけにしている。けど、それだけじゃない気がする。でも、身体強化のスキルを使ったようには思えない。てか、目とか腕とか色々なところから血が出ている。これってまさか）

実際にそれが、本当に自分の考えていることなのかは分からないが、そうなのではないかと思うと、心の高ぶりが止まらない。

（名前は忘れたけど、漫画とかライトノベルでの戦闘の中で、無茶しすぎて全身から血を出し、本来は出せない領域に無理矢理手を伸ばしたって感じだよな。いいじゃねえか、お前……）

ゼルートは、リザードマンの執念《しゅうねん》に応《こた》えようと、同じように右拳に魔力を込め――そして手加減を忘れていた。

「最高じゃねえかあああああああああ！！！」

ゼルートの魔力を纏《まと》った拳と、リザードマンの魔力を纏《まと》った拳がぶつかり合い――その衝撃音はセフィーレたちのもとまで届いた。

「うおっ!?　ここまで音が……拳がぶつかることで、ここまで大きい音になるのかよ」

ソブルの驚きに、セフィーレが反応する。

「確かに凄《すご》い。というより、あのリザードマンが急激に強くなった気がする。短時間しか戦っている様子を見ていないが、あそこまで速かったかしら？」

リシアが首を横に振った。

「いえ、あそこまで速くなかったと思います。ですが、あまり傷ついていないはずのリザードマンから血が流れているような……それにしても、ゼルートさんってやっぱり」

「ああ、見事なまでに戦闘狂だな。自分を死に物狂いで襲ってくる魔物に対して最高だなと口に出す者は初めて見た」

セフィーレの言葉に、従者一同が頷《うなず》いた。

だが、セフィーレはゼルートの戦闘狂具合を見ても引いておらず、むしろ嬉しそうだった。

「それでこそ頼りがいがあるものだ」

その笑顔に、従者である三人は一瞬だけだが見惚《みと》れてしまい、もう一人は彼女にそんな顔をさせたゼルートを睨《にら》みつけていた。

「魔力操作が甘かったな」

一人と一体の拳がぶつかった結果、ゼルートが競り勝ち、リザードマンの右腕が消し飛んだ。

「シャアア、ア、ァ……」

「これで終わりだ」

ゼルートは手刀から魔力の刃を伸ばしてリザードマンの喉笛《のどぶえ》を切り裂き、戦いを終わらせた。

「最後の一撃は、少し詰めが甘かったけど、結構よかったぞ」

既に死んだリザードマンに賛辞を送り、セフィーレたちのもとへ戻ろうとした。

すると、勝気な男がゼルートに向かってきた。

「おい、お前！！！　手を出すなって言っただろうが！！！　聞こえなかったのかクソガキ!!」

いきなりの大声に、ゼルートは思わず耳を塞《ふさ》いだ。

ただ、勝気な男がゼルートに文句をぶつけるという愚行を見て、その仲間たちが慌《あわ》ててゼルートのもとまで来て謝罪を行う。

「すみません!!　せっかく助けてもらったのに、この馬鹿がアホなことを言って。何やってんのよ、あんたは！！！」

謝ってきた女性は、ゼルートに文句をぶつけてた男の頭を、先程と同じように短剣の柄《つか》で殴《なぐ》った。

「痛《い》って！！！　柄《つか》で殴《なぐ》るなって言ってるだろ！！！　何度言ったら分かるんだよ!!」

「あんたが何を言ってもそのアホな性格を直さないからでしょうが！！！！」

目の前で激しい喧嘩《けんか》が……もしくは、夫婦喧嘩《げんか》が始まった。

どうすればいいのか、敵を倒し終えたゼルートは混乱していた。

（このまま戻るのは、なんとなくよくない気がする。でも、目の前で言い合いが始まったし……俺はどうしたらいいんだ？　戦闘自体はあまり時間をかけずに終わらせたけど、だからって、それ以

外で時間をかけてもいいわけじゃないからな。というか、苦労しそうだな、この女性は）

いい解決策が思い浮かばない中、奥から必死でゼルートに助けを求めてきた男性冒険者と、もう一人の女性冒険者が前に出た。

「助けてもらったことに、心の底から感謝している。君がいなければ、俺たちは全員、あのリザードマンに殺されていた。本当にありがとう！！！」

男性冒険者は勢いよく頭を下げながら、感謝の言葉を述べた。

男性冒険者に続き、女性冒険者も頭を下げる。

「ほ、本当に助かりました。わ、私とマレーナは全然戦いについていけなくて、あそこで騒いでいるゼンツもリザードマンに劣勢で……えっと、本当に助けてくれてありがとうございます！！！」

どう考えても自分より年が上の二人から頭を下げられたゼルートは、言葉がすぐに見つからず、顔を逸《そ》らしてしまった。

（はあ～～～。やっぱり誰かに感謝されるのは慣れないな。命が助かったんだから、大袈裟《おおげさ》になるのも分からなくはないけど……というか、顔が見えないのに、ニヤニヤしてるアレナが容易に想像できる）

その考え通り、後方でゼルートの心情が分かっているアレナは、この状況を楽しんでいた。

ただ、ルウナはなぜアレナがニヤニヤとしているのか分からず、首を傾《かし》げていた。

「あの……俺は、俺たちはたまたま通りかかって、危なそうに見えたから助けに入っただけなんで、あまり気にしないでください」

紛《まぎ》れもない本心なのだが、二人は何もしないで流すことはできなかった。

「いや、せめて何かさせてくれ！！！　命を助けてもらった恩人に何も返さないというのは……」

「そ、そうですよ。あなたが助けてくれなかったら、私たちは今こうして生きていられなかった……な、何でもは少し難しいですけど」

ゼンツと言い争っていた女性冒険者は、先程自分が言った言葉を思い出し、顔を赤くしながらそう伝えた。

（いや、俺はそんな鬼畜野郎じゃないから。まさか、俺はそんなことを願うようなやつに見えてるのか？　まだまだ外見は子供なんだけどな）

ゼルートが変なことを気にしているとき――

「だから、俺はあんなクソガキの助けなんてなくても勝てたって言ってるだろうがッ！！！」

二人がゼルートに感謝の思いを伝えている中、いまだに一人だけ怒り続けている男がいた。

（とりあえずうるさいから、お前は一回黙れよ）

ひとまず、ゼルートは彼らの申し出を断ることにした。

「あの、本当に何か見返りを求めて助けたわけじゃないんで、礼は大丈夫です」

腰を綺麗《きれい》に九十度に折って伝えると、二人はさすがにこれ以上自分たちの気持ちを押しつけるのはよくないと思い、引き下がった。

「そうか……なら、もし助けが必要になったら言ってほしい。力になれるかは分からないがな。俺たちのパーティー名は『大地の力』だ」

「私たちはこれから地上に戻るので、もし何かあれば声をかけてください」

「分かりました。何かあったときは頼らせてもらいます。それと……」

ゼルートは後ろで再び喧嘩《けんか》を始めた二人のうちの、男の方に視線を向ける。

「そろそろイラッときたので、言い返してもいいですか？」

ゼルートが何を言いたいのか察し、二人は申し訳なさそうに頷《うなず》いた。

そしてゼルートは喧嘩《けんか》している二人に近づき、ゼンツにガンを飛ばす。

「おい、そこの短気馬鹿。人が黙ってれば随分と調子に乗ったことを言ってくれてんな。手加減してくれていたリザードマン相手に防戦一方だったくせによ」

分かりやすい挑発を行うと、短気馬鹿――ゼンツは簡単に乗ってきた。

「なんだと、このクソガキが！！　リザードマンだろうが何だろうが、俺一人で十分だったんだよ！！！　それをお前が余計なことをするから！！！！」

自信過剰なセリフを吐《は》いているゼンツを見て、ゼルートはある意味心底驚いていた。

(こいつ……あれだけ手を抜いていたリザードマン相手に何もできなかったくせに、なんでそんなセリフを吐《は》けるんだ？　自分の言葉で仲間の命が消えてしまうかもしれなかった事実が分からないのか？　というか、こいつは俺とリザードマンの戦いをちゃんと見ていたのか？　見ていて、こんなセリフが吐《は》けるか!?　……どれだけ自分と相手との力量差が読めないんだよ)

あまりにも自分以外のことを考えなさすぎるゼンツに対し、物凄《ものすご》く呆《あき》れ……普段は他人に向けない、対象を凍《こお》りつかせるような視線を向けた。

「お前……自分勝手なのもいい加減にしろよ」

大きくはないが力強く、相手を怯《ひる》ませるような声が周囲に響いた。

しかも、無意識にオークウォーリアーのときに使用した威圧スキルを発動させていた。

そんな肩に重力が圧《の》しかかるような声を聞いたゼンツは、びくりと震えあがり、その場から後《あと》退《ずさ》った。

他の三人も、自分に向けられているわけではないが、ゼルートの冷たい声と視線に恐ろしい意味でギャップを感じ、後退《あとずさ》る。

後ろで待機しているアレナとルウナは、既に合掌していた。

（あいつ、自業自得だけど終わったわね）

（少し同情するが、いい教訓になるだろう。立ち直れるかは知らないがな）

ゼンツはゼルートに恐怖を感じても、まだその姿勢を崩さなかった。

「お、俺の何が悪いってんだよ！！！」

「全部に決まってるだろ。全部だよ、ぜ・ん・ぶ」

ストレートに自分の全てを否定されたことで、ゼンツは一瞬言葉が出なくなった。

その隙《すき》に、ゼルートは言いたいことを全て口に出した。

「まず、相手と自分の力量差を見抜けないところ。いや、実際分かってはいるんだろうけどな。ただ、その事実を認めたくない子供のような幼稚な考え、そこが駄目だ。そして仲間が死ぬかもしれないって状況で、自分の気持ちを優先させる自己中心的な考え。お前が一人で突っ走るのは勝手だが、お前は今一人で冒険してるわけじゃないだろ。なのに、何で仲間の命よりも、そのつまらないプライドと考えを優先してんだよ。そんなに自分勝手にやりたいなら、ソロで活動しろよ。そうすれば、誰にも迷惑をかけずに済むからな。あと、助けてもらった人にそんな口の利き方をするとか。いや、本当にあり得ないと思うぞ。お前の精神年齢、子供以下なんじゃないのか？　そこら辺の子供でも助けてもらったら、ありがとうございますって言えるぞ」

とりあえず言いたいことを言い終え、ゼルートはスッキリした。

「お。おおおおお前こそ、お、俺がだだだ黙ってたら、す、好き勝手言いやがって」

ゼルートの威圧感、視線などに怯《おび》えながらも、ゼンツは逆ギレする。

そんな彼を見ていたアレナは、ある意味凄《すご》いなと思ってしまった。

（あの人、完全に怒ってないとはいえ、そこそこキレて威圧のスキルまで使ってるゼルートに対して逆に怒るなんて……。ゼルートがうっかりあの男を蹴り飛ばしたりしないか心配ね）

基本的に、相手が喧嘩《けんか》を売ってこなければ、ゼルートは手を出さないと思っているが、今回は相手の態度が酷《ひど》すぎる。

逆ギレしたゼンツを今のゼルートが蹴り飛ばせば、死んでしまう可能性がある。

いつもなら、こういった相手には短気になってしまいがちなゼルートなのに、今回は見事に手を出さなかった。

「お前、本当にアホだな。俺は好き勝手言ったんじゃない。事実を言っただけだ」

しかし、手を出さないとはいえ、ゼルートはキレている。

それは、自分に対する態度にではなく、仲間が死ぬかもしれない状況にもかかわらず、自分の考えやプライドを優先した腐《くさ》った根性に対してだった。

「さっきと同じようなことを言うけど、お前……仲間の命をなんだと思ってるんだ。そういうスタンスで冒険するなら、パーティーを組むんじゃなくて、ソロで行動しろよ。そうすれば、お前がどんな行動をしようが、どれだけ自分のプライドと感情を優先して失敗しようが、死ぬのはお前一人だけで済む‼　仲間の命は、お前の道具や駒《こま》じゃないんだぞ。なくなれば、二度と戻らないんだぞ！！！　それがどういうことなのか、お前は本当に分かってんのかッ！！！！！！」

静かで冷たい声から一変、怒りがこもった声を上げたゼルート。

その場にいたアレナたちも含めた全員の肩が、ビクッと震え上がった。

「…………」

先程まで威勢よく吠《ほ》えていた勝気な男は、今になってようやく自分がしていたことを理解し、地面に膝《ひざ》をついて何も言えなくなった。

そんなゼンツを見た仲間の三人は、たくさん文句を言いたいと思いつつも、何とも言えない表情になっていた。

言いたいことを全て言い終え、ゼルートは最後に一言だけ呟《つぶや》き、その場から離れた。

「お前の今後がどうなるのか知らないけど、本当に自分勝手な行動は控えた方がいいぞ、一人になりたくなかったらな」

望んで一人になるのと、気がつけば一人になっていたのとでは、状況が全く異なる。

それを深く理解させる言葉が、傍《そば》で聞いていたアレナとルウナの心に響き、二人は主人の精神年齢は絶対に自分たちより上だと思った。

「ふふ、いきなりお声を出したからびっくりしたけど、なかなかカッコよかったわよ、ゼルート」

「……だから茶化すなっての、アレナ。別に本心じゃなかったわけじゃないんだけど、かなり恥ずかしかったんだからな。は～～～～～～、ったく、いつか絶対にこういったことで羞恥心《しゅうちしん》的な意味で後悔しそうだな、俺」

何かの弾みで口に出てしまうかもしれない恥ずかしいセリフに頭を抱えながら、ゼルートはため息を吐《つ》いた。

「さっきのゼルートのセリフは、とてもいいと、私は思うぞ。私としては、ああいった事実を突きつけられたにもかかわらず、逆に怒り返した男に対して、ゼルートが強烈な一撃を与えてしまわないかが心配だ」

ルウナの言葉に「そっちかよ！！！」と、ゼルートは鋭くツッコむ。

ただ、同じことを考えていたアレナは、本当にそんな場面が来たらどうしようかと、真剣に悩んだ。

そして、三人はセフィーレのもとに戻る。

「すみません、私情で少し遅れました」

「いや、気にすることはない。私もあの男の態度は気に入らなかったからな。ゼルートがそこまで怒るのも無理はない」

セフィーレは説教をしていた時間を気にしていないと分かり、ゼルートはホッと一安心する。

「にしても、ゼルート君はよくあの喚《わめ》き散らしていた男のことを殴《なぐ》らなかったな。あまりにも男の態度が酷《ひど》かったから、俺は骨の一本や二本は確実に折るだろうなと思ってたけど……なんでだ？」

ソブルの質問に、ゼルートは自分にはそんなに手を出しやすいイメージがあるのかと驚き、少しずつそのイメージを変えていった方がいいかもしれないと思いはじめた。

「ソブルさんまで、ルウナと同じことを言わないでくださいよ。俺だって線引きはしていますよ」

「そうなのか？　ちなみにどんなことを言ってしまったら、その線を越えてしまうんだ」

ソブルには、ゼルートにとってのＮＧワードを聞き出し、他の貴族と衝突するのを避けさせたいという思いがあり、今はそれが聞ける絶好のチャンスだった。

ただ、世の中にはそんな忠告を無視してお馬鹿発言をする輩《やから》がゼロではない。

「そうですね……俺に暴言を吐《は》くだけならまだいいですけど、手を出してきたら完全にやり返しますね」

手を出してこなくても、言葉で喧嘩《けんか》を売ってきたなら、手が出る可能性もある。

「それと、仲間や家族、友達の暴言を吐《は》かれたら、とりあえず一発殴《なぐ》ります。やり返してきたら……ボコボコにします。あと、俺の目的や進路を邪魔するようなやつも、同じくボコボコにします。そんなところですね」

ソブルたち従者三人の顔が真っ青になった。

ゼルートの言っていることは、基本的に間違っておらず、そうしたいと思うのが当たり前だ。

だが三人は、ゼルートの言葉の中に、『貴族や商人でも関係なく』という隠された内容を感じ取っていた。そして、この依頼が終わったら、自分たちの親やセフィーレの父親、その他の貴族に、ゼルートを無駄に刺激しないでほしいと全力で伝えることを誓った。

それから、セフィーレたちの攻略は順調に進み、誰かが大怪我《おおけが》することもなく、十六階層まで辿《たど》り着いた。

ここまでの道のりで、ゼルートが心の底から満足できる戦いはなかった。

リザードマンと最後にぶつけ合った一撃はよかったなと思いながらも、それ以降の魔物との戦闘には全く満足できていない。

(二十一階層までは俺の出番も少ないし、このあたりの階層だと気を張らなくても奇襲ぐらいはいつでも対処できるな。ラルも俺と似た気持ちになってるんだろうな)

ダンジョンに入ってからまだ一度も強敵と戦えていないこともあり、ラルは移動中に欠伸《あくび》をする回数が多くなっていた。

(でも、こういった森の階層だってのに、宝箱がむき出しで置いてあったのは面白かった。バリバリ違和感があったけど。もう少しカモフラージュしてもいいと思うんだけどな)

見つけた宝箱は、セフィーレがゼルートに頼っている部分が多いからという理由で、ゼルートが貰《もら》うことになった。

その件についてローガスは反対したが、セフィーレの言葉とリシアの天然が炸裂《さくれつ》したおかげで、すぐに引き下がった。

(今回は、セフィーレさんたちの護衛ってことで来ているから、勝手なことはできない。予想を確認するのはまた今度にしよう)

そんなことを考えているうちに、下へと続く階段付近まで攻略が進んでいた。

ゼルートたちは野営地での夕食が無事に終わり、今はテントの中でのんびり寛《くつろ》いでいた。

「ねえ、ゼルート」

「なんだ、アレナ。腹でも減ったのか？　飯ならまだあるから……」

「そんなこと一言も言ってないでしょ!!　ったく、女性にそんなこと言うものじゃないわよ」

「悪かった。俺が悪かったから、そんなに怒るなよ」

本当に悪かったと思い、ゼルートは手を上にあげて降参のポーズを取る。

「私は少し小腹が空いたから、何かくれないか」

ゼルートのデリカシーがないセリフを全く気にせず、ルウナは飯を求めた。

ゼルートはルウナらしいと思いながら、アイテムリングから皿を取り出し、その上にハムや野菜にオークの肉などを挟んだサンドイッチを載せ、ついでにコップを取り出し、牛乳を注ぐ。

目の前に出されたサンドイッチからいい匂《にお》いが漂い、ルウナはさっそく齧《かじ》りつく。

そんなルウナの様子を見て、アレナはため息を吐《つ》きながら苦笑いしていた。

「それで、俺に何か用があったんじゃないのか？」

「そうだったわ。ゼルート、最下層のボス……なんだと思う？」

アレナの質問に興味を引かれ、ルウナはサンドイッチを食べつつも、意識は二人の会話に向いていた。

ちなみに今回の試練では、最下層のボスだけは調べることを禁止されているので、セフィーレたちもどんな魔物が待っているのかを知らない。

(ラスボスの魔物か。あんまり予想できないな。ただ、強さはランクCの最上位ってところか。あのセフィーレさんの試練に選ばれるような魔物だ。一筋縄ではいかないだろうな。十階層のボスがオークだったから、人型の魔物……っていうのは、ちょっと安直か？　でも、そんなに特殊な魔物がボスってことはないと思うんだよな。公爵家の……貴族の人が戦うのが前提だから、昆虫系や魚系、爬虫類《はちゅうるい》系といった戦いづらい魔物ではないはず。ってことを考えると、やっぱり人型か？)

悩んでも悩んでもあまりいい答えが出てこない。

「ちょっと、ゼルート。どうしたの？」

アレナが心配そうにしていた。

「……ん？　ああ、悪い悪い。少し考えすぎた。でも、一応予想できたぞ」

「お～～、さすがゼルートだな。それで、いったいどんな魔物がボスなんだ？」

ルウナに渡したサンドイッチは既に全てなくなっていた。

(……俺、確か五、六個ぐらいは出したはずなんだけどな。それに、いつもより長考してたとはいっても、一分ぐらいしか経っていないはずだ。いくらなんでも食べるの早すぎるだろ)

ルウナの食べる速さに呆《あき》れながら、ゼルートは自身の考えを発表する。

「本当に俺の勝手な予想だけど、多分オーガの上位種じゃないかって思ってる」

「……理由は？」

「貴族の戦い方って、基本的には対人戦を想定したものだろ。だから、ボスの魔物もそこまで異形な魔物ではないと思うんだ。そうなるとおそらく、人型の魔物のはず。そんで、セフィーレさんが試練として戦うのにちょうどいい魔物の強さって考えると、オーガの上位種かなって」

「ふむ、ゼルートの考えには確かに一理あるな」

ルウナの意見に、アレナも賛成する。

「確かにそうね。でも、オーガねえ……ちょっと厄介《やっかい》ね」

それを聞いて、ゼルートの頭に疑問が浮かんだ。

「オーガの上位種が強いってのは父さんから聞いてるけど……厄介《やっかい》って言うほどの強さなのか？」

通常のオーガと戦ったことはあるが、上位種だからといって、そこまで苦戦するようには思えない。

（まあ、成長した個体とか、希少種やキング種が相手となると話は別だけど、さすがにそれは……ないよな？　ダンジョンがいくら予測不可能とはいえ、いきなりそんな段違いの強さを持つ魔物が出るってことはないよな？）

ダンジョンの中では何が起こってもおかしくないことを理解しているが、それでもゼルートは少々不安になってきた。

だが、アレナが厄介《やっかい》と思っている点は、ゼルートとは異なっている。

「そうね……理由はいくつかあるわ。まずはここがダンジョンだということ。ゼルートもルウナも分かっているとは思うけど、ダンジョンの中に棲息《せいそく》する魔物は躊躇《ためら》いや怯《おび》えがなく、思いきりのいい動きをする。だから、地上のオーガの上位種と比べると強く速く、そして硬い」

二人はアレナの考えに納得した。

「なるほどな。ランクがBに近い、もしくは足を踏み入れてるやつの動きに躊躇《ためら》いがなかったら、それだけで色々と違ってくるだろうな。強ければ強いほど、その差は大きいか」

「そうよ、ゼルート。私も前のパーティーで、地上で倒したからと言って油断していたら、手痛い目に遭《あ》ったのよ。あのときはかなりまずい状況だった」

昔の記憶を思い出し、アレナは無意識のうちに苦い表情になっていた。

「それで、次はボスがジェネラルだった場合ね。ジェネラルみたいに自分の下位種を統率できる系統ならば、何体かオーガがいるはずよ。まあ、今回は私たちがそのオーガを相手にすればいいのだから、そこまで支障ではないけど……問題は後の二つよ」

二つの問題に、ゼルートは不謹慎ではあるが興味津々だった。

ルウナもゼルートと同じ気持ちであり、口の端が少々吊り上がっていた。

そんな二人の様子を見たアレナは、頼もしさ半分、呆《あき》れ半分だった。

「一つ目は、狂化のスキルを持っている可能性があること」

「狂化っていうと、理性を失う代わりに、身体能力を極端に上げるスキルか」

「その通り。理性を失うから攻撃は単調になる。でも、だからといって簡単に倒せるかといえば、そうではないの」

ルウナはアレナの言葉に疑問を感じた。

「そうなのか？　攻撃が単調になれば、動きを予測しやすくなって、戦いやすい気がするが」

「……まあ、そういう考えになるのも分かるわ。ルウナの速さはかなりのものだから、対処はできるでしょうね。攻撃方法も打撃だけではないし、十分に倒せると思うわ。でもね、単調になるだけで、基本的な動きはできるのよ。それに、狂化のおかげで身体能力が上がると言ったでしょ。それとセフィーレ様たちの武器を考えるとね……」

（身体能力が上がる。セフィーレさんたちの武器……強さ、速さ、硬さ、基本的な動き……そうか!!）

ようやくアレナが何を言いたいのか、ゼルートも理解した。

理解できたが、表情に晴れやかさはなく、苦々しいものだった。

「確かにまずいな。というか、相性が悪い」

「なんの相性が悪いんだ、ゼルート」

まだ分かっていないルウナに、ゼルートが答える。

「セフィーレさんたちが扱う武器、特にセフィーレさんの武器が、狂化を使えるオーガジェネラルと相性が悪い」

ルウナも頭の中で自分なりに話を整理することで、ゼルートと同じ考えに至った。

「確かにゼルートの言う通りだな。いや、しかしそこまで悪いか？」

アレナがそれに頷《うなず》いた。

「相性だけでいえばかなり悪いわよ。レイピアの攻撃を受け止められ、壊される可能性だって十分にある。セフィーレ様の持っているレイピアがただのレイピアではないと分かっているけど、それでも心配ね。レイピアの突きは自滅する可能性もあるし」

最悪の事態が容易に想像できてしまい、ゼルートはどうするべきか本気で考え込む。

(確かに、セフィーレさんのレイピアは魔剣の類《たぐい》だ。そう簡単に折れるとは思わない、思いたくない。突きでの攻撃が自滅に繋がる可能性があるが、ただ単純に斬るという攻撃でも場合によっては折れることもある。しかし、短剣が十分に使えるとかなら、話は変わってくる。戦い方は地味になるが、相手に再生や回復速度上昇などのスキルがなければ、勝てる可能性が上がるんだけどな～～～。いや、まだオーガジェネラルがラスボスの魔物だと決まったわけじゃない。わけではないものの……正直、俺にとっては未体験の領域だからな。アレナの予想の方が的中するだろうな。とりあえず、こういった魔物がいるかもしれない、ということだけは伝えておいた方がよさそうだな)

まだそうと決まってはいないが、オーガジェネラルがボスだったらどうしようかと考え続ける。

「ちょっと、ゼルート。深く考え込んでるみたいだけど大丈夫?」

「あ、ああ。俺は大丈夫だ。ただ……もしアレナの予測が当たっていた場合、どう対処すればいいかを考えてた。依頼内容自体はセフィーレさんの護衛だ。それを達成することはできる。何かあれば、俺は実力を隠さない。それにラルもいる。万が一は起こらない」

ゼルートはラルを見ながら言い切った。

その言葉を、二人は否定しない。

「でも、俺たちの目標達成はできても、セフィーレさんたちが目標を達成できるかどうかがちょっと不安だ。自らの手でボス部屋の魔物を倒す。個人的にはそれを達成してほしいから、自分たちの依頼だけに目を向けるのは違うと思うんだよ。俺の我儘《わがまま》かもしれないけど」

下を向きつつ話したゼルートの考えを聞いて、二人はその優しさに思わず頬《ほお》が緩《ゆる》んだ。

「ゼルートの考えは我儘《わがまま》なんかじゃないわ。私もゼルートと同じ気持ちよ」

「アレナの言う通りだ。私もなんとかしてやりたい。今回は強い魔物と戦いたい気持ちよりも、そっちの気持ちの方が大きいぞ」

「グルルルル」

二人ともゼルートと同じ気持ちであり、ラルも『任せてください』と答えた。

みんなが自分と同じことを考えていると分かり、ゼルートはホッと一安心して体の力が抜けた。

だが、そこで一つ、アレナは不安な点を思い出した。

「ボスが持っている武器にも注意した方がいいわね」

「まあ、それはそうだな。強いやつなら、一般的な武器とは違う魔剣の類《たぐい》とかを持ってるかもしれないし」

「そうね。ダンジョンでは、中で亡くなった人の武器がダンジョンに吸収されるらしいの。過去にどういった冒険者たちが潜ったのかなんて知らないけど、ボスの魔物はそれ相応の武器を持ってるでしょうね」

「強い魔物は強い武器を持っている。私たちからすればいい話だな。強敵と戦えて、強い武器まで手に入る」

ゼルートやルウナの性格を考えれば、悪い展開ではない。

だが、ルウナの意見は、セフィーレたちが相手をするとなれば、勝率がガクッと下がる。

「後半には賛成するけど、私は二人みたいに戦闘狂じゃないから、できればあまり遭遇《そうぐう》したくないわ」

自分は戦闘狂ではないと言い張るアレナを、案外そんなことないのではと、ゼルートは疑った。

「そんなこと言って、案外強いやつと戦っているときに、無意識のうちに笑ったりしてるんじゃないのか？」

「そんなことあるはず……ないわ。絶対に」

アレナが否定しようとするときにわずかな間があり、二人はニヤニヤと笑みを浮かべた。

「完全に否定しきれていないということは、ゼルートの言う通り、無意識に笑っているみたいだな」

「はは、確かにそうみたいだな。自分の中にそうだったかもしれないって考えがあるからだろう」

ルウナとゼルートの言葉が図星であり、アレナは反論することができなかった。

「はあ〜〜〜、確かに完全には否定できないけれど、あなたたちほど戦闘狂ではないわよ。とりあえずこの話は終わりにして、話を元に戻しましょう」

少し頬《ほお》を赤らめるアレナを見て、二人は逃げたなと思った。

だが、追い打ちをかけるような真似《まね》はせずに話を戻した。

「それもそうだな。三十階層あたりのボスなら、どんなランクの武器を持ってそうなんだ？」

「そうね……ゼルートが少し前に戦ったオークキングの魔剣よりはランクが下がると思うけど、それでも、セフィーレ様たちの脅威《きょうい》になることに変わりはないわ」

「基本的にそうだよな。マジックアイテムの武器にどんな効果があるのか、これぱかりは種類が多すぎるから、対策するのは難しいだろう」

ゼルートが、セフィーレたちがどう戦えばボス戦を有利に進められるかを考えていると、ルウナがお馬鹿な発言をした。

「なんでそこまで悩む必要があるのだ？　ゼルートならそこまで難しく考えることなく倒せるだろ」

「……ルウナ、ボスと戦うのは、俺たちではなくセフィーレさんたちだってことを忘れていないか？」

「……そういえばそうだったな。はっはっは、すまんすまん」

ルウナは素で、セフィーレたちがメインで戦うということを、三歩歩いてもいないのに忘れていた。

重い雰囲気をいきなり壊され、ゼルートとアレナはやれやれといった表情になる。

「まあ、とりあえず明日に備えて、今日はもう寝るとしよう」

「そうね。寝不足で動けませんなんて、シャレにならないものね」

「そうだな。いい感じに眠気も来ている。ふぁ～～～……寝るとしよう。おやすみ」

ルウナは目をこすりながら、早速ベッドと毛布の間に入り込んだ。

そして、十秒と経たずに可愛《かわい》らしい寝息が聞こえてきた。

「あらあら、ルウナは寝るのが早いわね。それで、ゼルートはどうするの。本当にもう寝るの？ まだ少し起きているなら、話に付き合うわよ」

ルウナはあっさり寝てしまったが、まだ時間は九時半。

元日本人のゼルートは、前世の頃よりも早く寝るのにすっかり慣れてしまったが、まだまだ起きていられる。

「そうだな……少し話すか。ラルは……ラルも寝たみたいだな」

小さく寝息を立てつつ、既にラルも夢の中に入っていた。

「それじゃ、もう少しだけ起きてるか」

「そうしましょ。何か飲みものと軽い食べものを貰《もら》ってもいいかしら」

「ああ、もちろんだ」

ランプの明かりを小さくすると、アイテムリングから飲みものと夜食を取り出す。

それから一時間半ほど、二人は夜食を摘《つ》まみながら会話を楽しんだ。

そして一同は、三日かけて十九階層まで到達。

その間に、思いもよらないトラブルなどはなく、襲いかかってくる魔物もイレギュラーな個体はいなかったので、セフィーレたちが大きく苦戦するような戦いはなかった。

ただ、トラブル……というほどのものではなく小さなことだが、ハプニングがあった。

ローガスが水溜《みずた》まりを特に気にすることなく進んでいたところ、膝《ひざ》まで浸かってしまったのだ。

その様子を見たゼルートは、ダンジョンの中で大声を出してしまえば、魔物を引き寄せると分かっているので、笑い声が漏れないように必死で口を押さえた。

セフィーレたちも最初は何が起こったのか分からずポカーンとしていたが、徐々に理解し、ゼルートと同じように手で口を押さえて笑いをこらえた。

ローガスは、顔から煙が出そうなほど顔が赤くなっていた。

そんな小さなハプニングはあったが、順調に階層を下《くだ》っていくことができた。

「あれだな。本当に他の冒険者たちに全然遭遇《そうぐう》しないんだな。前に会ったのって、十二階層あたりだったよな」

「多分そうだと思うわ。まあ、ダンジョンは本当に広いからね。こういった森の階層では進むべき道が決まってるわけじゃないし、他の冒険者と遭遇《そうぐう》しない方が多いわ」

アレナが自らの経験をもとに語った。

「そうか……今回はそっちの方がよさそうだな」

セフィーレたちの護衛依頼を受けている最中なので、厄介《やっかい》の種になるかもしれない問題には触れたくない。

（ダンジョンに入る前にぶちのめした三人は、俺たちが行く階層まで来られないはずだ。けど、食堂でボコッた蛮族みたいな冒険者と腰巾着二人なら、もしかしたら向かう階層まで来れそうだからな。用心だけはしておくか。襲いかかってきたら、どうしようか？　とりあえず金玉二つとも潰《つぶ》して、二度と女を抱けないようにしてやればいいか。あとは……殺しはしないけど、二度と悪さできないように虐《いじ》めてやるか）

どうやって虐《いじ》めるか……心の中で笑いながら、ゼルートは考え続ける。

そんな悪いことを考えていると、太陽が沈む前に二十階層のボス部屋の前に到着する。

途中、ソブルの気配感知の範囲外から急速に飛んできた、バインドキャットとウッドモンキーの上位種数体から奇襲を受けた。

バインドキャットはランクEの魔物だが反応が速く、土の拘束魔法を持っているので、ソブルたちは傷こそ負わなかったが、苦戦を強《し》いられた。

転ばされる者もおり、ゼルートたちは後方で他の魔物が割り込んでこないか見張りながら、笑っていた。

セフィーレはその拘束に捕まることなく動いていたが、ウッドモンキーの上位種である個体の猛撃もあり、そう簡単には勝利を奪えなかった。

上位種なので、体は通常種に比べて二回りほど大きく、手が一・五倍ほど大きい。

しかし動きは身軽であり、なかなかソブルたちの攻撃が当たらない。

そこでがむしゃらに攻めるのをやめ、相手の動きを予測するのに集中することにした。

自身に向かって襲いかかってくるタイミングを見極めて攻撃を叩《たた》き込むことで、見事討伐に成功する。

ただ、バインドキャットのせいで何度も転ばされたので、かなり泥まみれになってしまった。

「よし、明日に備えて、今日はここで野営だ」

セフィーレの声とともに、ゼルートたちはせっせと野営の準備を始める。

「いやーーー、まさか魔物とはいっても、猫と猿にあそこまで苦戦するなんてな。何度転ばされたか覚えてないな。まあ、相性で言えばカネルが一番悪かったか？」

「……ああ、ソブル、そうだな。私自身スピードがないわけではないが、武器の攻撃パターンが大《おお》雑把《ざっぱ》なゆえに、猫の魔物からしても動きが読みやすかったのかもしれない。はあ〜〜〜、さすがに気分が沈む」

「だ、大丈夫ですよ、カネルさん!!　セフィーレ様とゼルートさんたち以外は、みんな転んでますから!!」

（リ、リシアさん……それは大丈夫と言いませんよ）

またもや、リシアの天然爆弾が炸裂《さくれつ》し、従者たちの表情が沈み、アレナが心の中でツッコむ。

（まあ……にしても、面白いものが見られたな。バインドキャットが戦いながら魔法を発動させる、並行詠唱を使っていたな。でも、アースバインドって言えるほど大したものじゃない。本当に縛《しば》るというより、引っかける程度の威力しかなかった。いや、だからこそ並行詠唱ができたのかもな。ウッドモンキーの上位種は、止まって魔法を発動させていたし。でも、そもそもあの長い腕は結構

厄介《やっかい》だろうな）

何はともあれ、面白いものを見られて上機嫌なゼルートは、ボス部屋から少し離れた野営地で、鼻歌を歌いながら夕食の準備をした。

だが、夕食が始まるとすぐに、最下層のボスについて悩みはじめた。

（しかし、最後のボスがオーガの希少種……可能性としてはゼロと言えないけど、多分ないだろうな。オーガというと、ブラッソを思い出すな。元気にしてっかな。まっ、父さんと母さんがいるんだから、退屈はしてないだろうな。てか、ボスがブラッソ並みの強さってことは……さすがにあり得ないな。もっともっと深い階層のボスならあり得ると思うけど、今回はあんな桁《けた》違いの魔物はボスとして現れないだろう）

「どうしたの、ゼルート。さっきから喋《しゃべ》らずにずっと食べてばっかりだけど、何か考え事？」

アレナはゼルートの肩を指でつついた。

「ん？　いや、まあ……考え事ってわけじゃないかな。単に、実家にいる従魔が元気にしてるかなって気になってたんだよ」

「ゼルートさんの従魔はラルさんだけではないのですか？」

そこに、リシアが尋《たず》ねてきた。

「は、はい……そうですよ」

ゼルートは、失言してしまったと思いながらも、どうせいつかバレることなので、隠そうとはしなかった。

「ラルとゲイル以外の従魔か。興味がある。どんな従魔なのだ」

セフィーレの目が星のようにキラキラと輝いていた。

そんな彼女を見て、ゼルートはこの人はブレないなと苦笑した。

「ブラッソという名前のオーガが実家にいます。ただ、普通のオーガではなく希少種……ではなく、亜種って言えばいいのかな？　そのオーガがもう一体の俺の従魔です」

「……うん、色々と驚きたいが、ゼルート殿。希少種ではなく亜種というのは、どういうことなのですか？」

カネルからの質問に、ゼルートは自分が思った内容を伝える。

「えっと……なんというか、単純に俺がオーガの希少種を見たことがないっていうのもあるんですけど、俺の感覚的に普通じゃないんですよ、ブラッソは。肌の色は黒で、個体名はブラッドオーガです。名前的によくあるアーチャーやメイジ、ウォーリアーとかではなかったので、上位種ではなく亜種かと思いました」

「黒いオーガ、ブラッドオーガか……確かに聞いたことがない。それで、やはり強いのか」

ルウナもセフィーレと同じように、キラキラと輝いた目をゼルートに向ける。

(……ルウナは俺と似たようなタイプだし、気になるのは仕方ないか)

そう思いつつ、ゼルートは最後にラガールの結界内でブラッソと戦ったときのことを思い出す。

「ああ、強いな。魔力の身体強化や身体強化系のスキルを使っただけの力は多分敵《かな》わない。速さは……魔法を使えば俺が絶対に勝つけど、間違いなく速い部類だな。反射速度もトップレベルで、高位のやつは使えないものの、魔法も使える。全てを込めた一撃だと、物理攻撃では俺じゃ敵《かな》わないかな。戦闘センスだってかなりのものだから、あいつに勝てる魔物はあまりいないいんじゃないかと」

ほとんどの魔物が勝てないという事実に、一同はもう驚くしかない。

「は、ははは。あ、相変わらずゼルート君はぶっ飛んでるな」

「いや、俺は別にぶっ飛んでは……いるかもしれませんけど、ブラッソもぶっ飛んでますよ」

ゼルートは、ゲイルとブラッソに、自身が思いつく限りの戦闘方法を教えた。

魔物である二人の頭では考えつかないようなことを多く教わり、二体の戦力は大幅に上昇した。

「しかしなぜ、一緒に行動していないんだ？」

「俺の実家、国境から近いんですよ。あまり考えたくはないんですが、万が一の可能性は捨てきれないんで。もちろん、手が必要になったら来てもらいますよ」

国境近くという言葉を聞き、セフィーレはすぐにゼルートの言葉を理解した。

「なるほど、改めて思ったよ、ゼルートはとても家族思いなんだな」

絶世の美を持つセフィーレに微笑《ほほえ》まれる。頬《ほお》を赤くしたゼルートは、彼女の顔を直視できなくなった。

（あれだ……セフィーレさん並みの美人が微笑《ほほえ》むと、もはや凶器だな）

ひとまずブラッソの話題はそこで切り上げ、ラスボスの話へ移す。

「――確かに、ゼルートたちの考えは納得できる部分が多いな。伝えてくれて助かった。まだオーガと戦うと決まったわけではないが、それでも初見で戦う相手の情報を知っておかなければ、対応できないケースが多いだろう」

「俺たちの依頼内容は、セフィーレさんの護衛なんで」

これぐらいの情報提供は当たり前だとゼルートは返す。

特定の人物しか知らない情報ではなく、あくまで相手がオーガであればという想定を伝えただけ。感謝されるような内容ではない、とゼルートは思っている。

「それで、二十階層のボスはどうしますか？　俺たちも戦いに入った方がいいですか？」

「そうだな……いや、今回は基本的に私たちだけで戦おう。だから今回も、後方からの援護を頼みたい」

「分かりました。任せてください」

翌日の連絡事項の伝達が全て終わり、ゼルートは自分のテントへと入っていった。

「まあ……二十階層の敵ぐらいなら、セフィーレさんたちでも倒せるか」

若干《じゃっかん》不安な者が一名いるが、そこまでの心配は必要ないだろう……と思いたい。

「ただ、万が一……というよりは、普段セフィーレさんたちが戦わないような魔物が相手かもしれない。援護の内容も考えておいた方がよさそうだな」

全員が万全な状態で起きた翌日、栄養満点の朝食を食べ終えて、二十階層のボス部屋の前まで無事に到着する。

「ルウナ、随分とワクワクした表情をしてるな」

「これからボス部屋に入るんだ。やはりワクワクするものだろう」

今日も戦闘狂の部分が前面に出ているようで、ゼルートはある意味安心した。

ただ、一つだけ忠告しなければならない。

「ルウナ、今回メインで戦うのは、俺たちじゃなくてセフィーレさんたちだからな。ついつい前に出てうっかり倒すなよ」

「……もちろんだ。依頼人の要望には応《こた》えるつもりだ」

「お前……まあいいや。基本的には後ろからの援護だからな」

セフィーレたちは既に準備万端。精神も整っている。

そしてついに扉を開け、ボス部屋の中へと突入する。

すると中では、一体の怪鳥が空を飛んでいた。

(……う、わ〜〜〜。よりにもよってジェットイーグルがボスなのか。先に情報を得ていたとしても、初見殺しもいいところだ)

限りなくCに近いDランクの鳥型魔物。瞬時加速のスキルを持ち、一気にトップスピードに入ることができる。

最高速度が尋常《じんじょう》でないほど速いわけではないが、緩急の差が半端ではない。

ランクEやDまでの冒険者相手なら、余裕で後出しの攻撃を先に当てられる。

しかも、鳥型の魔物なので空中を飛んでいるため、そもそも攻撃を当てづらい。

（ちょっとハードな相手だな。いや、公爵家の試練なんだから、これぐらいは妥当《だとう》なのか？）

事前にどういった魔物が相手なのか知っていた五人だが、実際に目の前にすると、その大きさと圧に戸惑《とまど》いの表情が浮かぶ。

ボスの正体を知ったアレナは、ゼルートと同じく厄介《やっかい》な敵が現れたと思い、少し苦い表情になっていた。

（にしても、少し大きくないか？　昔戦ったジェットイーグルはもう少し小さかった気がするんだけどな。やっぱりあれか、ダンジョン内で棲息《せいそく》していて、なおかつボスであれば少し特別ってことか。しっかし……五人ともあまり顔色がよくないな）

こちらが驚き固まっていても、魔物が待ってくれるわけではない。

「気をつけてください!!　相手はもう、こちらの存在に気づいてます!!」

ゼルートに声をかけられて我に返った五人は、戦闘態勢を取る。

「ジェットイーグルは瞬時加速のスキルを持っているので、すぐに最高速度で動きます!!　攻撃方法は基本的に爪、口先を使った物理攻撃です!!　あと、風魔法も使うので一応注意してくださいー！！！」

ゼルートも既に五人の頭にそれぐらいの情報が入っているのは知っているが、耳から伝えることで五人の脳を呼び覚ます。

「キュアアァアアァアア！！！！」

戦闘モードに移ったジェットイーグルは様子見とばかりに、まずは翼から鋭い羽を飛ばす技、フェザーラッシュを放つ。

襲いかかる無数の羽を、五人は各々の武器で弾き飛ばす。

小手調べ程度の攻撃ではダメージを食らうことはなく、戦況は動かない。

「ねえ、毎回鳥型の魔物がフェザーラッシュを放つたびに思うのだけれど、あんなに勢いよく大量の羽を飛ばしていたら、羽がなくなって丸裸になると思わない？」

アレナはずっと疑問に思っていたことを、ゼルートに尋《たず》ねた。

「……ぶっ！　アレナ、いきなりそんな面白いことを言わないでくれよ。真面目に待機してなきゃいけない場面なのに、噴き出してしまっただろ」

翼だけ丸裸になったジェットイーグルを脳内でイメージしたゼルートは、腹がよじれるほど笑ってしまう。

「ごめん、ごめん。まあ、確かに笑える絵面《えづら》ではあるでしょうね。それで、ゼルートはどう思う」

「そうだな……」

その件に関しては、ゼルートも前々から気になっていた。

(どんな構造になってるんだろうな。俺たちで言えば、髪の毛みたいに無数にあるのか？　それならあれだけ大量に飛ばしても大して減ってないように見えるのも納得できるけどな。いや、でも人間の髪でフェザーラッシュを……いや、ヘアーラッシュをやったら……はっはっは！！！　あっという間に禿《は》げてしまうな。やっぱり魔物だから髪が、じゃなくて羽が生えてくるペースも早いんだろうな)

自分の中で一応、それなりの結論が出た。

「基本的に魔物は、人間よりも身体能力とかが高いだろ。だから、毛や羽が生えてくるスピードも、俺たちと比べて遥《はる》かに早いんじゃないか？　ってのが、俺の考えだ。一週間……もしかしたら三日もあれば、元通りになるのかもな」

「なるほどね。理にかなってそうな内容ね。その特徴は、髪の毛がなくなったおじいちゃんたちにとっては、物凄《ものすご》く欲しくなるものね」

「ぶふっ!!　だからアレナ、考えると噴き出すようなことを言わないでくれよ」

後方で見守っているゼルートたちは、いつでも動けるようにはしているが、全く緊張感がなかった。


ジェットイーグルとセフィーレたちの戦闘が始まってから五分が経った。

だが、セフィーレたちはジェットイーグルになかなか攻撃を決められない状態が続いていた。

瞬時加速という一瞬で最高速に至るスキルによって、狙いを定めてもなかなか攻撃が当たらず、躱《かわ》されてしまう。

そして、やはり難点は、空中を飛べるという能力。

ジェットイーグルと同じ高さまで跳《と》ぶことはできても、攻撃を当てることができない。

魔法を使おうとしても、詠唱を始めた時点で、フェザーラッシュが放たれて妨害されてしまう。

仮に仲間に守ってもらって攻撃魔法を放つことができたとしても、急所は狙えない。

セフィーレがたまに放つ風魔法が当たることはあるが決定打にはならず、これまで大きなダメージは与えられていない。

そしてたった五分とはいえ、急加速するジェットイーグルを相手に、常に気を張りながら戦っている五人の体力と精神力は大幅に削《けず》られていた。

そこまで動いていないリシアでさえ、額から大量の汗が流れ出ている。

後ろでボス戦の様子を見ていたアレナは、助け船を出した方がいいのではと思いはじめた。

「ゼルート、セフィーレ様たちが負けることはないと思うけど……このままじゃ決着がつくまでに時間がかかるわよ」

「確かにそうだな。ん～～～～でも、俺がジェットイーグルに直接手を出すのは駄目だからな。どうしようか？」

もう少し戦い続ければ、五人がジェットイーグルの動きを読めるようになり、決定打を与えられる可能性が高くなる。

（セフィーレさんがジェットイーグルの視界から外れるために、ソブルさんたちが頑張《がんば》って、ジェットイーグルの意識を引きつける。そんでセフィーレさんが死角から魔法をぶっ放し、地面に落下させる。その瞬間を狙ってボコボコにするって方法）

これが一つ目の打開策だ。

（後は……瞬時加速を使った直後はすぐに止まれないみたいだから、その瞬間を狙って攻撃するとかでもいけそうだな。まっ、第三者視点だから色々と考えが出てくるけど……ざっと見た感じ、セフィーレさんたちには参謀的な人がいないのかもな。そこら辺、後で進言しておくか。とりあえず、今の状況をセフィーレさんたちの力で打破できる方法は……）

十秒ほど考え込んで、いいアイデアが思いついたゼルートは早速行動に移す。

「とりあえずいい案が浮かんだから、すぐにやってみる。――全員、その場から動かないでください!!」

ゼルートの声が飛んできたので、五人は反射的に従った。

その瞬間を見逃さずに突っ込んでこようとするジェットイーグルだが、ゼルートが散弾銃タイプの速度が遅めのブレットを放ち、牽制《けんせい》する。

「アースクリエイション」

地面から何本もの柱が生え、その柱にはところどころに人が一人だけ乗れる枝がついている。

「それを足場にしてください!!」

言葉の意図をくみ取った五人は――正確にはリシア以外の四人が、行動に移る。

即座に岩の柱が何本も生み出される様子を見ていたアレナとルウナは、慣れてはいるが、どこか遠い目をしていた。

「……相変わらず本当に非常識ね、ゼルートは」

「魔法が苦手な私でも分かるぞ。詠唱をするならまだしも、無詠唱でこんな数の岩の柱を生み出すなんて、普通は無理だ」

「……そこはほら、あれだよ。長年努力を重ねた結果だ。言っただろ、まだ本当に子供の頃から練習してたんだ。それに俺、次男だから時間があり余ってたし」

「「それがまず普通じゃない（のよ）」」

自分でも己の力は異常だと思っているが、努力を重ね続けたことに全く後悔はしていない。

ゼルートが普通ではない作戦を立てたおかげで、戦況は少しずつ逆転しはじめていた。

空中で足場ができたことにより、跳《は》ねるように空中を動けるようになったセフィーレたちの攻撃が段々と決まるようになっていた。

セフィーレの刺突に、カネルの大斬りやソブルの斬撃、ローガスの突きが、着々とジェットイーグルにダメージを与えていた。

それに加え、ゼルートが生み出した岩の柱により、ジェットイーグルは迂闊《うかつ》に瞬時加速を使うことができなくなった。

使えば岩の柱に激突してしまう可能性があり、岩の強度が分かった途端に使用回数が減った。

そして、飛行スピードが落ちたジェットイーグルを狙い、セフィーレは岩の柱を上手く使って視界から外れ、真上から脳天目がけて風の魔力を纏《まと》わせた突きを放った。

脳天を見事に貫かれたジェットイーグルは、力なく地面に落下する。

（ナイスな一突きだった。レイピアに纏《まと》わせていた風の魔力はいい感じに鋭く尖《とが》っていた気がする。ただ、思いっきり助力した手前言葉には出せないけど、瞬時加速だってスキルなんだから、使い続ければいつかは魔力が切れる。そうなれば、どちらにしろ倒せたよな……まっ、ジェットイーグルを倒せたことで五人とも喜んでるみたいだし、水を差すのは止めよう）

ゼルートは、ボスを倒し終えた五人に、二種類のポーションを渡す。

「お疲れ様です。最後の一突きはとてもよかったと思います。いい感じに鋭さが出ていましたよ」

「ふふ、ありがとう。そう言ってもらえると嬉しいよ。だが、勝てたのはやはりゼルートが生み出してくれた、この岩の柱の力が大きかった」

セフィーレだけではなく、ソブルたちもゼルートが生み出した岩の柱を賞賛する。

「セフィーレ様の言う通りだ。ゼルート君が生み出してくれた岩の柱のおかげで、随分と戦いやすくなった。瞬時加速だっけ？　あれは本当に厄介《やっかい》だったな」

「確かに厄介《やっかい》だった。最高速度自体はそこまでだが、一瞬で最高速に入られると、狙っていてもなかなか攻撃が当たらなかった。ゼルート殿が生み出してくれた岩の柱のおかげで、瞬時加速を使う回数が随分と減ったから戦いやすくなった。ところで、リシアはなんでそんなに落ち込んでいるの？」

カネルは、先程までは大喜びしていたのに、急にテンションが下がっているリシアを不安に思った。

アレナとルウナも何かあったのかと心配になり、リシアの顔を覗《のぞ》き込む。

「どうしたんですか？　ポーションなら、まだゼルートから貰《もら》ったものがあるから、よかったら使ってください」

「戦いで腹が減ったなら、ゼルートが温かいご飯を用意してくれるぞ」

ゼルートは声には出さないが、心の中で鋭くツッコむ。

（おい、人を便利屋みたいに言うな）

ただゼルートも、リシアがジェットイーグルを倒した直後と、表情が真逆になっているので、心配になってきた。

「いえ、その……特に体の調子が悪いとかそういうわけではありません。ただ単純に、戦闘面で全く役に立たなかったことが悔しくて……」

戦闘を振り返ると、確かにリシアはあまり活躍していない。

（リシアさんは回復専門だから、なかなか攻撃に加われないのは仕方ないとは思うんだけど……やっぱり自分が守られてばかりってのは、心情的に嫌なんだろうな。まあ、戦えるようになってしまったら、それはそれでメイスを持った血塗《まみ》れの僧侶——バーサーカーヒーラーになってしまうな。どっかのヒロインみたいに）

肩を落として落ち込んでいるリシアの肩に、セフィーレが手を置き、励ましの言葉をかける。

「リシア、お前が回復魔法を使えるから、私たちは傷を負っても戦い続けることができる。それはとても重要なことだ。それに、まだ私たちには時間があるんだ。これからともに強くなっていけばいい。そうだろう、お前たち」

ソブルは親指を立て、カネルはお前ならできるといった顔で、ローガスは仏頂面《ぶっちょうづら》ながらも頷《うなず》いた。

リシアは嬉しさで感極まり、涙が零《こぼ》れた。

「あ、ありがとう、ございます……」

「よしよし、そんなに泣くな」

セフィーレはリシアの頭をなで、ソブルたちは励ましの言葉をかける。

その様子を見て、ゼルートの心はほっこりした。

そして、彼らならこのダンジョンを攻略できるはず、と強く確信した——

終章

「旦那様、ゼルート坊ちゃまからお手紙が届いています」

「なに!? 本当か！」

ゼルートが実家を出て冒険者になってから一か月ほどが経ち、初めて手紙が家に届いた。

ゼルートの父ガレンはすぐに妻のレミアを呼び、二人で息子からの手紙を読みはじめる。

父さん、母さんへ
目指す街へ到着する前に、なんと盗賊と遭遇《そうぐう》した。もちろん、ボコボコにしたので安心してね。

ドーウルスへ着いてからは、驚きの連続でした。

父さんが治めている街も大きくなってきてるけど、ドーウルスの街は本当に大きい。

早速冒険者ギルドに入ったところで、酔っ払いに絡まれた。

でも安心して。ボコボコにしてギルドの外に放り出したから。

やっぱりまだ子供だから、舐《な》められることが多い。この前、ゴブリンを大量に倒したって報告したら、変なおっさんに絡まれて決闘をすることになったんだ。

ただ、そこでも同じくボコボコにして圧勝。人を見た目で判断するなよって思ったね。

それからすぐに二人の仲間ができた。立場は奴隷でも、二人とも立派な仲間だよ。

獣人族の女性、ルウナ。人族の女性、アレナ。

出会いはちょっと特殊かもしれないけど、二人とも頼れる仲間だ。

でも、どちらも美人だから、よくナンパされることが増えた。

その度にナンパ野郎たちはこっぴどく振られて、手を出そうとしたバカはやっぱりボコボコ。

そして、Dランクへの昇格試験を受けることになった。ただ、ちょっと因縁があるパーティーと一緒に受けることになったんだ。

試験内容は盗賊団の討伐。

盗賊自体は何度も潰《つぶ》したことがあるから負ける心配はなかった。でも、他のメンバーに、熱くてちょっと自分勝手な男の子がいて面倒だったよ。

明らかに戦力差があるのに盗賊団の頭《かしら》に勝負を挑んで、結局吹き飛ばされて俺が倒すことになった。

昇格試験は無事に合格して、俺とアレナ、ルウナはDランクに昇格したよ。

ただ、唯一上がれなかったその男の子と色々あって、模擬戦をすることになったんだ。

なんか、当たり前だけど、まだまだ世界の広さを知らないって印象が強かった。

模擬戦にはもちろん勝ったよ。

それからしばらく経った後に、オークとゴブリンの群れを討伐する大規模の依頼に参加することになった。

そのときに、父さんと母さんがよく話していた昔のパーティーメンバー、グレイスさんとコーネリアさんと会ったよ。二人は今、俺と同じ年ぐらいの娘と息子と一緒にパーティーを組んで活動してるよ。

でも、出会い頭に色々とあって、息子のダンには結構嫌われちゃった。

娘のミシェルとは結構仲良くなったよ。お姉ちゃんが大好きなダンには、余計に睨《にら》まれた。

オークとゴブリンの群れと激突してからは戦いの連続で、ずっとワクワクしていたよ。

最後に群れのボスであるオークキングと戦うことになったんだけど、本当に強かった。

並みの強さじゃなかったよ。

岩の鎧を纏《まと》ったり、岩の破城槌《はじょうつい》を突き飛ばしてきたり、本当にワクワクする戦いができた。

ゲイルも、ゴブリンキングを相手に楽しめたって言ってたよ。

冒険者になったばかりなのによくこんな大きな仕事を受けたなって自分でも思うものの、今回の討伐に参加できて本当によかったよ。

父さんの親友であるグレイスさんとたくさん話せたしね。

それでちょっと縁があって、アゼレード公爵家の次女の護衛依頼を受けることになったんだ。

多分二人とも驚いてるかな？

冒険者として生きていくなら、護衛依頼の経験は大事だと分かってる。

だから、今回の指名依頼は絶対に成功させようと思う。

けど、相手が貴族だというのが、ちょっと不安なんだよね。

ほら、俺が七歳のときにお披露目会で盛大にやったじゃん。

どんなにムカついても、そこまで大事《おおごと》にする気はないよ。でも、もしかしたら揉《も》めるかもしれないな～って思ってる。

父さんにはあまり迷惑をかけたくないから、我慢しようとは思ってるけど、どこかで爆発するかもしれない。

冒険者になって色々と驚くことが多くて、本当に楽しい日々を送れてるよ。

だから、二人とも俺が実家に帰ってくる日を楽しみに待っててね。

ゼルートより

両親は、冒険者になったばかりにもかかわらず、波乱万丈な日々を送っているのが少々心配だった。だが、文面から冒険者としての生活を心から楽しんでいる彼の姿が浮かび、ホッと一安心して息子への返信を書きはじめた――

Character Status

名前

セフィーレ

職業 貴族令嬢

レベル 23

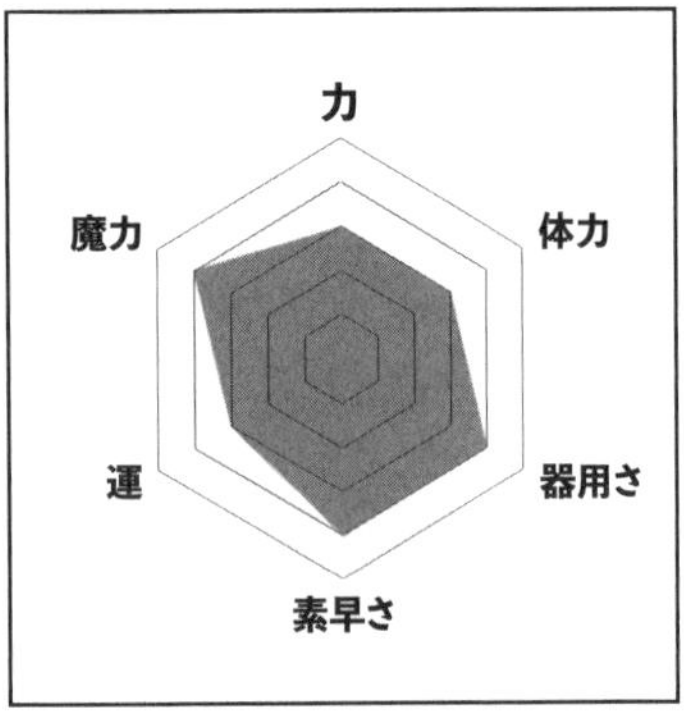

スキル

細剣術、体術、短剣術、剣術、身体強化、魔力操作、気配感知、魔力感知、脚力強化、風魔法、火魔法

特技

対人戦の剣術

好きなもの

善良な強者、
手に汗握る戦い

嫌いなもの

上から目線で高圧的な者、
親の威を借りる令息

Character Status

名前

ローガス

職業 貴族令息

レベル 20

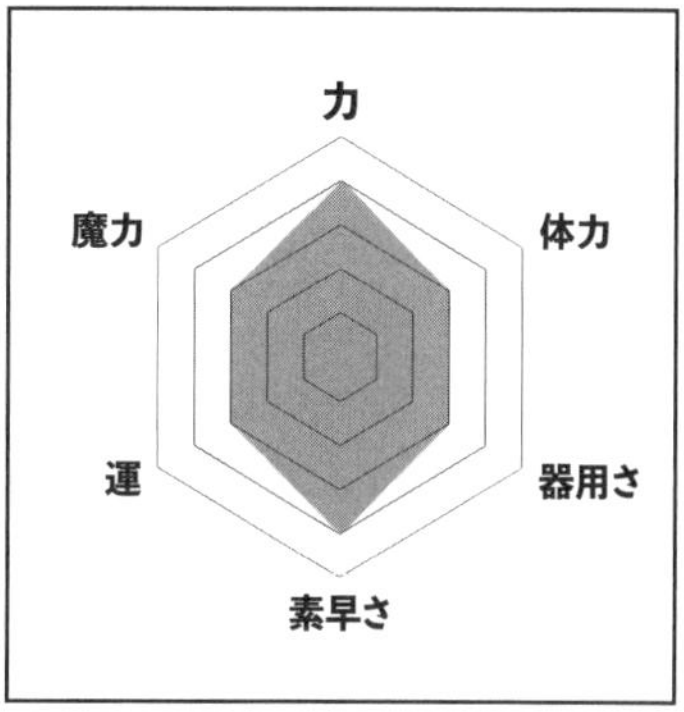

スキル

槍術、体術、身体強化、魔力操作、気配感知、風魔法

特技

演武

好きなもの

セフィーレとその親族、自分の家族

嫌いなもの

薄汚いと感じる存在

加護持ち1歳児は
最強魔獣たちと自由気ままに成長中！

神様の手違いが元で、不幸にも病気により息を引き取った日本の小学生・如月啓太。別の女神からお詫びとして加護をもらった彼は、異世界の侯爵家次男に転生。ジョーディという名で新しい人生を歩み始める。家族に愛され元気に育ったジョーディの一番の友達は、父の相棒でもあるブラックパンサーのローリー。言葉は通じないながらも、何かと気に掛けてくれるローリーと共に、楽しく穏やかな日々を送っていた。そんなある日、1歳になったジョーディを祝うために、家族全員で祖父母の家に遊びに行くことになる。しかし、その旅先には大事件と……さらなる“もふもふ”との出会いが待っていた!?

●各定価：1320円（10％税込）　●illustration：conoco

この作品に対する皆様のご意見・ご感想をお待ちしております。

おハガキ・お手紙は以下の宛先にお送りください。

【宛先】

〒150-6008 東京都渋谷区恵比寿4-20-3 恵比寿ｶﾞｰﾃﾞﾝﾌﾟﾚｲｽﾀﾜｰ 8F
（株）アルファポリス　書籍感想係

メールフォームでのご意見・ご感想は右のＱＲコードから、
あるいは以下のワードで検索をかけてください。

アルファポリス　書籍の感想　検索

ご感想はこちらから

本書はWebサイト「アルファポリス」（https://www.alphapolis.co.jp/）に投稿されたものを、改稿のうえ、書籍化したものです。

冒険がしたい創造スキル持ちの転生者 3

Gai（がい）

2021年10月30日初版発行

編集－加藤純・宮坂剛
編集長－太田鉄平
発行者－梶本雄介
発行所－株式会社アルファポリス
〒150-6008 東京都渋谷区恵比寿4-20-3 恵比寿ｶﾞｰﾃﾞﾝﾌﾟﾚｲｽﾀﾜｰ8F
TEL 03-6277-1601（営業） 03-6277-1602（編集）
URL https://www.alphapolis.co.jp/
発売元－株式会社星雲社（共同出版社・流通責任出版社）
〒112-0005 東京都文京区水道1-3-30
TEL 03-3868-3275
装丁・本文イラストーみことあけみ
装丁デザイン－AFTERGLOW
印刷－図書印刷株式会社

価格はカバーに表示されてあります。

落丁乱丁の場合はアルファポリスまでご連絡ください。

送料は小社負担でお取り替えします。


ISBN978-4-434-29504-1 C0093